Michael Rodewald

GOLEM – Die Künstliche Intelligenz:

Der Interstellare Bund

Vorwort

Im vorliegenden Band erwartet den Interstellaren Bund mit Lew Romanow, Golem und Poseidon aus Atlas, dem verbündeten Androiden-Imperium aus der Zwerggalaxie, weitere Herausforderungen. Kaum zeichnet sich ein erster Erfolg mit den fremdartigen Vogelwesen aus Flagos ab, trudelt schon ein Ultimatum eines Volks aus einer weit entfernten Galaxie ein, das auf die USOP aufmerksam wurde.
Unvorhergesehene Ereignisse, überraschende Wendungen und unerwartete Gefühle begleiten die Leserschaft im 8. Band der Future-Reihe "Golem – Die künstliche Intelligenz"

Weitere Infos unter → www.michael-rodewald-autor.de

Alle in diesem Buch geschilderten Handlungen und Personen sind frei erfunden. Ähnlichkeiten mit lebenden oder verstorbenen Personen sind zufällig und nicht beabsichtigt.

Quelle Titelbilder
www.Pixabay.de
Public Domain Creative Commons CC0

© 2021, Michael Rodewald

Herstellung und Verlag:
BoD – Books on Demand, Norderstedt
ISBN: 9783754300442

Inhaltsverzeichnis

Kapitel 1

Last Hope, Andromeda, Juni 10.011

Lew Romanow, Vorsitzender des Interstellaren Bundes, der mit Beginn der Präsidentschaft von Francesco Moretti im Januar 10.011 gegründet worden war, stand mit seinen Stellvertretern Golem, Poseidon und Admiral Röttger sowie Präsident Moretti als Begrüßungskomitee auf dem Raumhafen des Hauptquartiers, Last Hope, Andromeda. Das Cosmonave aus Flagos sollte jeden Augenblick mit dem Oberhaupt Isos und seinen Begleitern landen. Die Flagolaner waren ein kranichähnliches Volk, mit dem erst in diesem Jahr ein endgültiger Friedensvertrag zustande gekommen war.

Es war ein schwieriger Start zwischen Flagos und der USOP gewesen. Durch einen Sabotageakt, der im vorletzten Jahr zu einer Planetenexplosion geführt hatte, war Flagos schwer verwüstet worden. Da die Menschheit uralten, humanoiden Feinden ähnelte, war es danach zu kriegerischen Auseinandersetzungen gekommen, die vor 16 Monaten beigelegt worden waren. Doch trotz des Friedens waren Menschen auf Flagos noch nicht willkommen – die Ähnlichkeit mit den Antaranern, einem humanoiden Volk, das ursprünglich auch noch auf dem 11. Planet des irdischen Sonnensystems gelebt hatte, war für viele Flagolaner zu groß, um so schnell ein Vertrauen zu entwickeln.

Romanows Gedanken schweiften weiter zu den beiden Begegnungen mit Isos, die außergewöhnlich gewesen waren. Seitdem hatte er wieder von seiner Reise zum Ursprung des Universums zu träumen begonnen. Damals hatte er sich mit einer Energie vereinigt in der Absicht, den Materiebrand in der Milchstraße, Andromeda und der Zwerggalaxie zum Stillstand zu bringen. Es war eine unbeschreibliche und überwältigende Erfahrung jenseits aller Worte gewesen. Danach hatte er sich schwer getan, sein irdisches Leben wieder aufzunehmen, das ihm plötzlich klein und beengt erschienen war. Hatte dieses Vogelwesen Isos auch eine derartige Erfahrung gemacht und spürte dasselbe in ihm? In jedem Fall hatte er im Kontakt mit dem Flagolaner wahrgenommen, wie etwas aus der Tiefe seines Bewusstseins auf Isos reagierte. Seit langem hatte er diese Qualitäten nicht mehr gespürt, die in ihm eine unbestimmte und starke Sehnsucht wachriefen – in einem seiner Träume war er mit einem glücklichen Gefühl von unendlicher Weite und grenzenloser Leichtigkeit wie ein Vogel durch das Weltall geschwebt.

"Es war eine besondere Erfahrung, mein Freund", hörte er Golem in seinen Gedanken anteilnehmend sagen und sah seinen klugen Blick auf sich gerichtet. Seit jener Reise konnte er sich mit Golem und Poseidon gedanklich austauschen, wovon nur wenige wussten. Dadurch hatte sich auch eine besondere Freundschaft und enge Verbundenheit zwischen ihnen entwickelt.

"Isos erinnert mich aus irgendeinem Grund daran", erwiderte er. *"Ich habe schon lange nicht mehr so intensiv daran gedacht."*

Die Abgesandten Hermes und Apollon aus Atlas waren bereits gestern eingetroffen, genauso wie der stellvertretende Abteilungsleiter des Forschungszentrums der USOP, der Golden Future-Androide Han, und Admiral Schneider, Kommandant des Flaggschiffs der USOP, aus der Milchstraße.

Gestern Abend war Admiral Michael Röttger mit dem Oberbefehlshaber der Streitkräfte von Genesis, dem atlantischen Androiden Ares, und Chefingenieur Philip Einstein aus der 420 Millionen Lichtjahre entfernten Kaulquappen-Galaxie angekommen. Mit Fynn Shan und Mr. Tanaka aus Andromeda, die als Repräsentanten von

Andromeda heute Morgen angereist waren, waren nun alle acht Abgesandte der Mitgliedsgalaxien vollzählig.

In diesem Moment meldete die Raumüberwachung das Auftauchen eines würfelförmigen Raumschiffes, das sich im Anflug auf Last Hope befand. Auf dem riesigen Holo-Bildschirm, der sich jetzt am Rande des Raumhafens aufbaute, erschien die Aufnahme eines fantastisch aussehenden Raumschiffs, das mit zahlreichen Ornamenten versehen war, die wie pures Gold im Licht der Sonne funkelten. Als sich die Kameradrohnen im Orbit dem Raumschiff näherten, wurde sichtbar, dass sich die Ornamente ständig veränderten. Die Flagolaner nannten dieses Raumschiff Cosmonave und als es in die Atmosphäre von Last Hope eintauchte, wandelte sich die Farbe der Ornamente in ein leuchtendes Rosarot, das selbst das leichte Glühen des planetaren Schutzschirmes überstrahlte. Es waren keine Geräusche zu hören, was auf eine ausgezeichnete Abschirmung hinwies. In zwei Kilometern Höhe übernahmen die Traktorstrahlen des Raumhafens das weitere Absinken und die raumschiffeigenen Triebwerke erloschen.

Im Prinzip konnte dieses unbekannte Raumschiff ähnliches wie ihr Dimensionsschiff leisten, ging Romanow durch den Sinn, denn Isos hatte davon gesprochen, dass es Millionen von Lichtjahre innerhalb kürzester Zeit bewältigen konnte.

Nach zehn Minuten setzte das Raumschiff, das eine Größe von gut 1.100 Meter im Durchmesser aufwies, auf riesigen Stützen auf.

Wenige Augenblicke später öffnete sich eine Schleuse in der unteren Region und eine Rampe fuhr bis zum Boden hinunter. Als Erstes tauchten eine Reihe von Flagolanern auf und bildeten ein Spalier bevor Isos mit Pelikos und Kantos erschien und sich der ganze Trupp langsam in Bewegung setzte. Alle trugen Raumanzüge, da sie eine andere Luftzusammensetzung benötigten. Doch die Helme waren transparent und zeigten flaumbesetzte Vogelköpfe. Im Prinzip ähnelte dieses Volk großen Kranichen: Sie besaßen lange, dünne Beine, einen federbesetzten Körper mit Schwingen, unter denen sich zwei 6-gliedrige, dünne Hände mit kleinen Krallen verbargen. Auch der Kopf wies einen rudimentären Schnabel auf, große Augen und war federbesetzt. Emotionen waren diesen Wesen genauso wie Vögeln schwer anzusehen. Ein leichtes Nicken zeigte ihre Zufriedenheit, bedeutete aber genauso ein "Hallo" oder "Auf Wiedersehen", wie Romanow mittlerweile wusste; außerdem nahmen sie Spannungen oder Schwingungen wahr. Es gab andere Bezeichnungen, wie z.B. der Nestbehüter, der das Oberhaupt des Staates darstellte. Zur Verständigung waren Translatoren nötig, die das Gesprochene übersetzten. Außerdem war vorgesehen, dass ein Protokoll der gemeinsamen Sitzung über das, was besprochen wurde, im Anschluss jedem als Datenkristall ausgehändigt werden sollte.

Präsident Moretti, Admiral Röttger, Golem, Poseidon und Lew Romanow liefen nun in Begleitung der Security zur Rampe, um Isos zu begrüßen. Beide verneigten sich voreinander und Romanow begann: "Willkommen auf Last Hope, Nestbehüter von Flagos! Ich freue mich über Ihren ersten Besuch und begrüße Sie im Namen des Interstellaren Bundes. President Moretti kennen Sie bereits – und das sind Golem und Poseidon, der Bündnispartner der USOP und mein stellvertretender Vorsitzender genauso wie Golem. Admiral Röttger, der Oberbefehlshaber unserer Streitkräfte."

Kantos und Pelikos nickten und Isos blickte langsam von einem zum anderen: "Ich grüße die Nation der Menschen, die mich angenehm erstaunt hinterlässt. So jung und dennoch reich an Weisheit, was nicht allen Bewohnern des Universums vorbehalten ist."

Dann nickte er und zusammen gingen sie auf dem roten Teppich zu verschiedenen Gleitern, um damit zu den Gebäuden des Interstellaren Bundes zu schweben. Das Hauptquartier bestand aus zwei, scheinbar gelandeten Kugelraumschiffen, die dicht nebeneinander standen und durch einen kurzen Verbindungstunnel miteinander verbunden waren. Eine der Kugeln mit einem Durchmesser von 1000 Metern beherbergte die Wohnungen der Beschäftigten des Interstellaren Bunds, viele Gästeapartments, Forschungslabore und die Überwachungsstation des Luftverkehrs von Last Hope.

Das zweite, runde Gebäude war mit 800 Metern im Durchmesser etwas kleiner. Es konnte sich im Notfall abkoppeln und als vollständig ausgerüstetes Raumschiff abheben. Hier befand sich der Saal für die Abgesandten der Mitgliedsgalaxien, die das Parlament bildeten sowie Räumlichkeiten für den im Aufbau befindlichen Obersten Gerichtshof für Grundsatzfragen, Streitigkeiten und Grundrechte der Mitgliedsstaaten des Bundes. Der große Saal war wie ein Amphitheater aufgebaut, zeigte an der Decke die Milchstraße und war zukunftsträchtig auf 100 mögliche Abgesandte ausgelegt.

Nicht zuletzt befanden sich in diesem Gebäude auch die die Privaträume des jeweiligen Vorsitzenden und seiner Stellvertreter sowie die Quartiere für die Security. Einmal im Jahr wurde eine Notfallübung angeordnet, um festzustellen, ob alles funktionierte. Als Bord-KI fungierte hier ebenfalls Caecilia mit einem Ableger.

Unter dem Hauptquartier befanden sich viele unterirdische Hangars für die Dimensionsraumschiffe und vier Großraumhangars für Raumschiffe bis 2500 Metern im Durchmesser.

"Da Ihre Ankunft eine Sensation ist", erklärte Romanow im Gleiter, "wartet unsere Presse am Eingang darauf, Aufnahmen von Ihnen zu machen, wenn Sie einverstanden sind."

Isos nickte und als sie aus den Gleitern stiegen, stellten sie sich gemeinsam Seite an Seite auf. Das gab den dort wartenden Reportern die Gelegenheit, die fremden Besucher aus der Nähe zu betrachten und ihre Fotos zu machen, die galaxienweit übertragen wurden. Doch an Isos gestellte Fragen fanden keine Erwiderung – nach einem höflichen Nicken standen die Flagolaner unbeweglich vor der Menge und so hielt Romanow eine kurze Ansprache über die Bedeutung dieses Besuchs.

"Ich schlage vor, dass wir jetzt hineingehen", wandte sich Präsident Moretti im Anschluss an Romanow und Isos.

Admiral Röttger, der ruhig neben beiden stand, hatte sich während Romanows Rede ohne besonderen Grund kurz umgedreht und sah zur Security am Eingang des Hauptquartiers. Unwillkürlich blieb sein Blick an einem der Männer der Security hängen, der sein Interesse weckte. Während er ihn noch anschaute, drehten sich Isos und Romanow um und dann registrierte Röttger, dass der Mann seinen Laser zog und auf Isos zu zielen begann!

Geistesgegenwärtig brachte Röttger Isos und Romanow mit einem "Achtung!" zu Fall. Gleichzeitig hatte er seine eigene Waffe gezogen und schoss in Richtung des Schützen. Durch sein Eingreifen ging dessen Schuss weit über Isos und Romanow hinweg, traf aber einen der Reporter der Gruppe, die sich noch bei den Gästen befand. Im nächsten Augenblick geschah mehreres gleichzeitig: Der Attentäter wurde überwältigt und die Begleiter aus Flagos waren in Bruchteilen von Sekunden förmlich herangeflogen, um ihr Oberhaupt vom Boden aufzuheben und in ihre Mitte zu nehmen. Abwehrbereit standen sie um ihn herum und warteten ab, was als Nächstes geschehen würde. Die irdische Security war ebenfalls herangeeilt und hatte sich vor Präsident Moretti und Romanow gestellt. Gleichzeitig nahm ein Androide bereits den verletzten Reporter auf den Arm, um ihn zur medical unit zu tragen. Alle anderen waren im ersten Augenblick erschrocken in Deckung gegangen, begannen aber schon, die Situation mit den Kameras festzuhalten.

Admiral Röttger, der sah, dass der Attentäter abgeführt wurde, gab nach aufmerksamer Beobachtung der Umgebung vorläufig Entwarnung und schlug vor, das Hauptquartier zu betreten.

Nachdem sich alle hineinbegeben hatten, sagte Romanow: "Es tut mir sehr leid, Isos. Bedauerlicherweise gibt es auch andere Strömungen in der Menschheit, die sich wenig offen für Veränderung zeigen."

Beide sahen sich einen Moment lang an und dann erwiderte das Oberhaupt von Flagos: "Auch bei uns gibt es viele, die die Ankunft von Menschen nicht friedlich begrüßen würden. Alles Fremde braucht seine Zeit, um vertraut zu werden. Doch der, dem wir vertrauen, kann unerwartet genauso zur Bedrohung werden. Schreiten wir also weiter auf der Route des Kennenlernens voran."

Dann wandte sich Isos mit einem Nicken an Röttger, der mittlerweile wieder zu ihnen gekommen war. "Ich baue auf den Schutz derer, die mit den Strömungen des Universums fliegen."

Röttger verbeugte sich leicht und veranlasste umgehend, dass die Sicherheit dieses Mal vor allem durch atlantische Androiden verstärkt wurde. Mit dem Attentäter würde sich der Geheimdienst der USOP später ausführlich beschäftigen.

Die Gruppe machte sich auf den Weg zum Parlamentssaal, in dem sie erwartet wurden. Dort angekommen war das Attentat noch einmal Thema und alle waren erleichtert, dass es glimpflich ausgegangen war und Isos den Vorfall anscheinend gelassen hinnahm.

Der Saal war mit seinen Gästen kaum besetzt und so wirkte die kleine Gruppe hier fast etwas verloren. Romanow dachte nicht zum ersten Mal, dass noch viel Platz für die Aufstockung des Bundes mit weiteren Mitgliedern vorhanden war, bevor er nach einem nochmaligen, herzlichen Willkommensgruß die erste, außerplanmäßige Sitzung des Interstellaren Bundes eröffnete. Ab diesem Zeitpunkt war die Öffentlichkeit, bis auf Präsident Moretti als Gast, ausgeschlossen.

"Wir sind hier zusammen gekommen, da wir von einem Volk, dass sich "Antaraner" nennt, ein Ultimatum erhalten haben."

Romanow nickte Golem zu, der die Nachricht, die vor einer Woche angekommen war, abspielte:

"Wir, die Nachkommen der Ersten, fordern die Menschheit auf, uns einen Zugang zur Zeitsteuerungseinheit zu ermöglichen! Es ist notwendig, die Zeitlinie zu verändern, um unser Überleben zu sichern. Euer Handeln wird zu unserer Vernichtung führen und daher nehmen wir uns das Recht der Verteidigung heraus. Wir lassen euch vier Wochen Zeit, sämtliche Sperren und Sicherungen zu entfernen, damit wir damit arbeiten können. Solltet ihr dem nicht Folge leisten werden wir die Menschheit unwiederbringlich auslöschen, um zu verhindern, dass unsere zukünftige Vernichtung Wirklichkeit wird."

"Dazu möchte ich erwähnen", ergänzte Romanow, "dass ich vor nicht allzu langer Zeit Besuch von Abilael, der dem Volk der Ersten auf Planet 3 in der Kaulquappen-Galaxie angehört, Besuch bekam. Er warnte uns, dass sich die Antaraner darauf vorbereiten, uns auszulöschen, da wir uns mit Flagos verbündet haben. Sie sind der Ansicht, dass wir früher oder später gemeinsam zu einem vernichtenden Gegenschlag ausholen werden. Es ist ihnen bisher nicht gelungen, uns mit Hilfe einer Veränderung der Zeitlinie zu tilgen, da unsere Zeitsteuerungseinheiten mittlerweile gut abgesichert sind. Diese Technik steht ihnen anscheinend selbst nicht mehr zur Verfügung. Auf welche Weise die Antaraner uns dann allerdings eliminieren wollen, bleibt unklar."

Anschließend begannen die Beratungen.

Isos verfolgte mit Interesse die Wortmeldungen, äußerte sich aber nicht dazu.

"Wie schätzen Sie das Ultimatum der Antaraner ein?", wandte sich Präsident Moretti nach Absprache mit Romanow schließlich an Isos.

"Ich bin nicht darüber informiert, über welche Waffen die Antaraner heute verfügen. Unseren Überlieferungen zufolge waren sie damals sehr mächtig und nur mit der später entwickelten Dimensionswaffe hatten wir den entscheidenden Erfolg."

"Mit anderen Worten: Wir haben keine Kenntnis über die Art der Waffen unseres Gegners", stellte Golem klar. "Ob uns unsere Dimensionsschiffe dieses Mal ausreichend schützen werden, bleibt ebenfalls unklar."

Dann sagte er zu Isos: "An dieser Stelle möchte ich mein Bedauern über die Zerstörung Ihrer Raumschiffe und der Besatzungen ausdrücken. Wir sahen anfangs keine andere Möglichkeit der Verteidigung und bedauerlicherweise kam erst später eine Verständigung zwischen uns zustande."

Die menschlichen Abgesandten hielten die Luft an, während sich die Androiden unter ihnen wie gewohnt gelassen zeigten. Wie würde Isos reagieren? Dieser Punkt war bisher nicht angesprochen worden und schließlich hatten die Flagolaner den gewaltigen Verlust von 148 Raumschiffen hinnehmen müssen!

Isos sah ihn eine Weile schweigend an und äußerte sich dann: "Jedes Nest war damals der Meinung, im Recht zu sein. Damit sollten wir diese Vorkommnisse dort lassen, wo sie hingehören: in die Vergangenheit. Heute sitzen wir zusammen, um zu beraten, ob es mit den Antaranern zu einer Verständigung kommen kann. Unserer Erfahrung nach ist diesem Volk kein Vertrauen zu schenken - selbst wenn große Worte ausgesprochen wurden."

Nach dieser Ansprache herrschte einen Moment lang eine gedankenverlorene Stille, bis die einzelnen Abgesandten ihre Meinung dazu kundtaten.

"Wenn ich das alles bedenke, dann sage ich: Abwarten kann keine Option sein genauso wenig wie der direkte Angriff", meinte Admiral Schneider, Erde, Milchstraße. "Vom militärischen Standpunkt aus gesehen schlage ich eine getarnte Erkundung vor, um den Gegner kennenzulernen und dann zu entscheiden, ob und welche Handlungen erfolgsversprechend sind."

"Vielleicht ergibt sich dabei die Chance einer Verständigung", äußerte sich Philip Einstein, Genesis, Kaulquappen-Galaxie, mit einem hoffnungsvollen Blick. "Einen weiteren Krieg zu führen halte ich für kontraproduktiv."

"Es muss eine Lösung erzielt werden, die eine Wiederholung des damaligen Kriegs ausschließt", tat der atlantische Androide Ares, Genesis, Kaulquappen-Galaxie, entschlossen kund.

"Wir müssen uns auch der Möglichkeit stellen, dass es mit diesem Volk unter Umständen keine friedliche Lösung gibt", entgegnete Mr. Tanaka aus Eden, Andromeda.

Nach diesen Worten schwieg er und sah die anderen Gesandten ernst an.

"Ich stimme Admiral Schneider zu: Wir sollten mit einer Mission starten, die eine verdeckte Erkundung des Gegners zum Ziel hat", begann Poseidon, Atlas, Zwerggalaxie. "Diese Mission kann aufgrund der Entfernung nur mit einem unserer Dimensionsschiffe erfolgen. Das wirft eine wichtige Frage auf: Was, wenn es in die Hände des Feindes fällt? Die Antaraner hängen mit dem Volk der Ersten zusammen – erhalten sie in dem Fall Zugriff auf unsere Technologien?"

Die Bord-KI der Dimensionsschiffe mit dem Namen Caecilia (Griechisch: Die Himmlische) besaß einen Androiden als Avatar, der die Raumschiffe verlassen konnte, aber mit ihr vernetzt blieb. Auf diese Weise war sie ebenfalls in jeder Sitzung des Bundes anwesend, saß in der Regel jedoch nur still dabei. Aber jetzt ergriff sie das Wort: "Nur das Kollektiv der Ersten kann auf mich zugreifen. Die Nutzung ist an legitimierte Erben gebunden oder von ihnen autorisierte Personen, die die Bedingungen akzeptieren müssen. Unbefugte Eingriffe führen zur Zerstörung des Raumschiffs."

"Damit ist dieses Problem gelöst", kommentierte Fynn Shan, Last Hope, Andromeda. "Kommen wir zu den nächsten Fragen: Wer nimmt teil? Und wie kommen wir unentdeckt auf die Welt der Antaraner?"

"Wir wissen von einer Transferstation weit außerhalb unseres Systems", sagte Isos. "Sie ist gegenwärtig zwar inaktiv, aber für einen kurzen Zeitraum könnte von dort aus eine Teleportation direkt ins System der Feinde stattfinden. Ob der Transport von der Gegenseite registriert wird wissen wir nicht. Eine Rückkehr darüber ist nicht möglich; diese Option haben wir aus nachvollziehbaren Gründen deaktiviert."

"Sehr gut", äußerte sich Admiral Schneider, Erde, Milchstraße beifällig. "Dann kommen wir zu dem Punkt, wer an der Mission teilnehmen wird. Allerdings sollten wir uns alle über das Risiko im Klaren sein: Es handelt sich hier um keine normale Erkundungstour eines fremden Planeten – im schlimmsten Fall werden die Teilnehmer gefangen genommen oder kehren nicht mehr zurück."

Nach diesen Worten sahen alle unwillkürlich zum Vorsitzenden des Bundes, Lew Romanow.

"Was die USOP angeht, so kann nur einer von beiden Erben, also entweder meine Person oder Golem teilnehmen."

"Ich werde dabei sein", warf Poseidon ein.

Jetzt erbat sich Präsident Moretti als Gast das Wort. "Ich stimme dem Vorsitzenden zu, dass entweder er oder Golem teilnehmen. Ich schlage Golem vor, da er die meiste Erfahrung von uns allen hat. Außerdem besitzen Athena oder Isis die größten Kenntnisse, was Zeitlinien und deren Manipulation angeht. Dann sehe ich Admiral Röttgers Kampferfahrung als vorteilhaft an, falls es zu Auseinandersetzungen kommen sollte. Schließlich wissen wir nicht, was uns dort erwartet. Und mit Poseidon an Bord haben wir eine gute Truppe zusammengestellt."

Romanow sah ihn ausdrucklos an, aber er wusste, dass Francesco recht hatte: Isis war sogar eine der am besten geeignetsten Personen für diese Mission. Da war sie wieder, die Situation, die er nicht mehr hatte erleben wollen! Ihm war klar, dass Isis diese Mission als Abenteuer begrüßen würde und mit einem inneren Seufzer dachte er an die Zeit, in der er hier alleine festsaß und jeden Tag aufs Neue hoffte, dass er sie wohlbehalten wiedersehen würde!

Isos meldete sich nun auch zu Wort: "Als Nestbehüter von Flagos steht es mir nicht frei, mit dabei zu sein. Aber ich werde Kantos entsenden."

Nach einigem Hin und Her wurde dann beschlossen, dass Poseidon und Golem die Mission leiten würden. Admiral Röttger, Isis und Athena sowie der Flagolaner Kantos würden sie begleiten.

Nach Abschluss der Sitzung wurden die ausgewählten Teilnehmer hereingeholt und gefragt, ob sie den Auftrag annehmen wollten. Romanow wollte in dem Fall, da die Mission auch ein Risiko barg, keine Anweisung erteilen.

Wie erwartet gaben Isis Romanow, Kantos und Admiral Röttger sofort ihre Zusage. Wenig später teilte Golem mit, dass auch Athena ihm eine Bestätigung gesendet hatte mit der Bitte, dass Finn Schwarz mit von der Partie war.

"Gut", schmunzelte Romanow. "Die beiden sind ein eingeschworenes Team. Wenn es keine Einwände dagegen gibt, bin ich einverstanden."

"Ich schlage vor, dass wir in drei Tagen mit der VISION FOUR starten", sagte Golem abschließend.

Nach Beendigung der Sitzung ging Romanow auf Isos zu und fragte, ob er in einer Stunde an einer zwanglosen Runde mit den Abgesandten teilnehmen wollte, zu der auch ihre Frauen, sofern sie welche hatten, dabei sein wollten. Dazu würden sie sich in seinen privaten Räumen hier im Hauptquartier treffen. Isos sagte zu und kündigte an, dass neben ihm, Kantos und Pelikos auch ihre Gefährtinnen erscheinen würden.

Währenddessen war Röttger zur EARTH ONE gegangen, um mit seiner Frau zu sprechen, die als Kommandantin dort noch ihren Dienst tat. In ihrem Quartier angekommen erzählte er von der Mission, die in drei Tagen beginnen würde.

Carli sah ihn daraufhin einen langen Moment schweigend an. Mit einem tiefen Atemzug begann sie tonlos: "Du bist ein guter Stratege und auf der VISION FOUR zusammen mit Caecilia unschlagbar. Du, Athena, Finn, Isis, Golem und Poseidon – ihr seid ein ausgezeichnetes Team. Wenn jemand Erfolg haben wird, dann ihr."

"Ich bin in spätestens zwei Wochen wieder zurück", erwiderte er so zuversichtlich, wie er es vermochte.

"Versprich mir nichts, was du nicht halten kannst", hielt sie ihm nur trocken entgegen, sodass es ihm fast das Herz zerriss.

"Nella ..."
Röttger schloss sie fest in seine Arme, in die sie sich mit einem Seufzer hineinschmiegte.
"Mio guerriero stellare – mein Sternenkrieger", sagte sie leise, "komm zurück zu mir, Raffaela und Giovanni."
Das war wohl der Preis des Erfolges, dachte sie dabei. Als er auf der Erde von der Anlage beim Neptun als unbekannter Klon des berühmten Admiral Röttger vor Jahren aufgetaucht war, hatte sie sich in ihn verliebt. Heute waren zwei entzückende Kinder von bald 3 Jahren in ihrem Leben und er bedeutete alles für sie! Zurückblickend hatte sich in nur drei Jahren viel getan – Michael war auf seine ruhige, besonnene Art trotzdem sehr ambitioniert und hatte seine Fähigkeit, sich dank seiner ihm angeborenen Implantate mit der Bord-KI der Dimensionsraumschiffe zu vernetzen, gut genutzt; dazu noch all die Kampferfahrungen eines einstigen Admirals der USOP ... er hatte sich mittlerweile einen eigenen Namen gemacht und den Admiral, den er im letzten Jahr erhalten hatte, mehr als verdient.

Und so saßen einige Zeit später Admiral Leon Schneider und seine Frau Katharina, Maya und Fynn Shan, Admiral Antonia Carli und Admiral Michael Röttger, sowie Mr. Tanaka, Chefwissenschaftler Philip Einstein und die Androiden Han, Ares, Hermes, Apollon, Golem und Poseidon in der großzügigen Lounge, die für solche Zwecke vorgesehen war. Lew und Isis Romanow sowie Präsident Moretti und seine Frau Isabella hatten die Gäste aus Flagos am Haupteingang erwartet und als sie die Lounge betraten begann Romanow, seinen Gästen die einzelnen Familien oder Abgesandte vorzustellen, die sich jeweils erhoben.
Zu aller Überraschung war durch den Helm deutlich zu erkennen, dass die jeweiligen Gefährtinnen im Gegensatz

zu ihren Partnern, die mit grau-melierten, schwarzen oder weißen Federn ausgestattet waren, eine rosarote Färbung der Federn im Gesicht aufwiesen. Die Augen schimmerten dunkelbraun, während die ihrer Partner grau-blau oder fast schwarz wirkten.

Isos nickte und sagte dann: "Das ist meine Gefährtin Ik, das ist Kantos mit Kin und Pelikos mit No-il."

Isabella Moretti sagte jetzt zu Ik: "Wollen Sie sich dort mit uns setzen?"

Mrs. Moretti steuerte mit Ik und Isos sowie Kantos und Ki auf eine freie Sitzfläche zu, die Maya Shan und Antonia Carli in Erwartung der Gäste freigehalten hatten. Romanow und Isis begleitete Pelikos mit No-il zu den Sitzen neben Ares und Admiral Schneider und seiner Frau und setzte sich dort.

Fynn Shan hatte sich zurückgelehnt und beobachtete lächelnd, wie seine Frau ein vorsichtiges Gespräch mit Kin begann und Isabella Moretti mit Ik erste Worte wechselte. Er wusste, dass sich Antonia und Maya auf den Abend und die fremden Gäste sehr gefreut hatten.

"Wie haben Sie die Reise überstanden?", fragte Isabella Moretti gerade. "In kurzer Zeit so weite Entfernungen zurückzulegen muss überaus anstrengend sein."

"Es ist wenig davon zu spüren", gab Ik über den Translator zur Auskunft. "Wir verbringen den Flug in einem Ei."

"In einem … Ei?", fragte Mrs. Moretti interessiert nach.

"Es ist ein eiförmiges Behältnis", erklärte Ik, als sie ihren Blick bemerkte.

"Wir haben auch eine Art Sarkophag, in den wir uns legen müssen, um den Flug in der 10. Dimension zu überstehen", warf Carli jetzt ein. "Unser Körper gewöhnt sich erst nach vielen Flügen daran."

"Ihre Federfarbe ist sehr hübsch; sie gefällt mir", sagte Maya Shan spontan und schaute bewundernd auf die weichen Federn, die sich durch den Helm zeigten.

Ik nickte mit einem gurrenden Laut und Maya Shan sah sie etwas ratlos an.

"Meine Gefährtin ist erfreut", erklärte Isos, der die beiden beobachtet hatte.

Maya Shan strahlte und fuhr fröhlich fort: "Wir haben lange keine so interessanten Gäste mehr gehabt!"

Nach zwei Stunden verabschiedeten sich Isos, Ik und die anderen Flagolaner.

"Wir bedanken uns für die Gastfreundschaft. Wir laden Sie morgen Vormittag auf einen Rundgang durch unser Cosmonave ein", endete Isos.

"Sehr gerne. Es wird allerdings nicht für alle möglich sein", erwiderte Romanow, "da einige heute noch nach Hause zurückkehren."

Präsident Moretti und seine Frau sowie Romanow und Isis begleiteten ihre Gäste zum Gleiter, der sie zu ihrem Raumschiff fliegen sollte.

"Es war ein guter Abend", sagte Romanow. "Wir Menschen geben uns zum Abschied gerne die Hand, was eine andere Art von Kontakt herstellt. Ich bedaure, dass das aufgrund unserer Raumanzüge nicht möglich ist. Aber vielleicht ist das bei Ihnen auch nicht erwünscht?"

"Es ist nicht üblich", erwiderte Isos daraufhin. "Wir teilen den Abschied auf eine andere Weise, bei der uns kein Raumanzug hindert."

Romanow sah ihn an und plötzlich hatte er den Eindruck, dass sich die Schwingen in Isos Raumanzug zu heben begannen, denn er wirkte aufgeplustert. Dann hörte er ein leises Gurren und wie bei den letzten beiden Begegnungen begann sich tief in ihm etwas zu regen. Dieses Mal ließ er sich erwartungsvoll in den Kontakt fallen und nahm ein Prickeln im Körper wahr, das ihm das Gefühl gab, über sich selbst hinauszuwachsen. Gebannt hielt er den Augenkontakt und dann spürte er beglückt die bekannte Leichtigkeit in sich aufsteigen. Vollkommen in diesem herrlichen Empfinden aufgehend nickte er schließlich. Isos erwiderte sein Nicken und dann wanderten die sechs Flagolaner die Rampe hinauf und die Schleuse schloss sich hinter ihnen.

Als Romanow sich nun Moretti zuwandte sah er sich neugierigen Blicken ausgesetzt.

"Wann erzählst du mir endlich mal die Geschichte deiner Reise zum Ursprung des Universums?", fragte Moretti auch schon. "Es muss eine besondere Erfahrung gewesen sein, wenn ich dich so ansehe."

"Das war es", bestätigte Romanow lächelnd. "Wenn ihr noch ein wenig Zeit habt, dann gehen wir in meine Suite."

Als sich Francesco und Isabella Moretti später verabschiedet hatten ließen Lew und Isis Romanow den Abend Revue passieren.

"Du hast Francesco nicht alles erzählt", kommentierte Isis mit einem fragenden Blick.

"Wir hatten damals vereinbart, dass die ganze Wahrheit nur einem kleinen Kreis bekannt bleibt. Ich halte das nach wie vor für richtig, Isis. Was uns in einer fernen Zukunft erwartet, sollte keiner vorher erfahren, um nicht davon beeinflusst zu werden", gab Romanow zu. "Isos lässt meine Erinnerungen daran wieder wach werden und das ist sehr angenehm. Ob er ähnliche Erfahrungen gemacht hat?"

"Es ist möglich, dass er einfach einen natürlichen Zugang zu diesen Empfindungen hat, die du beschreibst", erwiderte Isis. "Die Flagolaner sind ein Volk, das eine andere Sinneswahrnehmung zu haben scheint als wir Menschen."

"Allein die Wortwahl weist darauf hin; vielleicht hast du recht", nickte Romanow nachdenklich und fuhr dann begeistert fort. "Ich war mit Isos wortwörtlich auf einer Wellenlänge! Das ist etwas, was ich lange nicht mehr erlebt habe, mal von Golem und Poseidon abgesehen."

"So ist das also!", stellte Isis stattdessen empört fest. "Mir war nicht klar, wie du unsere Beziehung wirklich siehst. In jedem Fall sind wir beide wohl nicht "angenehm" auf einer Wellenlänge!"
Verblüfft schaute er sie an: "So war das doch nicht gemeint, mein Schatz …"
"Ich habe genau das von dir gehört", funkelte sie ihn an. "Du und Golem und Poseidon – da kann ich leider nicht mithalten!"
Romanow wusste, dass Isis auf seine besondere Freundschaft mit den beiden Androiden von Anfang an eifersüchtig gewesen war und nun kam auch noch Isos on top! Schmunzelnd zog er seine widerstrebende Frau unnachgiebig zu sich: "Was für ein gesträubtes Gefieder habe ich da in meinen Armen! Du machst viel Lärm um nichts und das weißt du auch, mein Engel."
Bevor Isis noch etwas von dem sagen konnte, was ihr ganz offensichtlich durch den Sinn ging, verschloss er ihren Mund mit einem leidenschaftlichen Kuss, den sie kurz darauf hingebungsvoll erwiderte.

Am nächsten Vormittag betrat eine kleine Gruppe Menschen und Androiden erwartungsvoll das Cosmonave der Flagolaner. Was würden sie wohl dort sehen? Mittlerweile war es nicht mehr notwendig, einen Raumanzug zu tragen, so, wie bei Beginn ihrer Bekanntschaft. Alle Menschen hatten sich eine spezielle, transparente Atemmaske übergezogen, die das notwendige Luftgemisch für einen halben Tag zur Verfügung stellte. Der integrierte Translator war drahtlos mit einem winzigen Modul, das im Ohr befestigt wurde, verbunden und sorgte für die Übersetzung. Die Androiden hatten diese Maske nicht nötig; der Translator war in ihrem System nicht sichtbar integriert worden.

Isos hieß sie willkommen und wandte sich dann an Kantos. "Unser Oberbefehlshaber der Kriegsflotte, Kantos, wird Sie herumführen."
Isos entsandte also einen der ranghöchsten Personen von Flagos, dachte Golem anerkennend.
Nach Passieren der zweiten Schleuse eröffnete sich den Menschen und Androiden eine völlig andere Welt, als wie sie es bisher von ihren Raumschiffen gewohnt waren: Es schienen auf den ersten Blick wenige Ecken vorhanden zu sein – stattdessen war alles irgendwie rund!
Kantos führte sie nun durch verschiedene, riesige Hallen, in denen die unterschiedlichsten Fluggeräte stationiert waren: von den bekannten, vogelartigen Gleitern bis hin zu kleineren, würfelförmigen Raumschiffen. Dann ging es an Wohnbereichen vorbei. Kantos hielt inne und zeigte das Innere eines Nests, wie es durch den Translator übersetzt wurde. Auch hier gab es kaum Ecken und die Schlafgelegenheit sah tatsächlich aus wie ein etwas zu groß geratenes Vogelnest. Insgesamt wirkte die Behausung, wie Romanow feststellte, entspannend und anheimelnd gemütlich.
Schließlich erreichten sie die Zentrale und Isos wies auf einige Sitzgelegenheiten, auf denen die Gäste Platz nahmen.
"Wir möchten Ihnen einen kurzen Flug anbieten, wenn Sie damit einverstanden sind", begann Kantos.
"Dieses Angebot nehmen wir sehr gerne an", ließ Moretti sofort vernehmen.
"Ich kontaktiere die Raumhafenkontrolle", sagte Röttger und, da er sich jederzeit mit dem Androiden Caecilia, der ebenfalls anwesend war, vernetzen konnte, gab er ihm wortlos die Anweisung, die Freigabe einzuholen. Bereits nach wenigen Minuten hoben die Traktorstrahlen das Cosmonave der Flagolaner in zwei Kilometer Höhe.

"Bitte starten Sie Ihre Triebwerke" ertönte die Raumhafenkontrolle in der Zentrale. Nachdem das geschehen war hob sich das Raumschiff geräuschlos weiter in die Höhe. Auch die Gestaltung der Zentrale war ungewohnt, erkannte Golem. So war statt der gewohnten Decke über ihnen der Sternenhimmel als Hologramm zu sehen und auf den Wänden wurde rundherum die Außenwelt übertragen. Darauf erschienen sich permanent ändernde, fremde Schriftzeichen in rosaroter Farbe, die sehr wahrscheinlich Informationen wie Triebwerksleistung, Flughöhe und sonstige Daten darstellten. Noch waren die Schriftzeichen unbekannt und ohne die hochwertigen Translatoren wäre eine Verständigung mit diesem Volk sehr schwierig geworden.

Der Flug war ein Genuss, denn man hatte das Gefühl, mitten im Weltall zu schweben. Doch plötzlich gab es kleinen Ruck und Kantos erklärte dazu: "Sie haben gerade unseren Teleportationsantrieb erlebt. Wir befinden uns jetzt fünf Lichtjahre von Last Hope entfernt. Ab einer Entfernung von 100 Lichtjahren ist die Benutzung des Schwingen-Netzes, der Transferstationen notwendig, um die Auswirkungen auf den Körper zu reduzieren. In der 5. Dimension kommen beide Antriebe zum Einsatz: Es handelt sich dabei um einen Dimensionsantrieb kombiniert mit dem Teleportationsantrieb. Damit können wir zeitlos Reisen in der 10. Dimension durchführen - allerdings nur mit diesem Raumschiff. Unsere anderen Raumschiffe sind nur bis Dimension 8 geeignet."

In diesem Augenblick wurde ein Bild des Maschinenraums gezeigt, was bei den Menschen zu erstaunten Blicken und Ausrufen führte. Interessiert betrachtete Golem die blaue Pyramide, wie sie auch in den Dimensionsraumschiffen vorhanden war! Da sie jetzt ihrerseits von den Flagolaner musternd beäugt wurden erklärte Romanow:

"Sie besitzen anscheinend den gleichen Antrieb, der sich auch auf unseren Dimensionsraumschiffen befindet."
"Er ist Ihnen sicher von den Ersten zur Verfügung gestellt worden", sagte Isos ruhig.
"Nun, das ist nicht richtig", erwiderte Romanow. "Sie wurden uns von einem Volk überlassen, das sich "die Schöpfer" nannte. Nach ihrem Ableben sind wir in den Genuss der Nutzung gekommen."
Isos betrachtete ihn unbewegt. Er versucht einzuschätzen, ob ich die Wahrheit sage, ging Romanow durch den Sinn. Und so ergänzte er: "Wir gehen mittlerweile davon aus, dass das Kollektiv der Ersten diese Raumschiffe ursprünglich erschuf."
"Flagos existiert länger als die Menschheit in diesem Universum", ließ Isos jetzt vernehmen. "Und doch haben unsere Nester bedeutende Gemeinsamkeiten. Die Unterschiede im Aussehen und unserer Lebensart sind dagegen klein."
"Verfügen die Antaraner auch über Raumschiffe mit diesem Antrieb?", fragte Golem.
"Wir wissen es nicht, da wir seit langem keinen direkten Kontakt mehr mit ihnen haben", antwortete Kantos. "Uns ist nur bekannt, dass sie genauso wie wir das Schwingen-Netz benutzen."
In diesem Augenblick meldete sich die Anflugkontrolle von Last Hope und gab die Landung frei. Unbemerkt hatte das Cosmonave sie sich wieder in den Orbit von Last Hope teleportiert!
Nach zehn Minuten setzte das Raumschiff auf und Romanow bedankte sich für das Vertrauen und lud Isos und seine Begleiter zu einem Gegenbesuch auf einem Dimensionsschiff und eines der normalen USOP Raumschiffe, der EARTH ONE, ein.
Isos nickte und wies zum Holo-Bildschirm, auf dem der exakte Grundriss eines Dimensionsschiffs und

anschließend der EARTH ONE abgebildet wurde. Es war nicht völlig detailgetreu und doch war erkennbar, dass es sich hier um einen übersichtlichen, sehr guten Scan handelte.

Während alle noch verblüfft schwiegen sagte Isos: "Wir wissen nicht, wie angenehm der Flug mit Ihren Raumschiffen sein wird – aber der Aufbau ist uns grundsätzlich bekannt. Sollten unsere Nester weiter zusammenfinden, machen wir Sie mit unserer Technik vertraut. Im Gegenzug interessiert uns Ihr Warp-Antrieb. Es ist immer von Vorteil, mehr als ein Antriebssystem zu integrieren."

Isos nickte leicht und fuhr dann fort: "Wie auch immer sich die Zukunft gestaltet - vielleicht sehen wir die Antaraner irgendwann nicht mehr als unsere größten Feinde, auch wenn sie uns zu diesem Zeitpunkt noch bedrohlich erscheinen. Und es mag sich sogar herausstellen, dass bei unseren Richtern, den Ersten, auch nicht alles rosa erstrahlt."

Eine interessante Sprache und ein weiser Anführer, dachte Romanow beeindruckt. Ein uraltes Sprichwort der Menschen besagte ähnliches: Es ist nicht alles Gold, was glänzt.

"Isos hat recht", hörte er Golem gedanklich sagen. *"Es gibt grundlegende Gemeinsamkeiten in unseren Einstellungen."*

"Er ist ein guter Führer eines Volkes mit beeindruckenden Technologien", äußerte sich Poseidon. *"Der Beitritt von Flagos in den Bund wäre für uns von großem Vorteil."*

"Wir sind auf einem guten Weg dahin", stimmte Romanow mit einem Blick auf Golem und Poseidon zu.

Isos, der ihn aufmerksam betrachtet hatte, sagte jetzt: "Ich werde mich jetzt verabschieden und nach Flagos zurückkehren. Kantos wird Sie begleiten."

Admiral Röttger meldete sich jetzt zu Wort: "Ich habe Kantos ein Quartier auf der VISION FOUR in Hinblick auf seine Bedürfnisse hin umgestalten lassen."
Kantos Apartment hatte großzügige Ausmaße und war eigentlich für eine Familie gedacht. Am Eingang befand sich jetzt eine Schleusenkammer, in der er den notwendigen Helm an- oder ablegen konnte, um dann die Räumlichkeiten zu betreten, die einen höheren CO2-Gehalt, einen niedrigeren O2-Gehalt und einen etwas anderen Luftdruck als üblich aufwiesen. Röttger nahm sich vor, noch vor dem Abflug einige, kleinen Änderungen zu veranlassen. Nach allem, was er jetzt gesehen hatte, war es aus Kantos Sicht zu eckig – ein paar Rundungen hier und da und dann dieses eiförmige Bettlager sollten zeitnah noch machbar sein.
Isos begleitete seine Besucher wieder an die Schleuse und nach dem Abschied, der in Form eines respektvollen Nickens von allen praktiziert wurde, begab sich Röttger zur EARTH ONE, während alle anderen zum Regierungssitz zurückflogen.
Kurz darauf erhob sich das Cosmonave und nach knapp einer Viertelstunde verschwand es von den Ortungsschirmen im Nichts des Universums.
"Ich verabschiede mich ebenfalls", begann Präsident Moretti, als sie vor dem Haupteingang standen. "Ich nehme Han, Fynn und Maya Shan auf der UTOPIA mit. Du weißt ja, Lew: Der Nationale Sicherheitsrat besteht auf Fynns Anwesenheit während Golems Abwesenheit. Es läuft zwar alles automatisiert, aber für den Fall der Fälle soll er auf dem Mond alles im Blick behalten. Er ist gut eingearbeitet, wie mir Golem versichert hat. Ich weiß ja nicht, wie lange sich unsere Truppe in der Ferne vergnügt – aber Shan wird sicherlich bei der nächsten Ratssitzung mit dabei sein."

Romanow lachte: "Das wird Nath nicht freuen – die beiden sind sich nicht gerade grün. Herzliche Grüße an Isabella. Mal sehen, wann ich wieder zur Erde komme – hoffentlich nicht erst dann, wenn euer Nachwuchs auf der Welt ist!"

Morettis Gesicht überzog ein stolzes Strahlen und dann meinte er vergnügt: "Es wird ein Junge, wie wir mittlerweile wissen! Isabella hatte wohl eher eine Tochter im Sinn, aber nun ist es entschieden. Also, Lew, wir hören voneinander!"

Nach einer herzlichen Umarmung verabschiedete er sich von Kantos und den Androiden Golem und Poseidon: "Wir zählen auf Sie, meine Herren, ich wünsche Ihnen viel Erfolg!"

Kapitel 2 Antaris

Nun war es also soweit, dachte Romanow, als er sich mit Golem und Isis auf den Weg zur VISION FOUR machte. Er hatte sich nichts von seiner Sorge anmerken zu lassen, sondern in den letzten Tagen mit beiden viel darüber diskutiert, wie wohl der Kontakt mit den Antaranern verlaufen würde. Ob es dort auch Androiden gab? Letztendlich war es ein humanoides Volk und sie wollten unerkannt dort auftauchen - was Poseidon schwerfallen dürfte, wie Isis humorvoll anmerkte. Als sie schließlich an der Schleuse der VISION FOUR ankamen, umarmte er Golem fest.

"Komm heil zurück, mein Freund", bat Romanow nachdrücklich, als sie voreinander standen. Dieses Mal musste er gleich zwei Personen ins Ungewisse ziehen lassen, die ihm am Herzen lagen, denn mit Golem verband ihn seit der damaligen Reise eine tiefe Freundschaft.

"Mach dir keine Sorgen – ich werde gut auf sie achtgeben."

Romanow lächelte: *"Ich danke dir. Und pass bitte ebenso gut auf dich selbst auf!"*

Dann wandte er sich seiner Frau zu, doch bevor er noch etwas sagen konnte, umarmte sie ihn innig und sagte leise: "Ich danke dir, dass du mich unterstützt – ich liebe dich, Lew."

Bewegt hielt er sie in seinen Armen. "Du bist eine der Besten für diesen Job, mein Engel. Ich bin stolz auf dich."

Nach einem letzten Kuss strich er ihr liebevoll über die Wange: "Viel Erfolg!"

Wenig später erhob sich die VISION FOUR in den Himmel von Last Hope. Unwillkürlich warf Romanow Admiral Carli einen Blick zu, die neben ihm stand und dem Raumschiff gedankenverloren nachsah.

"Es ist nicht einfach, seine Lieben gehen zu lassen", meinte er dann teilnahmsvoll.

"Nein", gestand sie mit einem Seufzer. "Das ist es nicht.
Aber Dienst ist eben Dienst."

Die Menschen, Androiden und auch Kantos begaben sich
indessen in der VISION FOUR in die Ruhebehälter und
mit der Einleitung des Ruhemodus der Androiden und des
Tiefschlafs für die biologischen Gäste startete das Dimen-
sionsraumschiff in die 10. Dimension, um zu der Position
zu fliegen, die Kantos angegeben hatte. Nach 12 Stunden
irdischer Zeit waren sie am Ziel angekommen und die Besatzung erwachte wieder.
"Hier ist im Normalraum nichts erkennbar", tat Finn
Schwarz kund. "Wir sind buchstäblich im Leerraum angekommen."
"Soweit, so gut", meinte Röttger. "In der Regel befinden
sich Transferstationen allerdings in der 5. Dimension, sel-
tener auf einem Planeten."
"Das ist richtig", nickte Kantos.
"Caecilia, bist du in der Lage zu ermitteln, wo wir uns ge-
nau befinden?", fragte Golem.
"Mangels konkreter Sternenansammlungen kann ich nicht
feststellen, wo wir uns befinden. Wir haben 30 Millionen
Lichtjahre zurückgelegt."
Nach einem kurzen Blick in die Runde sagte Poseidon:
"Caecilia, begib dich in die 5. Dimension."
Kurze Zeit später befand sich die VISION FOUR in der 5.
Dimension und nach wenigen Minuten hatte die KI tat-
sächlich die entsprechende Signatur geortet und sendete
die ihr bekannten Autorisierungscodes. Doch es tat sich
nichts.
"Gibt es hier einen anderen Code?", fragte Isis Kantos.
Kantos, der mittlerweile auch nur noch einen Helm trug,
der ihm das notwendige Luftgemisch zur Verfügung
stellte, übergab Isis einen kleinen Datenkristall.

Nachdem dieser eingespielt war sendete Caecilia den Code und tatsächlich erschien die bekannte Öffnung im All und die VISION FOUR wurde automatisch eingeschleust. Neugierig betraten sie diese Station und sahen sie sich um.

"Legitimiert euch!", erklang plötzlich die Stations-KI.

Unwillkürlich sahen sich Isis und Poseidon an – war hier auch eine Partikelwaffe installiert, die sich aktivierte, falls der Freigabecode nicht genannt wurde?

Doch dann sprach Poseidon in einer, nicht von den Translatoren übersetzbaren, fremden Sprache und kurze Zeit später teilte die Stations-KI mit: "Berechtigung gewährt."

Kantos musterte ihn reglos: "Sie kennen die Sprache der Ersten und kennen den Legitimierungscode?"

"Mir, Romanow, Admiral Röttger und Golem wurde ein Wissen übertragen, das sich nur in bestimmten Situationen offenbart", erläuterte ihm Poseidon. Kantos sagte nichts dazu und so äußerte sich Finn Schwarz: "Ja, das ist ein weiteres Mysterium, das uns auch immer wieder überrascht. Wir nahmen immer an, dass es sich dabei um die Sprache der Erbauer des Transfernetzwerks handelt – also sind es tatsächlich die Ersten."

Anschließend begaben sich alle in die Zentrale und sofort erschien ein großer Holo-Bildschirm, der die Teleportationsstrecken aufzeigte.

"Es ist nur eine Strecke intakt", stellte Golem interessiert fest.

"Alle anderen sind mit etwas gekennzeichnet, das ich als Warnung ansehen würde", kommentierte Röttger nachdenklich und Kantos erklärte, dass diese Strecken zerstört waren.

"Die Teleportationsroute zu den Antaranern ist die Einzige, die möglich ist."

"Dann schlage ich vor, wir fliegen los", tat Poseidon kund und sah Kantos auffordernd an.

Kantos ging zielsicher an ein kleines Pult und machte dort einige Eingaben. Danach wandte er sich um: "In 15 Minuten wird der Transfer des Raumschiffes gestartet. Danach deaktiviert sich die Strecke. Wie schon einmal erwähnt ist eine Rückkehr hierher nicht möglich, da nach dem Krieg mit Antaris diese Option von uns stillgelegt wurde."

"Gut", meinte Röttger. "Dann sollten wir uns auf den Weg machen."

Also gingen alle in die Zentrale der VISION FOUR und warteten ab. Doch nach Ablauf der 15 Minuten tat sich immer noch nichts, als Caecilia plötzlich meldete: "Ich empfange einen intensiven Funkverkehr."

Und tatsächlich: Auf dem Holo-Bildschirm in der Zentrale zeigte sich jetzt eine unendliche Sternenansammlung!

"Spannend - eine Reise, von der niemand wusste, dass er sie gerade gemacht hat", kommentierte Finn Schwarz amüsiert.

"Wir haben unser Ziel erreicht. Ich schlage vor, dass wir uns einen Zufluchtsort suchen bevor wir entdeckt werden", warf Kantos ein.

"Ist eine geeignete Sonne in der Nähe, Caecilia?", fragte Admiral Röttger.

"Ja, zwei Lichtstunden entfernt."

"Dann mit Warp zur Sonne, Caecilia, und begib dich so weit wie möglich in die Korona", wies Röttger an. Schon bald darauf tauchte die VISION FOUR in die Korona der Sonne ein und die KI deaktivierte im Anschluss alle Anlagen, die eine hohe Emission aufwiesen, um eine Entdeckung zu vermeiden. Nur eine Nano-Sonde verblieb außerhalb der Sonnenkorona, um die Umgebung zu überwachen. Gleichzeitig hatten sie bei der Transferstation eine weitere Sonde zurückgelassen; sie würde melden, ob ihre Ankunft bemerkt worden war.

"So, da wären wir", murmelte Röttger, entspannte sich auf seinem Sitz und sah in die Runde.

"Die zurückgelassene Sonde meldet, dass sich vier Raumschiffe der Transferstation nähern", sagte Caecilia. "Jetzt sind es nur noch zwei."
"Sie werden in die 5. Dimension aufgestiegen sein", schloss Isis.
"Tja, dann wäre das geklärt", stellte Röttger trocken fest. "Die Antaraner kennen die Station und haben dort vermutlich auch Sonden hinterlassen, die unsere Ankunft gemeldet haben."
Doch nach einer halben Stunde wurde von der Sonde außerhalb der Sonne die Annäherung von zehn Raumschiffen gemeldet. Sie begannen sofort, das Sonnensystem mit seinen fünf Planeten zu untersuchen.
"Das klingt nicht gut", meinte Finn Schwarz. "Woher wissen die, dass sie hier suchen müssen?"
Besorgt sah er Röttger an, der angespannt die Situation auf dem Holobildschirm beobachtete. Eines der Raumschiffe tauchte gerade in den äußeren Bereich der Sonnenkorona ein und näherte sich der VISION FOUR auf knapp 800 Metern!
Nach einem Moment, in dem niemand etwas sagte und jeder schon mit der unmittelbar bevorstehenden Entdeckung rechnete, drehte das fremde Raumschiff ab und schloss sich den anderen wieder an.
"Puh, das war knapp!", seufzte Finn Schwarz.
"Hm, eigentlich hätte es uns orten müssen", tat Röttger irritiert kund.
"Ich habe einen speziellen Tarnschirm aktiviert, der ein Sonnenplasma vortäuscht und die gegnerischen Ortungsgeräte irregeführt", meldete die Bord-KI Caecilia.
Golem sendete über sein internes Kommunikationsmodul an Poseidon und Isis: *"Ob wir je dieses Schiff mit all seinen Möglichkeiten vollständig kennenlernen werden?"*
Da er und Poseidon mit der KI direkt vernetzt waren, antwortete Caecilia: *"Das ist unwahrscheinlich."*

Röttger, der Golems Kommentar nicht empfangen hatte, aber die Antwort von Caecilia, warf ihm nur einen fragenden Blick zu, sagte aber nichts.

Die antaranischen Raumschiffe verließen das Sonnensystem und die Crew begann zu beraten, wie sie weiter vorgehen wollte.

"Es stellt sich die Frage, wie wir unbeobachtet etwas auskundschaften wollen?", meinte Röttger. "Anscheinend ist ein gutes Überwachungssystem vorhanden."

Über den Funkverkehr wussten sie, dass die Sprache der Antaraner unverständlich war, doch der Translator hatte mittlerweile genug Material erhalten und startete mit der Übersetzung. So erfuhren sie, dass der Lebensmittelpunkt der Antaraner nur drei Lichtjahre entfernt lag. Und dort gab es mindestens drei Planeten: Neben Antaris fielen die Namen Lesath und Tabit, zwischen denen ein reger Raumverkehr stattfand.

Nach einigen Stunden ergab sich nichts Neues mehr und allen war klar, dass sie sich in irgendeiner Form auf Erkundungstour hinauswagen mussten.

"Wenn ich einen Vorschlag machen darf", erklang Caecilia in die ratlosen Gedanken der Crew hinein. "Die an Bord befindlichen, beiden Kreuzer (diese hatten einen Durchmesser von 20 Metern; jedes Dimensionsschiff hatte neben 4 Gleitern zwei davon an Bord) haben ein spezielles Tarnsystem. Diese Technik basiert auf einer minimalen Zeitversetzung von zwei Sekunden in die Zukunft. Dazu sind besondere Raumanzüge mit der gleichen Technik vorhanden. Es ist allerdings zu berücksichtigen, dass die Anzüge nach 12 Stunden wieder aufgeladen werden müssen, um die Tarnung aufrecht zu halten."

"Hervorragend", sagte Isis Romanow. "Poseidon, das ist die Technik, die ihr damals bei unserem Erstkontakt verwendet hattet. Damit haben wir eine gute Ausgangsposition."

"Ich schlage vor, wir starten morgen früh mit dem Kreuzer VF1", entschied Golem. "Insbesondere für die Biologischen unter uns ist heute Ruhezeit angesagt."

"Die VISION FOUR bleibt hier verborgen", bestätigte Poseidon. "Caecilia und ihr Avatar, sowie ich und Kantos werden euer Rettungsanker sein. Michael und Finn bleiben im Kreuzer VF1 im Orbit von Antaris und nur ihr drei, Golem, Isis und Athena werdet die Oberfläche erkunden."

"Ich möchte mit Athena nach Antaris gehen", wandte Finn Schwarz entschlossen ein.

"Vorerst sollten nur wir Androiden den ersten Schritt machen", erläuterte Golem. "Das hat einen guten Grund, Finn: Wir sind robuster als ihr Humanoiden."

Schwarz sah ihn unentschlossen an und Athena schaltete sich ein: "Golem hat recht, Finn. Du und Michael, wir brauchen euch beide als Rückendeckung."

Schließlich akzeptierte er die Entscheidung.

"Ich schlage vor, wir gehen jetzt in der Messe etwas essen", meinte Röttger und sah fragend in die Runde. Finn Schwarz, Athena und Isis wollten sich anschließen und warfen einen fragenden Blick auf Kantos.

"Es ist mir nicht möglich, Nahrung durch den Helm aufzunehmen", stellte Kantos klar.

"Hm … wir wollen Sie nicht ausschließen - aber auf diese Weise können wir natürlich nicht gemeinsam essen", meinte Röttger etwas ratlos.

"Poseidon, meine Person wie auch die anderen Androiden haben Nahrung nicht nötig, Kantos. Da es den Menschen aber wichtig ist, zusammen zu speisen, nehmen wir manchmal an diesen Ritualen der Geselligkeit teil", erklärte Golem.

"Das ist bei uns ebenfalls so üblich", bestätigte Kantos und betrachtete die Gruppe einen Moment lang unbeweglich. "Aber ich werde mir meine Nahrung in meinem Quartier zubereiten."

"Dann treffen wir uns im Anschluss in einer Stunde", schlug Finn Schwarz vor. "Entweder in der Messe oder in Ihrem Quartier."

"Ich werde nach der Mahlzeit in die Messe kommen", nickte Kantos und machte sich auf den Weg zu seinem Habitat. Als er nach einer Stunde erschien, saßen alle bereits zusammen.

"Sie kommen gerade richtig", sagte Röttger einladend. "Wir überlegen, wie unsere Notfallprozeduren aussehen werden."

"Bei Anzeichen von Gefahr zieht ihr euch sofort zurück, Golem", tat Poseidon kund. "Michael, du wirst im Falle einer Flucht vorerst nicht zur VISION FOUR zurückfliegen."

Röttger nickte: "Verstanden. Du und Kantos, ihr seid unsere Rückendeckung und, falls wir verfolgt werden, bleibt ihr immer noch unentdeckt. Wir werden euch in diesem Fall nur informieren."

"Jeder von uns hat genug Nano-Sonden dabei, um dir eine Nachricht mit den Koordinaten zukommen zu lassen, wo wir abgeholt werden wollen", sagte Isis Romanow zu Röttger.

"Ungeachtet aller Umstände werden Rettungsmissionen nur vorgenommen, wenn eine Aussicht auf Erfolg besteht", stellte Golem ernst klar und sah jeden einzelnen an. "Wir wussten alle, auf welches Risiko wir uns einlassen."

Dann wandte er sich an Finn Schwarz: "Kann ich mich darauf verlassen, dass du dich an Michaels Anweisungen als ranghöchster Officer hältst? Wenn du damit nicht einverstanden bist, dann schlage ich vor, du bleibst besser auf der VISION FOUR, Finn."

Finn Schwarz warf Athena einen kurzen Blick zu, die ihn ausdruckslos ansah, holte tief Luft und nickte dann: "Du kannst dich auf mich verlassen."

"Haben Sie noch einen Vorschlag für uns, Kantos?", fragte Golem abschließend.

"Nein, alles ist gut durchdacht. Der Rest ergibt sich aus der Situation", meinte Kantos und nickte.

"Gut. Dann ist vorerst alles gesagt", meinte Röttger zufrieden.

"Kantos, darf ich Sie etwas über Ihr Volk fragen?", begann Finn Schwarz und fuhr fort, als Kantos nickte. "Wie lange dauert Ihre Lebensspanne?"

Eine Zeitlang tauschte sich die Gruppe angeregt über die unterschiedlichen Lebensweisen ihrer Völker aus. Während Finn Schwarz von den Menschen berichtete, deren Lebenszeit im Laufe der Jahrtausende immer mehr verlängert werden konnte, bis mittels eines Serums eine Unsterblichkeit möglich geworden war, erzählte Kantos, dass die Flagolaner mehrere Hundert Jahre alt wurden. Irgendwann entschieden sie sich für einen Partner, mit dem sie ihr Leben lang zusammen blieben.

"Das ist für uns Androiden ähnlich", berichtete Isis angeregt und berichtete, dass sie und Athena sich für einen Partner entschieden hatten, von dem sie sich nicht mehr trennen würden. "Wenn wir Androiden lieben, dann für ein ganzes Leben", endete sie und warf Golem unwillkürlich einen Blick zu. Er hatte sich einst für sie entschieden – doch er war nicht ihre Wahl gewesen. Ob er jemals eine andere Partnerin finden würde?

"Bei den Menschen kann es durchaus vorkommen, dass sie sich trennen, um mit einem anderen Partner zusammen zu sein", ergänzte Röttger.

Was die Nahrung anging, so nahmen Flagolaner vorzugsweise das zu sich, was alle erwartet hatten: Meerestiere in den unterschiedlichsten Variationen.

"Aber wir essen auch anderes: pflanzliche Produkte, Fleisch, Insekten – im Grunde alles, was die Natur bietet.

An Bord wird wie bei Ihnen die Nahrung synthetisch hergestellt."

"Ich hoffe, Sie sind zufrieden mit dem, was wir Ihnen bieten können?", fragte Poseidon.

Kantos gab unerwartet ein tiefes Gurren von sich und seine Flügel vibrierten leicht.

"Ich bin zufrieden", sagte er dann und bewegte seinen Kopf leicht hin und her. Fasziniert hatte die Crew diesen non-verbalen Ausdruck von offensichtlichem Wohlbehagen beobachtet.

"Das freut uns", lächelte Röttger jetzt. "Wir möchten Ihnen das "Du" anbieten, Kantos. Die Personen, die hier zusammensitzen, kennen sich alle sehr gut und wenn Sie wollen ...?"

"Sehr gerne", erwiderte Kantos.

"Prima!", sagte Schwarz vergnügt. "Ich bin Finn, das ist Michael und das Isis – meine Frau Athena, Poseidon und Golem."

Dann fragte Kantos, warum manche Personen mit Nachnamen angeredet wurden und andere nur mit ihrem Vornamen. Und so erfuhr er, dass in der USOP Androiden mit Vornamen bezeichnet wurden damit jeder Mensch wusste, dass er eine künstliche Lebensform vor sich hatte. Die Ausnahme war eine Adoption, was auf den Finanzminister der USOP, John Kopernikus, zutraf oder die Heirat mit einem Menschen.

"Im Laufe der nächsten zehn Jahre werden sich noch einige Änderungen vollziehen", erklärte Isis Romanow. "Unser Ziel ist die vollständige Gleichberechtigung von hochentwickelten Androiden und Menschen."

"Ich hatte bisher nicht den Eindruck, dass so ein Schritt nötig ist", sagte Kantos und bewegte seinen Kopf leicht vor und zurück.

Röttger ging durch den Sinn, dass er damit anscheinend sein Erstaunen ausdrücken wollte. Flagolaner sah man ihre Emotionen nicht wie Menschen im Gesicht an aber sie zeigten sie auf andere Weise.

"Du, Pelikos und Isos, ihr habt vorrangig die Menschen kennengelernt, die eine Gleichberechtigung anstreben und diese auch leben. Aber es gibt viele andere, die die Einstellung haben, dass Menschen als ursprüngliche Schöpfer der Androiden stets über sie herrschen müssen; das hat eine jahrtausendalte Geschichte. Doch zurzeit befindet das im Wandel."

Kantos berichtete, dass es auf Flagos keine Androiden oder Roboter gab, die eine Persönlichkeit besaßen. Doch ab einer bestimmten Entwicklungsstufe war er der Meinung, dass es keinen Unterschied zwischen biologischen und künstlichen Lebensformen geben sollte.

"Jedes Leben hat seinen Platz im Universum", tat er kund. "Wenn ich mich darüber stelle, dann verhindere ich, dass ein Vogel das lebt, wofür er geschlüpft ist. Welchen Nutzen hat er dann noch für die Gemeinschaft?"

"Das sehe ich genauso", stimmte Isis lebhaft zu. "Die Gesellschaft nimmt sich selbst so viel, wenn sie nicht dafür sorgt, dass jeder sein Potential auch wirklich lebt!"

Die Zeit verflog wie im Nu und irgendwann stellte Röttger fest, dass er sich doch noch einige Stunden Schlaf vor dem Einsatz gönnen wollte. Und so gingen sie alle in ihre Quartiere mit der erfreulichen Feststellung, dass sie sich heute Abend näher gekommen waren.

Am nächsten Morgen startete Admiral Röttger nach einer kurzen Verabschiedung mit dem kleinen Kreuzer VF1 pünktlich um 9.00 Uhr UTC. Nach Aktivierung des Tarnmodus ging er auf Warp und so waren die drei Lichtjahre schnell zurückgelegt.

Bisher gab es keine Anzeichen, dass jemand auf sie aufmerksam geworden war. Trotzdem war Isis Romanow auf der Hut. Das Ganze erinnerte stark an ihre erste Mission auf Atlas. Damals hatte sie sich sehr sicher gewähnt, dass niemand ihre Anwesenheit bemerkt hatte und in Folge war sie von Poseidon übernommen worden. Jetzt befanden sie sich stets zwei Sekunden in der Zukunft und waren damit für die Antaraner unsichtbar.

Währenddessen waren sie im Orbit von Antaris angekommen und suchten bei der Umkreisung des Planeten nach einem unauffälligen Landeplatz. Schließlich entschieden sie sich für ein etwas abseits gelegenes Tal, das andererseits nahe genug an der Hauptstadt gelegen war, um es mit den Raumanzügen und den eingebauten Flugaggregaten problemlos zu erreichen. Nachdem Röttger gelandet war stiegen die drei aus und die VF1 hob sofort wieder ab, um sich in eine weite Umlaufbahn um Antaris herum zu begeben. Dort hörten Röttger und Schwarz den Funkverkehr ab und verfolgten die Bewegungen der Wacheinheiten sowie den Status der Abwehrforts, um zu erkennen, ob eine Alarmbereitschaft aktiviert wurde. Doch es blieb alles ruhig.

Also wurde die VISION FOUR Caecilia übergeben und sie vereinbarten, dass einer von ihnen immer für die Dauer von sechs Stunden in der Zentrale blieb, während der andere diese Zeit zum Essen oder Schlafen nutzte.

Golem, Athena und Isis hatten sich indessen orientiert und nutzten ihre Flugaggregate, um an einen Ort zu fliegen, von dem aus sie mit einem halbstündigen Fußmarsch die Stadt erreichen würden. Die Funktion ihres Anzugs, der eine Unsichtbarkeit erlaubte, ließen sie vorerst unangetastet. Jeder der Anzüge besaß drei Energiepacks und damit hatten sie drei Tage Zeit, danach würden sie von Röttger wieder hier abgeholt werden.

Durch eine kleine Nano-Sonde, die über der Stadt abgesetzt worden war, hatten sie Informationen erhalten, wie die ortsübliche Kleidung aussah: Männer wie Frauen trugen einen hellgrauen Ganzkörperanzug. Ihre an Bord befindlichen Replikatoren waren nicht nur in der Lage gewesen, Nahrung zu produzieren, sondern auch die gewünschte Kleidung, sodass sie sich diesbezüglich angepasst hatten.

"Das ist die erste Mission, die wir drei zusammen bestreiten", stellte Isis vielsagend fest, während sie sich auf den Weg machten. Golem klar war, worauf sie abzielte. Einst war sie als seine Frau erschaffen worden und nach ihrer Trennung und in der Zeit seiner Fremdbesetzung war er dafür verantwortlich gewesen, dass sie vernichtet wurde. Doch Justin Schwarz hatte sie wieder zum Leben erweckt und nach seiner eigenen Befreiung hatte er tief bereut, wie er sie behandelt hatte. Er hatte sie für sich gewinnen wollen – aber kurz darauf heiratete Isis Lew Romanow, der mittlerweile sein Freund geworden war. Es war ein langer Weg gewesen bis sich zwischen ihnen dreien wieder ein Vertrauen eingestellt hatte, das er heute sehr genoss.

Je näher sie der Stadt kamen, um so befahrener wurden die Straßen und nicht nur das – es waren viele Magnetbänder in der Luft erkennbar, die in verschiedenen Höhen über dem Boden kleinen Gleitern die Bahn wiesen. Sie sahen Türme und Bauwerke in unterschiedlichen Höhen und Formen vor sich, an denen auf fantasievolle Weise überall Pflanzenbewuchs erkennbar war. Kleine Teiche und Flussläufe unter den Straßen sowie blühende Sträuchern oder Bäume zwischen den Gebäuden säumten die Wege, auf denen viele Antaraner flanierten. Die Bevölkerung, die ihnen jetzt vermehrt entgegenkam, sah den Menschen in der USOP zum Verwechseln ähnlich und aus den aufgeschnappten Gesprächen im Vorbeigehen hörten sie, dass die Antaraner sich über Alltägliches unterhielten.

"Der vorhandene Platz wird für den Verkehr, zur Erholung und für Wohneinheiten sehr gut genutzt. Und es gibt auch Androiden", stellte Athena fest. Interessiert betrachten die drei eine Gruppe von künstlichen, maschinellen Lebensformen, die Lasten trugen.

"Das sind automatisierte Roboter", meinte Isis. *"Ich kann keine höhere Lebensimpulse in ihnen erkennen."*

Sie begegneten noch mehr Robotern, die unterschiedliche Formen und Gestalten aufwiesen, vermutlich optimiert in Hinblick auf ihre jeweilige Tätigkeit. So mutete eine Gruppe wie große, kopflose Hunde an und auf ihrem übergroßen Rücken waren diverse Lasten angebracht.

"Ich sehe einen Informationsterminal", äußerte sich Golem plötzlich. *"Dort werden wir mehr über diese Stadt erfahren."*

Auf dem vorhandenen Stadtplan waren die verschiedenen Gebäude der Stadt zu sehen - vermutlich waren es Sehenswürdigkeiten, zu denen auch der Regierungssitz gehörte. Als sie dort ankamen, waren sie erst knapp drei Stunden unterwegs.

"Der ganze Bereich ist durch einen Energieschirm geschützt", stellte Golem fest. *"Die einzige Öffnung befindet sich am Eingang."*

Kurz darauf ging eine Gruppe Antaraner darauf zu und sie beobachteten, wie diese ihr Handgelenk an ein, in die Wand eingelassenes, Gerät hielten. Danach ertönte ein akustisches Signal und die Besucher traten ein.

"Das bedeutet, sie tragen eine ID mit sich, die ihnen die Zugangsberechtigung gibt", äußerte sich Athena. *"Entweder es sind spezielle IDs für die Angestellten oder eine normale Bürger-ID."*

"Wo bekommen wir diese ID her?", überlegte Isis bereits.

"Eine Schnittstelle für deine Nano-Drohne, die du für Spionagezwecke immer dabei hast, könnte im Informationsterminal sein", schlug Golem sofort vor.

Also sahen sie sich auf dem Gelände um und entdeckten in der Nähe einen weiteren Terminal. Nach Aktivierung des Touchscreens hörten sie: "Was kann ich für Sie tun?" Athena wies bereits wortlos zur Stromzufuhr am Boden des Geräts. Isis kniete sich davor und entdeckte, dass sie Glück hatten: Hier befand sich eine kleine, verdeckte Klappe, über die der Zugang für die Drohne in Nanogröße möglich war. Vermutlich war hier eine Stromabnahmegelegenheit für die Servicearbeiten angebracht. Die Klappe war schnell geöffnet und so verschwand die Drohne im Inneren.

Dann stellte sie sich zu Athena und Golem, die scheinbar interessiert Fragen über die Stadt stellten. Währenddessen lenkte sie die Drohne, mit der sie automatisch vernetzt war, über die Stromzufuhr weiter. Es war schnell klar, dass es sich hier um eine klassische Maschinenanwendung handelte, die aber eine Schnittstelle zu einem Zentralrechner besaß. Dort angekommen versetzte sie die Drohne in den Ruhemodus.

"Soweit ist es geschafft. Ich brauche einen ruhigen Ort, von dem aus ich die Drohne in den Zentralrechner begleiten kann", tat Isis jetzt kund.

Also verließen sie das Terminal und wanderten herum, bis sie eine weniger belebte Seitenstraße mit einer Bank an einem kleinen Teich mit einem Springbrunnen fanden. Dort nahmen sie Platz und Isis schloss die Augen, um sich in sich selbst zurückzuziehen. So auf ihr Tun konzentriert aktivierte sie die Nano-Drohne und bald hatte sie den Zentralrechner erreicht. Doch hier existierten unzählige Speicherorte und sie versuchte herauszufinden, um welche Themen es sich handelte. Schließlich entdeckte sie eine Art Registerdatei, in der die Namen der Bürger mit dazugehörigen Identifikationsschlüsseln gespeichert war. Erfreut las sie weitere Informationen aus und auf der Suche, wo sie diese IDs gefertigt wurden stellte sie schnell fest, dass jeder Bürger von Geburt an ein ID-Implantat erhielt.

"Diese Information bringt uns nicht weiter", kommunizierte sie jetzt mit Golem und Athena. *"Jeder Antaraner wird hier registriert und erhält seine spezifische ID als Implantat von Geburt an. Ich sehe also nicht, wo wir so schnell ein Implantat mit einer ID für uns herbekommen."*

"Da alle ihre Hand zur Identifizierung an einen kleinen Scanner gehalten haben, werden wir auf diesem Weg nicht hinein gelangen", sagte Athena.

"Es werden sicherlich Lieferungen dort eintreffen", schlug Golem vor. *"Untersuche den Speicher daraufhin, ob es weitere Zugänge gibt."*

Isis ließ also die Drohne weiterwandern und die verschiedenen Informationen auslesen und gelangte an ein Speichermodul, das Informationen über Lieferungen enthielt. Zu verschiedenen Uhrzeiten gelangten anscheinend diverse Waren in das Gebäude von Orten, die als Depots bezeichnet wurden; es schien mehrere davon zu geben. Da bei einem Depot die Differenz zwischen der Abfahrt und der Ankunft nur gering war, musste es sich unweit des Regierungsgebäudes befinden.

"Ich habe etwas gefunden", sagte Isis, während sie allmählich wieder die Umwelt wahrnahm. Nachdem sie berichtet hatte entschied Golem, dass sie in einiger Entfernung das Regierungsgebäude aufmerksam beobachten würden, um festzustellen, woher die Warentransporte kamen. Also kehrten sie zurück und nach einiger Zeit sahen sie, woher der jeweilige Gleiter angeflogen kam und verfolgten im Laufe einiger Stunden den Weg allmählich zu seinem Ursprung zurück.

Schließlich hatten sie das Depot erreicht und sahen sich die Situation vor Ort an. Das Depot war zwar gesichert, aber bei weitem nicht so gut wie der Regierungssitz. Da

Isis über die Drohne die Abflugzeiten kannte, wusste sie, dass bald ein weiterer Gleiter starten würde.

"Wir werden jetzt unsere Anzüge aktivieren, sodass wir nicht mehr sichtbar sind", wies Golem an. Nach einem kurzen Blick in die Umgebung waren sie unsichtbar und durch einen ausreichend großen Energieversorgungsschacht, den sie durch ihre internen Scans entdeckt hatten, gelangten sie bald in das Innere des Depots. In der riesigen Halle schien alles automatisiert abzulaufen, denn es waren keinerlei Antaraner zu sehen; stattdessen beluden Roboter den bereitstehenden Gleiter mit Paketen. Als sie fertig waren sprangen sie auf und kurze Zeit später erhob er sich und flog in Richtung des Regierungssitzes.

"Soweit, so gut", sagte Isis. *"Ich denke, wir sind nicht entdeckt worden. Und unsere Emissionen dürften kaum gemessen werden, da allein der Gleiter mehr erzeugt als wir."*

Schon bald spürten sie, wie das Fluggerät anhielt und dann begannen Roboter auch schon mit der Entladung.

Golem, Isis und Athena stiegen rasch aus und folgten den Beförderungsbändern. Nach einiger Zeit erreichten sie einen großen Saal, von dem sich mehrere Gänge in verschiedene Richtungen abzweigten. Nach einem kurzen Scan entschieden sie sich für einen Gang, der anscheinend in die unterirdischen Stationen des Gebäudes führte. Dort fanden sie einen Expresslift, mit dem sie in die höheren Ebenen gelangten und beim ersten Halt erkannte Golem, dass es sich hier um den Empfangssaal des Regierungssitzes handeln musste.

Exotische Pflanzen rankten um Säulen, Hologramme von vielen, futuristischen Städten zeigten Besuchern die Pracht von Antaris und vermutlich auch anderen Planeten. Interessiert betrachten die drei Androiden die Abbildung eines Raumschiffes, das, genau wie die der Flagolaner, eine Würfelform aufwies.

"Interessant, dass beide Völker ähnliche Raumschiffe haben", merkte Isis an.

"Es handelt sich hier mehrheitlich um Besucher und nicht um Angestellte", tat Athena kund, die gerade eine Gruppe beobachtete, die einem Führer offenkundlich gespannt zuhörte und ihm dann in den nächsten Saal folgte. Golem ging zu dem großen Infoterminal, der sich hier befand und stellte fest, dass der Regierungssitz eine jahrtausendalte Geschichte in der Welt der Antaraner aufwies und daher gerne für geschichtskundliche Ausflüge genutzt wurde. Die heutigen Regierungsgeschäfte fanden jedoch in zahlreichen anderen, über die Hauptstadt verteilten, Gebäuden statt.

Isis und Athena hatte sich nun auch zu Golem begeben.

"Es sieht so aus, als wären wir hier nur in einer Art Museum gelandet", stellte Athena fest.

"Ein Rat der durchsichtigen Zehn trifft sich hier bei wichtigen Anlässen", teilte Golem stattdessen mit.

"Das ist allerdings hochinteressant", sagte Isis sofort. *"Das klingt nach einem hohen Entscheidungsgremium der Antaraner. Gibt es einen Hinweis darauf, wann oder zu welchen Gelegenheiten sie sich hier treffen?"*

In diesem Augenblick erfolgte eine öffentliche Durchsage und über den Translator hörten sie: "Alle Besucher werden gebeten, sich an den, in ihrem Raum befindlichen, Terminal zur erneuten Identifizierung zu begeben. Wir entschuldigen uns für die Unannehmlichkeit – es wurde eine Unregelmäßigkeit festgestellt."

"Das hört sich nicht gut an!", meinte Isis. *"Ich gehe davon aus, dass es hier Sensoren gibt, die mit hoher Wahrscheinlichkeit mehr Personen im Gebäude festgestellt haben als am Eingang registriert wurden. Wir sind in Gefahr, entdeckt zu werden."*

"Wir kehren auf dem Weg zurück, über den wir kamen", entschied Golem und sofort gingen die drei zum Expresslift.

Unten angekommen liefen sie zügig zu der Halle, wo sich die Gleiter befanden und noch im Besteigen schickte Golem eine Nano-Sonde mit der Nachricht an Röttger und Schwarz auf den Weg, dass sie damit rechneten, entdeckt zu werden.

Der Gleiter startete kurz darauf und verließ das Gebäude, bis Athena sagte: *"Wir müssten schon längst wieder zur Landung ansetzen. Mein innerer Kompass sagt mir, dass wir uns wegbewegen, vermutlich in Richtung Orbit."*

"Wir sind entdeckt worden", bestätigte Isis.

"Ich schlage vor, du schickst eine weitere Nano-Sonde ab, dass wir entdeckt wurden", wies Golem Athena an. *"Sie ist so klein; sie wird ihren Weg hinaus selbst finden."*

"Wir befinden uns jetzt im Orbit", sagte Athena, als sie einen kleinen Ruck spürten und dann setzte der Gleiter zur Landung an. Die Schleuse öffnete sich und dann hörten sie eine männliche Stimme: "Kommen Sie heraus - Widerstand ist zwecklos. Sie sind umstellt."

Da es keine Alternative gab verließen sie ruhig den Gleiter und sahen sich einer großen Anzahl von Antaranern in Uniform gegenüber. Isis registrierte knapp 60 Mann während der Befehlshaber ein paar Schritte auf sie zuging. Es war ein energisch aussehender Mann, der sie grimmig ansah.

Doch ohne eine weitere Ansprache wies er jetzt mit einer Geste unmissverständlich auf einen bereitstehenden Gleiter. Also stiegen sie dort ein und er sowie weitere vier Soldaten setzten sich dazu. Kurze Zeit später hob der Gleiter ab.

Während des Fluges herrschte Stille. Alle sahen sich unbeweglich an, doch keiner sagte ein Wort. Nach knapp zehn Minuten landete der Gleiter schließlich vor einem unscheinbaren Gebäude. Mit einem weiteren Wink wurde ihnen befohlen auszusteigen. Dann ging es in Richtung Eingang und von dort aus in eine etwas größere Halle, in deren Mitte sie eine allzu vertraute, runde Plattform erwartete, die bereits grünlich leuchtete.

"Wir sollen teleportiert werden", sagte Isis und warf Golem und Athena einen besorgten Blick zu. *"Wir werden danach keine Positionsmitteilung mehr machen können und sind auf uns gestellt."*

"Ich habe gerade eine dritte Nano-Sonde mit unseren Koordinaten hier programmiert. Zumindest wissen Michael und Finn, wo sich der Ausgangsort der Teleportation befindet", teilte Golem noch mit.

"Betreten Sie diesen Kreis!", befahl auch schon der Offizier in einem Tonfall, der keinen Widerspruch zuließ.

Also folgten sie der Anweisung und einen Augenblick später befanden sie sich an einem anderen Ort.

Golem erkannte den Humanoiden, der ungerührt vor ihnen stand und sie mit seinen grauen Augen betrachtete, sofort als denjenigen, der sie auf Last Hope vor knapp einem Jahr besucht hatte.

"Es ist derjenige, der vor einem Jahr auf Last Hope versuchte, unsere Zeitlinie zu verändern", sagte Athena auch schon über ihr internes Kommunikationsmodul. Sie erkannte, dass sich sein weißes Gewand laufend veränderte – war es gerade noch fest strukturiert so schien es sich im nächsten Augenblick aufzulösen und transparent zu werden.

"Wer hätte gedacht, dass wir uns noch einmal wiedersehen?", begann der Antaraner jetzt mit einem zynischen Unterton, während er die Androiden scharf musterte. "Sie haben mich an der Korrektur der Zeitlinie gehindert. Darf ich Ihre Namen erfahren?"

"Ich sehe keinen Grund, unsere Namen nicht zu sagen", sendete Golem und Isis sowohl Athena stimmten zu.

"Ich bin Golem, das ist Athena und das Isis. Wer sind Sie?"

"Ich bin Ariel, Mitglied des Rats der durchsichtigen Zehn", stellte Ariel bedeutungsvoll klar und fuhr dann fort. "Wir haben Ihnen ein Ultimatum zukommen lassen, in dem wir Sie zur Mitarbeit aufforderten. Nun - wie lautet Ihre Antwort?"

"Sie erwarten doch nicht ernsthaft, dass wir Sie darin unterstützen, die Menschheit und uns selbst zu beseitigen!", erwiderte Golem schließlich leicht erheitert. Ein Schweigen breitete sich im Raum aus während Ariel die Besucher ausdrucklos ansah.

"Sie haben Antaris ohne unsere Erlaubnis betreten. Ob Sie uns wieder verlassen dürfen, hängt allein von Ihrer Kooperation ab, uns bei der notwendigen Veränderung der Zeitlinie zu helfen."

Er wandte sich mit einer Geste um, ihm zu folgen. Nach einigen, prachtvollen Sälen erreichte die Gruppe einen kleineren Flur. Hier schien es Habitate zu geben und als Ariel an einer Stelle die Wand berührte, tat sich eine Öffnung auf. Nachdem sie eingetreten waren führte Ariel sie sie durch den Wohnbereich. Es waren sechs kleinere Quartiere zu sehen, eine sanitäre Anlage und eine Einrichtung, die vermutlich der Nahrungssynthese diente.

"Das ist Ihr vorläufiger Aufenthaltsort. Überdenken Sie Ihre Entscheidung. Zu Ihrer Information: Sie befinden sich an einem künstlich geschaffenen Ort in der 10. Dimension. Eine Flucht ohne die Ihnen sicherlich bekannten Sänften bedeutet den sofortigen Tod. Sie hören wieder von uns."

Danach verließ er das Quartier und die Öffnung schloss sich automatisch hinter ihm.

"Interessant, hier ist ein kleiner Terminal", meinte Isis, nachdem sie sich im Raum umgesehen hatte, und setzte

sich davor. Doch gleich darauf stellte sie fest, dass das Gerät keine Funktion zeigte.

"Vielleicht gibt es hier manchmal Gäste, die die Möglichkeit erhalten, mit jemanden auf dem Planeten zu kommunizieren. Wir gehören ganz offensichtlich nicht dazu", kommentierte Golem.

"Ich sehe weder eine Schnittstelle noch eine Stromzufuhr, über die ich eine Drohne ins Netz einschleusen kann", stellte Isis ratlos fest und sah zu Golem und Athena. *"Wir sitzen hier fest."*

"Es ist ein erstaunlicher Ort", tat Golem nachdenklich kund. *"Als wir damals in Aither unsere Reise vornahmen erlebten wir die 10. Dimension nur als Bewusstsein während unsere Körper in den Ruhebehältern oder Sänften im Tiefschlaf oder Ruhemodus lagen. Auf unseren Dimensionsschiffen verhält es sich genauso. Die Antaraner haben hier etwas Außergewöhnliches erschaffen."*

"Laut den Informationen von Abilael sind sie genauso alt wie die Ersten", ergänzte Isis. *"Sie haben also viel Zeit dafür gehabt."*

"Das war kein erfolgreicher Start unserer Mission", meinte Athena jetzt. *"Hier wird uns so schnell niemand finden."*

"Zumindest wissen wir jetzt etwas mehr", warf Isis engagiert ein. *"Dieser Rat der Zehn hat die Möglichkeit, sich in der 10. Dimension in einer künstlich geschaffenen Blase aufzuhalten. Das weist auf ein hohes technologisches Potential hin. Allerdings frage ich mich dann, warum sie uns unbedingt auslöschen wollen. Welche Gefahr droht ihnen von uns?"*

"Das ist eine Frage, Isis, auf die wir noch keine Antwort haben", stimmte Golem zu. *"Es ist genauso gut möglich, dass es einen anderen Grund gibt. Wir haben von Abilael Informationen erhalten, die noch nicht einmal das Volk der Antaraner kennt."*

"Du meinst, dass Mitglieder der einstigen Regierung für die Katastrophe auf Antaris, der fast erfolgten Auslöschung der Ersten und dem nachfolgenden, langen Krieg mit Flagos verantwortlich waren?", gab Athena zurück.
"Richtig. Ich möchte sogar noch einen Schritt weiter gehen: Dieses Mitglied oder diese Mitglieder sitzen heute im Rat der durchsichtigen Zehn."
"Im Prinzip sind wir also genau dort, wo wir sein wollten", stellte Isis humorvoll mit funkelnden Augen fest.
Golem entfuhr ein Lächeln angesichts ihres Eifers und nickte: *"Wir werden abwarten, bis wir wieder kontaktiert werden. Ich schlage vor, wir aktivieren unseren Ruhemodus."*

Antaris

Gerade hatte Finn Schwarz vor dem Holo-Bildschirm gestanden und das Waffenarsenal studiert, von dem nur die Waffen der Kategorie 1 an Bord vorhanden waren, als eine Alarmmeldung von eine der Nano-Sonden hereinkam.
"Wir sind mit hoher Wahrscheinlichkeit entdeckt worden!" Nur wenige Minuten später erhielt er die Bestätigung der ersten Nachricht. Schwarz löste den Alarm aus und es dauerte nicht lange und Röttger erschien, während zeitgleich eine Positionsmeldung auftauchte mit einer Kurznachricht: "Wir wurden gefasst; Teleportation von diesem Standort an unbekannten Zielort."
Caecilia hatte bereits die Position lokalisiert, aber bevor auch nur eine Entscheidung getroffen werden konnte, wie man den dreien helfen könnte kam es zum nächsten Alarm, denn die bisher ruhig im Orbit verharrenden, wachhabenden Raumschiffe der Antaraner hatten die Schutzschirme hochgefahren und ihre Waffen aktiviert.

"Das Gebiet wird anscheinend gescannt", murmelte Röttger angespannt. Die Raumschiffe zogen immer weitere Kreise, sodass es noch maximal 5 Minuten dauern mochte, bis sie erfasst wurden.

"Ob unsere Tarnung hält?", fragte Finn Schwarz unwillkürlich.

"Lassen wir es besser nicht darauf ankommen", entgegnete Röttger. "Wir kennen das Potential dieser Antaraner nicht – sollten wir auch gefangen genommen werden, sind wir keine große Hilfe."

Also veranlasste Röttger den Alarmstart und beschleunigte mit Höchstwerten.

"Wir werden von zehn Raumschiffen verfolgt", meldete Caecilia kurz darauf. Leider war es nicht nur das, wie Röttger feststellte, denn die Verfolger holten langsam und beständig auf und begannen, auf die VF1 zu feuern.

"Haben die uns trotz Tarnung erfasst?", fragte Schwarz erstaunt.

"Die Streustrahlung der Impulstriebwerke ist sehr wahrscheinlich gemessen worden", teilte Caecilia mit.

"Caecilia, wir schalten die Tarnung ab", wies Röttger der KI über sein Implantat gedanklich an. Letzten Endes verbrauchte sie zu viel Energie, die jetzt für die Schutzschirme nötig war. Trotz Röttgers waghalsiger Manöver mit dem kleinen Raumkreuzer gelang es den Gegnern immer wieder, Treffer zu landen. Finn Schwarz saß angespannt neben ihm und beobachtete den Kampfverlauf. Die Bord-KI erwiderte mittlerweile im Verlauf der Manöver selbstständig das Feuer, aber Treffer schienen den gegnerischen Schutzschirmen nicht viel anzuhaben.

Endlich sah Röttger eine Chance, auf Warp zu gehen, da sie jetzt weit genug von Antaris entfernt waren. Wie vereinbart steuerte er in eine andere Richtung, weg von der VISION FOUR, die im Nachbarsystem in der

Sonnenkorona verborgen lag. Nachdem er fünf Lichtjahre zurückgelegt hatte schickte er eine Botschaft an Poseidon.

Wenig später erhielt er die Antwort: "In Normalraum gehen, wenn möglich. Caecilia synchronisiert sich mit beiden Raumschiffen und dadurch wir finden euch."

Röttger verließ den Warp-Raum, behielt aber die Geschwindigkeit bei, um zur Not sofort wieder in die 4. Dimension zu springen. 15 Minuten später erschien die VISION FOUR neben ihm und nach einem kurzen, heftigen Bremsmanöver beider Raumschiffe wurde die VF1 via Traktorstrahl in den Hangar gezogen. Kaum schloss sich die Schleuse als die VISION FOUR auch schon beschleunigte - gerade im richtigen Augenblick, wie sich zeigte, denn 20 würfelförmige Raumschiffe der Antaraner näherten sich mit rasender Geschwindigkeit und begannen mit einem massiven Beschuss.

Röttger, der zur Zentrale geeilt war, hatte sich bereits mit Caecilia vernetzt und übernahm nun die Steuerung. Nach geschickten, wendigen Ausweichmanövern, die das hervorragend eingespielte Team von Mensch und KI deutlich machte, steigerte die VISION FOUR ihre Geschwindigkeit und wechselte in den Warp-Raum. Dann lehnte sich Röttger zurück – hier hatte er endlich wieder seinen Heimvorteil, dennoch musste er den Antaranern ihre Schnelligkeit und ihre guten Schutzschirme zugestehen. Dieser Gegner war ein anderes Kaliber als die Flagolaner, dachte er und nahm sich vor, die Kampfhandlungen später mit seiner Frau zusammen auszuwerten.

Poseidon, nunmehr alleiniger Befehlshaber der Mission, beriet sich jetzt mit Kantos, Schwarz und Röttger.

"Die Antaraner hatten uns schnell im Visier, als unsere Anwesenheit hier bekannt wurde", meinte Röttger nachdenklich. "Dazu hatte ich Mühe, sie abzuschütteln und Waffen der Kategorie 1 hatten keine Wirkung. Die

Raumschiffe sind wendig und gut geschützt. Ich sehe nicht, dass wir hier alleine viel ausrichten werden."

"Golem, Isis und Athena wurden von Tabit aus teleportiert, wie wir durch die 2. Nachricht wissen. Allerdings kennen nicht den Zielort - sie könnten überall sein", stellte Schwarz etwas niedergeschlagen fest.

"Das sehe ich genauso", stimmte Kantos zu.

"Wir kehren vorerst zurück", entschied Poseidon. "Früher oder später werden wir auf die eine oder andere Weise erneut von ihnen hören. Wir werden unter keinen Umständen riskieren, ebenfalls festgesetzt zu werden. Caecilia, Dimensionsflug zur Milchstraße einleiten."

Also begaben sich alle in die Sänften und die Bord-KI begann den Aufstieg in die 10. Dimension. Doch auf dem Rückflug ging bereits die nächste Nachricht ein.

"Hier Golem. Wir werden in der 10. Dimension in einer künstlichen Blase gefangen gehalten. Aither hat uns unterstützt, um diese Nachricht an Caecilia zu schicken. Mehr darf sie nicht für uns tun. Poseidon, du und Lew, nehmt mit Abilael Kontakt auf. Ich sehe keine Möglichkeit, hier aus eigener Kraft zu entkommen. Wir werden intensiv verhört, aber es geht uns gut."

Die gleichzeitig übermittelten Positionsdaten bargen noch eine Überraschung: Ihr Aufenthaltsort lag in der Nähe von Last Hope, Andromeda!

Caecilia entschied daraufhin selbstständig, Last Hope anzusteuern und direkt auf dem Raumhafen des Interstellaren Bundes zu landen. Nachdem das Ziel erreicht war, veranlasste sie während des Abstiegs den Alarmzustand und bat, kaum im Normalraum angekommen, um Landegenehmigung, die sofort erteilt wurde.

In der Zwischenzeit waren Poseidon, Kantos, Röttger und Schwarz aus ihren Sänften gestiegen und wurden über die Ereignisse von Caecilia informiert.

"Die Bord-KI hat klug entschieden", sagte Kantos und dem stimmten alle zu.

"Caecilia ist praktisch unser 5. Besatzungsmitglied und hat gewisse Befugnisse für solche Situationen", erläuterte ihm Röttger. In der Zwischenzeit war die VISION FOUR gelandet und ein unruhiger Vorsitzender erwartete sie zusammen mit Admiral Carli an der Schleuse.

Als Romanow erkannte, dass Golem, Athena und Isis nicht erschienen richtete sich sein Blick ernst auf Poseidon: "Was ist passiert?!"

Nachdem sich Romanow noch an der Schleuse alles angehört hatte, ließ er über seinen Kommunikator sofort eine Verbindung zu Präsident Moretti herstellen. Dieser rief Alarmstufe 3 für das irdische Sonnensystem, die Planeten in Andromeda und Genesis aus und versprach, den Nationalen Sicherheitsrat zu unterrichten. Es war keine Zeit zu verlieren und Romanow hoffte, spätestens am darauffolgenden Tag die Genehmigung dafür zu erhalten, Hilfe bei den Ersten anzufordern.

Danach begaben sie sich ins Hauptquartier zur Beratung. Kantos hatte bereits über Caecilia der Botschaft in der Kaulquappen-Galaxie, und damit Isos, eine Nachricht schicken lassen.

"Wir fliegen los, sobald wir alle Genehmigungen haben. Finn, du bleibst hier", entschied Romanow. An Kantos gewandt sagte er: "Wir werden Sie für die Zeit des Besuchs auf Planet 3 in Ihrer Botschaft absetzen. Uns wurde nachdrücklich erklärt, dass nur Personen mit einer gewissen, dimensionalen Prägung den Planeten betreten dürfen – allen anderen droht der Tod bei Missachtung. Unseres Wissens sind das nur meine Person, Poseidon, Golem und Admiral Röttger. Wir werden Sie im Anschluss wieder abholen."

Kantos nickte: "Einverstanden."

"Wenn ich das richtig sehe", begann Antonia Carli, "dann haben sich die Antaraner mit Golem, Athena und Isis hier in Stellung gebracht mit der Absicht, in der Zeitsteuerungsanlage auf unserem Planeten ihr Werk zu vollenden."

"Das ist so zu bewerten", stimmte Poseidon zu. "Golem hat von Verhören gesprochen – also rechnen sie sich aus, von ihm die Freigabecodes zur Beseitigung der Sperren zu erhalten."

"Vorläufig scheinen sie noch davon auszugehen, dass er sie hat - was uns Zeit verschafft", sagte Röttger und sah dann zu Kantos. "Für die Dauer seiner Abwesenheit hat Golem Fynn Shan als seinem Stellvertreter die Codes übertragen; mit der Anpassung an seine Identität wurden sie gleichzeitig verändert."

"Dieses Volk scheint einiges an technologischen Überraschungen zu bieten", meinte Finn Schwarz nachdenklich. "Golem, Athena und Isis werden in der 10. Dimension gefangen gehalten – bisher kennen wir nur die Anlage bei Neptun in der 5. Dimension. Dort ließ es sich gut leben. Aber in der zehnten?" Schwarz sah zu Romanow und Poseidon: "Als ihr damals eure Reise in Aither gemacht hattet, habt ihr etwas anderes erzählt."

"Das ist richtig", gab Romanow zu. "In Aither war ein Leben, so, wie wir es hier kennen, nicht möglich. Damals lagen unsere Körper in der 10. Dimension in einer Art Sarkophag und wir haben uns als Bewusstsein erfahren."

"Anscheinend haben die Antaraner die lange Zeit ihrer Verbannung gut genutzt", äußerte sich Carli. "Das eröffnet die unangenehme Möglichkeit, dass wir nicht wissen, über welche Optionen sie noch verfügen."

"In jedem Fall wollen sie unbedingt einen Eingriff in unsere Zeitlinie über unsere eigene Zeitsteuerungsanlage durchführen", stellte Finn Schwarz pragmatisch klar. "Ganz grenzenlos ist ihr Knowhow also nicht."

"Es gibt immer weiche Punkte", ließ Kantos jetzt vernehmen und ergänzte, als er die fragenden Blicke sah: "Ein Gegenspieler zeigt seinem Widersacher mit schlagenden Flügeln und viel Geschrei das, was er sehen soll. Interessant ist jedoch das, was er unter seinen Flügeln verborgen hält."

Poseidon nickte zustimmend: "Wir werden nach den Schwachstellen Ausschau halten."

Von Genesis kam am gleichen Abend die positive Antwort und zur Überraschung von Romanow die Zustimmung der USOP bereits in der Nacht. Präsident Moretti hatte noch am Abend eine Nachtsitzung des Rats wegen Gefährdung der nationalen Sicherheit einberufen und nach kurzer Zeit die Bewilligung erhalten.

Und so flogen am nächsten Morgen Romanow, Poseidon und Kantos mit Admiral Röttger auf der VISION ONE zur Kaulquappen-Galaxie, um von dort den Planeten 3 anzufliegen und ihr Anliegen vorzutragen.

Finn Schwarz hatte nicht viel Zeit, Trübsal zu blasen, da Admiral Carli die Gelegenheit nutzte und ihn sofort damit beschäftigte, sich dem neuen Modul zu widmen, was auf der EARTH ONE installiert werden sollte. Isis Romanow war vor ihrem Einsatz dabei gewesen, Androiden zusammenzustellen, deren grundsätzliche Eignung für ein Projekt an Bord getestet werden sollten. Denn wenn diese Tests auf der EARTH ONE positiv verliefen, sollten zukünftig Androiden der Golden Future-Reihe auf allen Raumschiffen der USOP mit der Bord-KI vernetzt werden. Unter Aufsicht des jeweiligen, menschlichen Kommandanten erhoffte man sich davon, dass ein Raumschiff dann noch schneller manövriert werden konnte. Alle ausgewählten Androiden sollten zuvor allerdings noch eine Ausbildung als Pilot durchlaufen.

Als Lew Romanow in den Ruhebehälter einstieg dachte er einen Augenblick lang an seine Frau und seinen

Freund. Doch dann richtete er seine ganze Konzentration darauf, dass ein Treffen mit Abilael gelingen musste. Würde er oder das Kollektiv sie empfangen? Denn was genau Abilael darstellte - wussten sie immer noch nicht.

So startete die VISION ONE erneut in die 10. Dimension. In der üblichen Nullzeit am Ziel angelangt begann der Abstieg und nach einer kurzen Kommunikation mit Genesis und dem Absetzen von Kantos auf dem Hoheitsgebiet von Flagos, Planet 7, begann der Anflug auf den Planeten der Ersten.

Im Orbit von Planet 3 angekommen sendeten Romanow und Poseidon im Wechsel gedanklich die Bitte um ein Gespräch aus. Nach geraumer Weile sank die VISION ONE direkt zur Oberfläche und landete bei dem riesigen Gebäude, das sie vom letzten Besuch her erkannten. Kurz darauf wurden Romanow, Poseidon und Röttger kommentarlos ins Innere teleportiert.

Dieses Mal befanden sie sich in einem riesigen, beleuchteten Saal ohne Fenster.

"Das wird wohl eine Audienz im Stehen", stellte Röttger amüsiert fest, denn es waren keine Sitzgelegenheiten oder ähnliches erkennbar; überhaupt befand sich hier nichts Erwähnenswertes.

Abilael erschien und dieses Mal präsentierte er sich in einem schmucklosen Anzug: "Was verschafft mir dieses Mal die Ehre Ihres Besuchs? Ich war der Meinung, Mr. Romanow, ich hätte Ihnen als Vorsitzenden des Interstellaren Bundes alles Notwendige gesagt. Vor allem sollte Ihnen mittlerweile klar sein, dass ich, genauer gesagt das Kollektiv, nicht der Lösungsgehilfe für sämtliche Probleme der Menschheit bin."

Romanow trug nun ohne Umschweife vor, was bisher geschehen war.

"Wir wären nicht erschienen, wenn es sich hier nicht um eine Hürde handeln würde, die wir aus eigener Kraft nicht zu überwinden vermögen. Sollte diesem Rat das Unmögliche gelingen besteht die Gefahr, dass nicht nur die Menschheit von einer Änderung der Zeitlinie betroffen sein wird, sondern alle beteiligten Völker und unter Umständen auch das Kollektiv."

Dann schwieg er und alle drei sahen Abilael abwartend an. Doch dieser wandte sich stattdessen an Poseidon: "Darf ich Ihre Meinung erfahren? Wie bewerten Sie als Androide die Situation?"

"Die Geschichte der Menschheit lässt erkennen, dass Zeitexperimente zu zwei Katastrophen führten", äußerte sich Poseidon. "Dass es nicht dabei blieb war einem ständigen Bemühen nach Auflösung und einer verdeckten Hilfe der damaligen Schöpfer zu verdanken. Manipulationen der gegenwärtigen Zeitlinie führen zu einem fragwürdigen und ungewissen Ausgang. Wer wird jetzt davon betroffen sein? Es fehlen immer noch Informationen darüber, was genau der Rat der durchsichtigen Zehn damit bezweckt. Wird nur die Menschheit betroffen sein oder auch das ganze Zeitgefüge, in dem sich die Antaraner, Flagolaner, Atlas bis hin zu den Schöpfern und selbst die Ersten befinden? Ich bewerte die Situation als besorgniserregend und gefährlich."

Admiral Röttger hatte bisher nichts gesagt, da er nicht zu den Erben der Schöpfer zählte. Doch ihm ging nach den Ausführungen von Poseidon durch den Sinn, ob die Schöpfer und damit auch er nach einer Änderung der Zeitlinie überhaupt noch existieren würden. Es war möglich, dass der Rat noch ganz andere Ziele verfolgte und ein Eingriff in die Zeitlinie viel grundlegender erfolgen sollte. Als er aufsah begegnete er Abilaels Blick, der ihm zunickte: "Was würde eine Änderung der Zeitlinie bedeuten? Würden die Schöpfer noch vorhanden sein und wenn ja: Wer wäre dann der Erbe von wem? Diese Gedanken lassen sich bis in die Unendlichkeit weiter fortführen – das ist der Grund, warum wir nie mit der Zeit gespielt haben. Es gibt keine sichere Vorhersage für den Ausgangs eines Zeitexperiments. Aber selbst wenn wir es wollten – es wäre uns nicht so einfach möglich."

Abilael hielt inne und begegnete Romanows erstaunten Blick. "Seit Äonen waren nur Zeitreisen möglich bis die Antaraner ein Instrument zur Veränderung der Zeitlinien erschufen, das mit dem Planeten Antaris im irdischen Sonnensystem später vollkommen zerstört wurde. Doch die Androiden der Menschheit brachten nach langer Zeit erneut eine außergewöhnliche Zeitsteuerungseinheit hervor, die in diesem Universum einzigartig ist: Die zwei Artefakte der Ewigkeit."

Wieder breitete sich eine Stille im Raum aus, in der der Avatar Abilael die drei Besucher ruhig mit seinen strahlend blauen Augen ansah. Romanow ging durch den Sinn, ob sich das Kollektiv gerade beriet, denn eine Antwort auf seine Bitte nach Hilfe hatte er bisher nicht erhalten.

"Durch die Menschheit ist letzten Endes eine weitere Bedrohung im Universum präsent geworden: Neben den Dimensionswaffen ist das die Technik der Zeitlinienveränderung. Eine Zerstörung der Artefakte ist zwar möglich aber nicht ratsam, da allein dabei eine unkalkulierbare Veränderung durch alle Zeiten hinweg in Gang gesetzt würde. Der Androide Golem hat wahrlich Artefakte für die Ewigkeit erschaffen."

Abilael machte erneut eine Pause und wandte sich dann an Romanow: "Jeder von euch hat neben dem in euch verankerten Wissen alles, was nötig ist, um selbst zu einer Lösung zu gelangen. Wir empfehlen euch, eure polaren Vorstellungen von "Gut" und "Böse" zu überdenken, wenn ihr geistig wachsen und expandieren wollt. Das Kollektiv ist weder das eine noch das andere und eine gut gemeinte Hilfe kann vernichtender sein als deren

Verweigerung. Ihr Menschen kennt das Sprichwort "Wer Freunde hat, braucht keine Feinde."
Übergangslos fanden sich alle drei auf der VISION ONE wieder, die sofort startete und so flogen sie still und nachdenklich zum Planeten 7, um Kantos abzuholen und zurückzukehren.

Kapitel 3 Puzzleteile

Last Hope

Golem, Athena und Isis erwachten sofort aus ihrem Ruhemodus, als Ariel ihr Quartier betrat.
"Habt ihr eure Entscheidung überdacht?"
"Warum wollt ihr uns vernichten?", erwiderte Isis stattdessen. "Wir werden euch dabei nicht unterstützen."
Doch Ariel antwortete nicht und sah alle drei nur undurchdringlich an. Dann wandte er sich um und verließ den Raum.
"Wir kommen keinen Schritt weiter", meinte Athena. *"Und wir können von hier nicht entkommen. Selbst wenn Caecilia die Signatur dieses Orts entdeckt - sie hat keine Zugangsberechtigung."*
"Sie gehen davon aus, dass wir die Freigabecodes für die Zeitsteuerungsanlage kennen, um die ganzen Sperren zu deaktivieren", sagte Golem. *"Wir werden sie in dem Glauben lassen."*
"Dieser Rat der durchsichtigen Zehn besitzt enorme Fähigkeiten", warf Isis ernst ein. *"Wie wollen sie Zugang zu unserem Wissen erlangen? Die Atlanter hatten Smiths Plasmagehirn entfernt und es in ihr Netzwerk eingebunden."*
"Diese Art und Weise passt zu Poseidon, so, wie er damals war", sagte Golem mit einem Lächeln. *"Der Rat jedoch besteht nicht aus Androiden. Ich gehe davon aus, dass sie es anders versuchen werden."*
Nachdem sie sich noch eine Weile ausgetauscht hatten, wurde der Ruhemodus eingeleitet. Letzten Endes mussten sie abwarten, wie sich der Rat weiter verhalten würde.
Nach einer unbestimmten Zeit erschien Ariel erneut.
"Zu eurer Information: Wir befinden uns gerade bei Last Hope", begann Ariel und sah sie bedeutungsvoll an. "Wir

haben die Zeit genutzt, um uns über euch Menschen besser zu informieren. Dabei haben wir erkannt, dass wir uns geirrt hatten. Eine Änderung der Zeitlinie geschweige denn eure Vernichtung ist nicht notwendig."
"Das ist eine erfreuliche Einsicht, die wir sehr begrüßen", erwiderte Golem und musterte ihn nachdenklich an während Athena und Isis ruhig neben ihm standen.
"Darf ich fragen, was diesen Wandel bewirkt hat?"
Ariel ging ein paar Schritte im Raum umher.
"Sie müssen verstehen, Golem, dass Flagos ein uralter Feind ist, der unsere Heimatwelt mit seiner Dimensionswaffe einst vernichtete. Daher sahen wir in dem Bündnis der Menschheit mit Flagos eine große Gefahr auf uns zukommen. Wir haben jedoch keine Intentionen wahrnehmen können, dass die Menschen feindliche Absichten zeigen. An dieser Stelle möchten wir uns in aller Form bei Ihnen für die Unannehmlichkeiten entschuldigen, die wir Ihnen bereitet haben. Und noch etwas: Da das Sol System in der Milchstraße und Sonora in Andromeda unsere ehemalige Heimat ist und würden wir einen dauerhaften Frieden zwischen unseren Völkern sehr begrüßen."
Ariel lächelte jetzt und bot Golem die Hand: "Bitte, betrachten Sie sich als unsere Gäste."
Golem erwiderte erfreut und dann sagte Ariel: "Sie möchten jetzt sicherlich zur Milchstraße zurückkehren. Hier gibt es allerdings nur eine Teleportationsmöglichkeit – ich schlage vor, wir begeben uns in das Transport- und Zeitreisemodul in der 5. Dimension und sie lassen sich dort von einem Ihrer Raumschiffe abholen."
Dann wies Ariel auf den Terminal: "Er steht Ihnen jetzt für die Kommunikation zur freien Verfügung."
Nachdem Golem Romanow kontaktiert hatte, der die Nachricht sofort an Präsident Moretti weitergab, liefen sie mit Ariel zur Teleportationsplattform, wo er sie freundlich verabschiedete. Kurz darauf befand sich Golem in der

Anlage bei Last Hope, die er vor einem Jahr mit Athena besucht hatte. Nicht lange darauf erschien die VISION ONE mit Röttger und holte Golem, Athena und Isis ab.

Die Erleichterung der USOP war groß, wenngleich sich Flagos zurückhaltend zeigte und in den folgenden Friedensverhandlungen mit einer Delegation von Antaranern, die mit zehn ihrer Raumschiffe in der Town of Planets landeten, wurden gegenseitige Botschaften und ein künftiger, wirtschaftlicher Handel vereinbart. Nach den Feierlichkeiten, die erwartungsgemäß in großem Rahmen stattfanden, kam der Machthaber von Antaris auf Golem zu. Es hatte sich mittlerweile herausgestellt, dass er ihn schon kennengelernt hatte: Es war der Mann, der sie damals vom Gleiter auf Tabit in Empfang genommen hatte.

"Golem, ich habe vor, Sie als Friedensbotschafter für Antaris vorzuschlagen. Sie sind eine bedeutende Persönlichkeit und für viele Antaraner zu einer Symbolfigur geworden. Das muss natürlich nicht heißen, dass Sie ständig bei uns residieren; ich weiß, dass Sie hier kaum abkömmlich sind. Es würde uns jedoch freuen, wenn Sie Antaris hin und wieder besuchen", begann er freundlich und sah Golem erwartungsvoll an.

"Ich nehme das Angebot sehr gerne an", erwiderte Golem. "Ich freue mich darauf, Ihr Volk besser kennenzulernen."

"Sehr gut. Wir werden im Laufe der nächsten Tage zurückkehren. Was halten Sie davon, wenn Sie es sich schon in den kommenden Wochen einrichten? Bitte lassen Sie mich wissen, ob es Ihnen möglich ist. Und natürlich sind auch Ihre reizende Gattin und Ihre Tochter mit eingeladen."

Golem schaute ihn an und vor seinem inneren Auge erschienen sofort viele, abgespeicherte Erinnerungen. Isis, seine Frau, die Justin Schwarz eigens für ihn erschaffen hatte … als er sie das erste Mal erblickte war er sofort von ihr angetan. Sie erschienen viele Jahre gemeinsam auf Veranstaltungen in der Öffentlichkeit – und doch lag ein Schatten über ihrer Beziehung. Sie verweigerte sich zunehmend, zog sich zurück, wurde ihm gegenüber gleichgültig und kühl. Aber dann tauchte ein weiteres Bild aus seinem Speicher auf. Er wusste, dass es nicht Isis meerblaue Augen waren, die ihn ansahen: Es war sein Freund Lew, der ihn eindringlich und besorgt bat, gut auf sich aufzupassen. Und er hatte ihm versprochen, auf Isis zu achten, denn sie war seine Frau!

Das alles ging in Bruchteilen einer Sekunde vor sich und so ließ sich Golem nichts anmerken: "Ich werde es mir gerne einrichten."

Das Gespräch war beendet und Golem stand sinnend allein im Raum, der sich unversehens geleert hatte. Wie konnte Isis als seine Frau betrachtet werden, wenn alle wissen mussten, dass sie mit Romanow verheiratet war? Jetzt fielen ihm mehrere Merkwürdigkeiten ein, die für sich alleine genommen unwichtig gewesen waren: Der Machthaber von Antaris war ausgerechnet die Person, die ihn damals in Gewahrsam genommen hatte. Und was Ariel anging – er hatte ihn und den Rat nach dem Abschied in der Anlage nicht mehr gesehen. Angeblich lebten sie nur in der 10. Dimension, die sie so gut wie gar nicht verließen, wie ihm auf Nachfragen hin erklärt worden war. Warum aber waren sie ausgerechnet bei den Friedensverhandlungen nicht anwesend? Denn durch den Besuch des Museums wusste er, dass der Rat sich durchaus auf Antaris sehen ließ.

Dann hatte Ariel als Grund für seine geänderte Haltung angegeben, dass er in kurzer Zeit erkannt hatte, dass die Menschheit trotz des Bündnisses mit Flagos keine feindlichen Intentionen hegte. Das musste er jedoch schon vor einem Jahr gewusst haben. Flagos hatte nicht an den Feierlichkeiten teilgenommen; überhaupt hatte er Kantos und Isos seit längerem nicht mehr gesehen – wo waren sie?

Romanow erschien plötzlich vor ihm: "So nachdenklich, mein Freund? Ich habe gerade von der Ehre erfahren. Das freut mich sehr für dich. Ah, da kommt Isis!"

Isis schritt mit einem betörenden Lächeln auf ihn zu und so streckte Golem seinen Arm nach ihr aus, in den sie sich wie selbstverständlich hineinschmiegte, um ihm ihre roten Lippen darzubieten. Nach einem innigen Kuss fragte er: "Was meinst du dazu, meine geliebte Frau?"

"Das sind wunderbare Neuigkeiten – ich bin sehr gespannt auf Antaris!"

Golem warf Romanow einen prüfenden Blick zu, der die Szene jedoch nur schmunzelnd beobachtete – jetzt war ihm endgültig klar, dass hier etwas ganz und gar nicht stimmen konnte. Denn das war eine Situation, die mit einer Wahrscheinlichkeit von 0,0% - also nie - eintreten würde!

Die Informationen und Analysen rasten nur so durch sein Netzwerk und er kam zu dem Schluss, dass es nur eine Erklärung gab: Nichts hiervon war real! Und wenn das der Fall war, dann befand er sich folgerichtig immer noch im Ruhemodus in der 10. Dimension und all das war eine geschickt inszenierte Welt, um ihn früher oder später zur Preisgabe der Codes zu bewegen.

"Meine Liebe, Lew, bitte entschuldigt - wir sehen uns später. Ich muss mit President Moretti wegen des Aufenthalts auf Antaris noch etwas besprechen", sagte er zu Romanow und Isis und verabschiedete sich.

In einem ruhigen Raum etwas abseits angekommen konzentrierte sich Golem darauf, seinen Ruhemodus zu beenden und … erwachte wie erwartet in dem Habitat in der 10. Dimension!

Ein Blick in den Raum zeigte ihm, dass Athena und Isis still auf den anderen beiden Liegen lagen. Er erkannte, dass die Antaraner versuchten, die gewünschten Informationen auf diese Weise zu erhalten.

Golem begann, nach Optionen zu suchen. Er wusste zwar, wo er sich jetzt befand - aber wie sollten sie von hier entkommen? Schließlich fiel ihm eine Persönlichkeit ein, die das als Einzige vermochte: Aither. In wieweit sie allerdings helfen würde war unklar, denn sie hatte vor Jahren nach ihrer Reise erklärt, dass sie sich aktiv nicht einschalten durfte - aber ein Versuch war es wert.

"Aither, ich benötige deine Hilfe", dachte er und sendete diesen Gedanken immer wieder aus.

"Golem", hörte er plötzlich. *"Ich erkenne deine Lage, aber du weißt, dass ich nicht eingreifen darf."*

"Ist es dir möglich, Caecilia eine Botschaft zu übermitteln?"

Einen Moment lang herrschte Ruhe und dann vernahm er: *"Das werde ich tun. Wie lautet sie?"*

"Hier Golem. Wir werden in der 10. Dimension in einer künstlichen Blase bei Last Hope gefangen gehalten. Aither hat uns unterstützt, um diese Nachricht an Caecilia zu schicken. Mehr darf sie für uns nicht tun. Poseidon, du und Lew, nehmt mit Abilael Kontakt auf. Ich sehe keine Möglichkeit, hier aus eigener Kraft zu entkommen. Wir werden intensiv verhört, aber es geht uns gut. – Das ist alles. Ich danke dir, Aither."

Die Kommunikation war beendet und Golem entschied, wieder in den Ruhemodus zurückzukehren. Er würde das Spiel mitspielen, was allen auf der Erde weiter Zeit verschaffte. Seine Codes waren letztes Endes ungültig, also hatte er nichts zu verlieren. Aber im Bewusstsein seiner Lage, wovon Ariel nichts ahnte, wollte er nach Möglichkeiten suchen, nun seinerseits auch Einfluss auf seine Gegenspieler zu nehmen.

Nachdem er seinen Ruhemodus eingeleitet hatte, fand er sich bei einem Staatsempfang auf Antaris wieder, zusammen mit Isis als seiner Frau und Athena.

Die VISION ONE war mittlerweile im Orbit von Last Hope angekommen. Nachdem das Raumschiff gelandet war begaben sich Romanow, Poseidon, Röttger und Kantos mit Carli und Finn Schwarz in den Konferenzraum. Dort wurde Präsident Moretti kontaktiert und dazugeschaltet, um die Ergebnisse zu diskutieren.
Kantos berichtete zunächst, dass er mit Isos beschlossen hatte, den Menschen alle Informationen zur Verfügung zu stellen, die sich in den Archiven über die Antaraner befanden. Im Falle eines Krieges war Flagos auch bereit, unter dem Oberkommando des Interstellaren Bundes Kriegsschiffe zu stellen. Dann beantragte Kantos für Flagos eine Mitgliedschaft als Gast im Interstellaren Bund, um nach einer Frist von einem Jahr zu entscheiden, ob eine volle Mitgliedschaft in Betracht gezogen wurde. Der Vertreter für Flagos war Kantos selbst.
"Das ist eine gute Nachricht und ich denke, ich spreche da nicht für mich allein", sagte Romanow hocherfreut. "Ich werde diesen Antrag an die anderen Abgesandten weiterleiten mit der Bitte, zeitnah eine Entscheidung zu treffen. Kantos, Sie sind eingeladen, zu unseren künftigen Sitzungen immer zusammen mit Einstein und Ares in einem unserer Dimensionsschiffe mitzufliegen."
Poseidon wandte sich an Kantos und nickte: "Die Zustimmung von Atlas ist hiermit erteilt."
Unwillkürlich sahen jetzt alle auf den Wandbildschirm zu Moretti.
"Ich stimme dem Vorsitzenden zu – eine Gastmitgliedschaft ist ein wichtiger Schritt und im Namen der USOP danke ich Flagos für das großzügige Angebot, im Kriegsfall an unserer Seite zu stehen", sagte dieser zu Kantos

und wandte sich dann an Romanow. "Wir sitzen hier verständlicherweise etwas unruhig auf unseren Stühlen: Wie ist die Begegnung mit Abilael verlaufen?"

Romanow, Poseidon und Röttger berichteten nun vom Gespräch auf dem Planeten 3.

"Mit anderen Worten: Wir sind auf uns selbst gestellt, richtig?", kommentierte Moretti trocken.

"So sieht es aus, Francesco", sagte Romanow ernst. "Golems Nachricht zufolge geht es den dreien in der 10. Dimension trotz Verhör gut. Aus dem Aufenthaltsort bei Last Hope schließe ich, dass die Antaraner unbedingt den Zugriff auf die Zeitsteuerungsanlage erhalten wollen. Die Drohung der Zerstörung der USOP erscheint mir vorerst nicht akut zu sein."

"Wir haben doch unsere Dimensionsschiffe - können wir sie dort erreichen?", fragte Moretti.

"Davon ist nicht auszugehen", meldete sich der Androide Caecilia zu Wort. "Ich besitze dafür keine Zugangsberechtigung."

"Eines ist klar", warf Admiral Antonia Carli bestimmt ein. "Die Zeitsteuerungsanlagen müssen sorgfältig abgeschirmt werden und vor allem Fynn, der die Freigabecodes besitzt. Wir wissen nicht, über welche Möglichkeiten diese Ataraner noch verfügen. Ich schlage vor, dass Fynn Shan in eine Art Sicherheitsverwahrung geht."

"Wir könnten ihn in die Anlage in der 5. Dimension beim Neptun bringen", schlug Röttger vor. "Wir werden die Stations-KI und Caecilia so programmieren, dass eine Teleportation für die Zeit, die er dort ist, für alle Menschen und Androiden ausnahmslos deaktiviert ist. Ist die Situation überstanden wird er von bestimmten, autorisierten Personen mit einem Dimensionsschiff abgeholt."

"Ein guter Gedanke", stimmte Präsident Moretti zu. "So gewinnen wir die Zeit, die wir brauchen. Ich werde Shan kontaktieren und das heute noch veranlassen – am besten, du machst dich nach der Sitzung gleich auf den Weg zum Mond, Michael."

In der darauffolgenden Stille sah jeder nachdenklich vor sich hin.

"Was meinte Abilael damit, dass wir alles haben, was wir brauchen, um zu einer Lösung zu kommen?", knurrte Finn Schwarz. "Ehrlich gesagt fällt mir auf die Schnelle nichts ein. Die Antaraner hocken mit Golem, Athena und Isis sicher in der 10. Dimension – was sollen wir ihnen dort anhaben? Außerdem wissen wir im Grunde nichts über die Motivation. Denn warum sollen wir für die Vernichtung ihrer Zukunft verantwortlich sein? Ich habe hier den Eindruck, im Trüben zu fischen."

"Wenn wir sie dort nicht erreichen können, dann sollten wir uns überlegen, wie wir die Antaraner aus ihrem sicheren Umfeld herauslocken", schlug Carli pragmatisch vor. "Zum Beispiel in die Transferstation in der 5. Dimension oder zur Anlage auf Last Hope."

"Wir stellen ihnen eine Falle", begeisterte sich Schwarz.

"Im Prinzip denkbar – doch auf welche Weise soll sich das weitere Vorgehen gestalten?", äußerte sich Poseidon.

"Das könnte so aussehen: Wir senden an die Antaraner, dass die USOP auf das Ultimatum unter der Bedingung eingeht, dass Golem, Isis und Athena gleichzeitig mit dem Eintreffen in der Anlage auf Last Hope freigelassen werden", überlegte Finn Schwarz laut. "Zuvor haben wir allerdings die Artefakte so programmiert, dass die Antaraner in einer Zeitfalle gelockt werden, eine Endlosschleife sozusagen, aus der sie sich nicht mehr befreien können."

Alle hatten ihm staunend zugehört und Carli war die Erste, die Beifall klatschte.

"Ein ganz hervorragender Plan, Finn", begann sie mit einem feinen Lächeln. "Und jetzt erklärst du uns bitte nur noch, wer von uns so etwas programmieren kann. Golem, dem die Zeitsteuerung untersteht, ist nicht verfügbar und

Fynn als sein ehemaliger Doppelgänger wird auch nicht über alle Kenntnisse verfügen, da er damals das entscheidende Update nicht bekam. Entschuldige, wenn ich das sage – aber nicht ausreichend qualifizierte Personen damit herumexperimentieren zu lassen empfehle ich in keinem Fall."

Schwarz schaute sie erst etwas verdutzt und dann leicht pikiert an, sagte aber nichts.

"Abilael hat gut ausgeführt, warum es nicht vorgesehen ist, dass die Zeit Schwingen besitzt", meldete sich Kantos zu Wort. "Ich bin der gleichen Meinung. Experimente mit der Zeit könnten uns alle in eine andere und bedeutend bedrohlichere Situation katapultieren."

Dann wandte er sich mit einem Nicken an Schwarz: "Du hast starke, inspirierende Gedanken, Finn. Es ist angebracht im Geist zu den Sternen fliegen, um die Lösung zu erkunden."

Zusammen diskutierten sie noch eine geraume Zeit weitere Möglichkeiten, die ihnen durch den Sinn gingen.

Sollte man noch weiter abwarten, bis die Antaraner sich selbst meldeten? Früher oder später würden sie herausfinden, dass Golem keine gültigen Codes besaß. Poseidon erwähnte den Ausspruch des Humanoiden vor einem Jahr "Ich bin da und ich bin es nicht" – was bedeutete dieser Ausspruch und konnte das ein Schlüssel sein? Caecilia sollte nach Röttgers Rückkehr in der 10. Dimension nach der Signatur dieser Dimensionsblase scannen und ihre bekannten Zugangscodes testen.

"Also haben wir keine rasche Lösung parat", stellte Moretti schließlich fest. "Ich schlage vor, jeder von uns arbeitet weiter daran und ich werde den Nationalen Sicherheitsrat so schnell wie möglich einberufen. Ich rechne allerdings erst in der kommenden Woche damit. Michael, in jedem Fall werden wir morgen mit deiner Hilfe sofort Fynn Shan in Sicherheit bringen. Nach der Sitzung melde ich mich mit der Bestätigung für Flagos, was eine Gastmitgliedschaft im Interstellaren Bund angeht. Im Rat sitzen viele intelligente Köpfe – irgendetwas sollte uns also einfallen. Wir bleiben in Kontakt!"

Damit verabschiedete sich Moretti und Röttger erhob sich mit seiner Frau, die ihn zur VISION ONE begleiten wollte. Kantos äußerte den Wunsch, mit ihm zu fliegen und Poseidon hatte vor, mit einem seiner fünf Dimensionsschiffe nach Atlas zurückzukehren. Romanow lud Finn Schwarz ein, im Hauptquartier ein Gästeapartment zu beziehen, da er vorerst nicht zur Erde zurückkehren wollte. Und so versuchten beide Männer, sich mit einigen Snacks in der Suite zu entspannen. Vorerst bestand keine unmittelbare Gefahr und früher oder später würde sich das weitere Vorgehen ergeben.

Planet Erde, Milchstraße

Eine Woche später tagte der Nationale Sicherheitsrat in Anbetracht der angespannten Situation zusammen mit dem Parlamentsausschuss in der Town of Planets.
Der Antrag von Flagos war schnell abgehandelt – letzten Endes zeigten sich alle erfreut über diese Entwicklung.
"Romanow macht auch als Vorsitzender des Interstellaren Bundes eine hervorragende Arbeit", stellte gerade Zhang Tian, Gouverneur Last Hope, in den Raum. "Wer hätte das gedacht, als wir uns noch vor 1,5 Jahren mit den Flagolanern ein unerbittliches Gefecht lieferten?"
"Bisher haben alle unsere Erstkontakte kritisch begonnen und sind schlussendlich erfreulich verlaufen", meinte Mrs. Young, Gouverneurin Mond, mit einem Blick auf Poseidon. "Das lässt mich hoffen, dass es sich mit den Antaranern ebenso verhalten wird. Zurzeit bleibt alles ruhig, wie ich gehört habe?"

Präsident Moretti bat Poseidon zu berichten, was sich auf dem Planeten 3 in der Kaulquappen-Galaxie ereignet hatte.

"Diese Reise war also wenig erfolgreich", stellte Amar Nath, Gouverneur Mond, sofort klar. "Dieser Abilael konnte nicht dazu bewegt werden, einzugreifen, obwohl er oder sein Volk von den Auswirkungen auch betroffen wären. Außerdem werde ich den Eindruck nicht los, dass diese Ersten in dieser Geschichte mit drinhängen."

"Das bringt uns jetzt leider nicht weiter", entgegnete Moretti daraufhin. "Hat jemand konstruktive Vorschläge für ein weiteres Vorgehen? Fynn Shan wurde zusammen mit seiner Frau vorerst in der Anlage beim Neptun einquartiert. Abgesehen vom Androiden Caecilia dürfen nur autorisierte Personen wie Poseidon, Romanow und meine Person die Station betreten, bis die Situation geklärt ist. Caecilia wurde die Anweisung erteilt, dass Shan beim geringsten Anzeichen einer Fremdbeeinflussung oder einem Handeln unter Druck im Falle einer Erpressung nicht abgeholt werden darf – es muss unter allen Umständen verhindert werden, dass an unserer Zeitlinie herummanipuliert wird."

"Das war sehr umsichtig von Ihnen", begeisterte sich Mrs. Young, der alle mit einem Nicken oder Klopfen auf den Tischen zugestimmten. Moretti hatte sich erstaunlich schnell und gut eingearbeitet und besaß ein geschicktes Händchen dafür, die Abgeordneten für sich einzunehmen, dachte Nath nicht zum ersten Mal. Aber früher oder später würde auch er Fehler machen.

"Wie lässt sich eine Dimensionsblase zerstören?", warf General Minho, militärischer Oberkommandierender der Streitkräfte, jetzt in den Raum. "Diese Frage möchte ich an unsere findigen Wissenschaftler weitergeben. Es muss eine Möglichkeit entwickelt werden, dort hineinzugelangen oder das ganze Gebilde zum Kollabieren zu bringen."

"Solange sich Golem, Athena und Mrs. Romanow noch dort befinden ist das nicht gerade ratsam", warf Stella Armstrong, Verteidigungsministerin, ein.

"Es war von einer Teleportation die Rede, bevor sie entführt wurden", meldete sich Justin Schwarz, Chefwissenschaftler, zu Wort. "Sobald sie die Blase auf diesem Weg verlassen haben wäre das ein akzeptables Vorgehen. Ich werde mich umgehend damit beschäftigen."

"Gut. Dann werden wir uns vorerst darauf konzentrieren, diesem Antaraner seine Aktionsbasis zu entziehen", schloss Armstrong und dann wurden die nächsten Punkte auf der Tagesordnung erörtert.

Last Hope, Andromeda

Ariel hatte in seiner fiktiven Welt viel Zeit ins Land gehen lassen, um ein Vertrauen aufzubauen, wie Golem feststellte. Er war mittlerweile mit Isis als seiner Frau und Athena auf Antaris ein gern gesehener Gast; Menschen besuchten den Planeten mit Hilfe der Dimensionsschiffe und umgekehrt – es gab sogar erste Ehen zwischen beiden Völkern. Flagos hatte sich als Folge des neuen Bündnisses völlig zurückgezogen und spielte für die USOP keine Rolle mehr.

Beide Regierungen hatten schließlich entschieden, dass die Teleportationsstrecke von Antaris nach Last Hope, oder Sonora, wie die Antaraner den Planeten nannten, endgültig für beide Seiten aktiviert werden sollte. Diese Verbindung war ursprünglich von den Antaranern blockiert worden, damit kein Unbefugter ihr Sonnensystem betreten konnte.

Wie immer bei solchen Staatshandlungen waren Präsident Moretti, Romanow und er anwesend und nachdem die Presse die Aktivierung gebührend gewürdigt hatte, bot der Präsident dem Machthaber von Antaris einen Rundgang durch die Zeitsteuerungsanlage auf Last Hope an.

"Golem, zeigen Sie uns bitte die Anlage", bat Moretti und sah ihn erwartungsvoll an. "Dieser Planet hat eine lange Geschichte und bei der Gelegenheit würde ich gerne unseren Freunden die beiden Artefakte vorführen, die einst zur Korrektur der Zeitlinien benutzt wurden."

Der Augenblick war gekommen und so sagte Golem: "Ich schlage vor, dass auch Ariel bei uns ist. Er war der Erste, der mit uns Kontakt deswegen aufnahm und ihm sollte die Ehre gebühren, anwesend zu sein. Sie können doch sicher mit ihm kommunizieren?"

Aufmerksam betrachtete er den militärisch wirkenden Machthaber, der ihn jetzt ausdruckslos anstarrte.

"Ich stehe jederzeit mit ihm in Kontakt – aber ich sehe nicht, warum seine Anwesenheit nötig sein sollte", sagte er jetzt.

"Davon gehe ich aus, dass Sie in direktem Kontakt mit ihm stehen", erwiderte Golem und sah ihn bedeutungsvoll lächelnd an. "Diese Handlung ist der passende Moment, unsere Bekanntschaft zu vertiefen. Doch bevor ich weitere Schritte unternehme erwarte ich, dass mir reiner Wein eingeschenkt wird. Was ist der wahre Grund, warum Sie eine Korrektur der Zeitlinie vornehmen wollen, Ariel?"

Doch plötzlich löste sich alles vor seinen Augen auf und Golem erwachte und registrierte, dass sich die Tür ihres Quartiers geöffnet hatte. Über sein internes Modul übermittelte er Athena und Isis, die sich nun auch von der Liege erhoben, was in der Zwischenzeit geschehen war.

"Dieser Rat ist wirklich erstaunlich", kommentierte Isis anerkennend und sah ihn dann fragend an. *"Eine fiktive Welt, die du fast für real gehalten hättest – wie hast du es gemerkt?"*

Golem sah sie unergründlich an: *"Ariel hat aus Informationen die falschen Schlüsse gezogen. Dadurch haben sich Situationen ergeben, die real nie eingetreten wären. Doch lasst uns nun gehen - wir haben eine Audienz mit dem Rat."*

Golem, Isis und Athena schritten durch die Tür und wanderten den Weg zurück durch verschiedene Räumlichkeiten, in denen sich jedoch niemand befand. Schließlich gelangten sie in einen kleineren Raum, der bewohnt wirkte. Ein gedämpftes Hintergrundlicht vermittelte eine entspannende Atmosphäre, bequeme Sitzgelegenheiten befanden sich verstreut im Raum und eine Art Wasserspiel floss mit einem leisen Plätschern die Wand herunter, um in einer Rinne zu verschwinden. Hier wurden sie von Ariel erwartet, der mit einer lässigen Geste bedeutete, dass sie sich setzen sollten.

"Das war eine beindruckende Vorstellung, die Sie inszenierten", begann Golem. "Sind Sie jetzt bereit, uns zu sagen, warum und mit welchem Ziel Sie die Zeitlinie manipulieren wollen?"

Ariel schwieg eine Zeitlang und sagte schließlich:

"Für einen Androiden besitzt du außergewöhnliche Fähigkeiten und eine erstaunliche, emotionale Fülle. Du bist ein würdiger Gegner, Golem. Aber ich habe auch festgestellt, dass du nutzlos für mich bist. In den 14 Tagen irdischer Zeitrechnung, die du in der fiktiven Welt verbracht hast, konnte ich einige Freigabecodes auslesen. Leider waren sie wirkungslos - wer auch immer die Codes jetzt besitzt, du bist es nicht."

Ariel machte bewusst eine Pause und sah die drei Androiden abwartend an. Doch sie saßen unbewegt da und erwiderten ruhig seinen Blick.

"Ihr wollt den Grund wissen – nun, ich bin der Letzte des einstigen Rats der durchsichtigen Zehn", fuhr Ariel schließlich fort. "Durch eine Korrektur der Zeitlinie werde ich erreichen, dass meine Schwestern und Brüder quasi wieder auferstehen. Dann werden wir gemeinsam den Fehler korrigieren, den wir einst begingen. Ihr fragt euch, was ich damit meine?

Sicher erinnerst du dich an unsere erste Begegnung, bei der ich euch sagte "Ich bin hier und doch nicht hier", was sehr gut den Wechsel zwischen den Welten beschreibt, den ich permanent erlebe. Ihr haben die Ersten kennengelernt, die sich als das zu materialisieren vermögen, als was immer sie wollen. Aber dafür mussten sie ihren ursprünglichen, physischen Körper endgültig aufgeben und nach der endgültigen Transformation gab es ihn nicht mehr. Doch wir wollten ihn erhalten und gingen unseren eigenen Weg zwischen beiden Welten: ein Leben als reine, schöpferische Energie auf der Basis unserer körperlichen Präsenz. Zunächst schien es zu gelingen; unsere Macht war nicht so groß wie die der Ersten, aber wir herrschten über das Volk der Antaraner, die uns mit unseren Fähigkeiten als gottgleich anerkannten. Doch im Laufe der Zeit erkannten wir, dass uns dieser ständige Wechsel unsere Lebensenergie kostete. Im Angesicht unseres Dahinschwindens wagten wir vor langer Zeit ein Zeitexperiment, das leider unerwartete Auswirkungen auf den ehemaligen Heimatplaneten hatte: Antaris wurde so gut wie unbewohnbar und auf der Suche nach den Verantwortlichen lieferten wir den Antaranern Flagos als den Schuldigen. Das Volk von Antaris sah sich daraufhin im Recht, Flagos als neuen Lebensraum zu vereinnahmen und so entstand ein 20-jähriger Krieg, der mit der Vernichtung von Antaris und der 300.000 Jahre währenden Verbannung durch das Eingreifen der verbliebenen Ersten endete.

Diese Ersten verschonten uns zwar, aber als Folge starb einer nach dem anderen, denn keiner wollte sich aus moralischen Gründen die Lebensenergie von den

Antaranern holen. Wie Sie sehen, hatte ich diese Bedenken nicht. In Abständen wurden Antaraner zu mir geschickt, die ich für angebliche Dienste im Rat benötigte. Keiner von ihnen kehrte je nach Antaris zurück. Wäret ihr biologischer Natur würde ich euch genauso als Lebensenergiespeicher verwenden."

Ariel machte eine Pause und betrachtete die drei Androiden abschätzend, die nach wie vor abwartend vor ihm saßen. Golem erkannte, dass er keine Empathie für seine Opfer zeigte und anscheinend mit einer emotionalen Reaktionen rechnete.

Dann fuhr Ariel ungerührt fort: "Ihr seht, meine Einsamkeit lässt sich nur durch eine Korrektur der Zeitlinie beenden. Nach dem Wiedererscheinen des Rats werden wir gemeinsam beschließen, zum körperlichen Leben zurückzukehren. Eine andere Lösung gibt es nicht – unser Fehler war, uns nicht zu entscheiden."

"Bei allem Verständnis für Ihre Situation", begann Golem jetzt. "Es ist fraglich, ob Sie mit einer Manipulation der Zeitlinie überhaupt Erfolg haben werden. Vor langer Zeit wurde in der Geschichte der Menschheit eine folgenschwere Katastrophe durch Experimente mit der Zeit ausgelöst und eine noch verheerendere bei dem Bemühen, die Erste ungeschehen zu machen. Aus dieser Erfahrung heraus wurde die Anlage von mir gesperrt und versiegelt. Danach beschränkten wir uns auf Zeitreisen. Doch selbst diese werden kaum noch unternommen, denn auch sie bergen unkalkulierbare Risiken."

"Ich kenne das Risiko, aber es gibt keinen anderen Weg", entgegnete Ariel kühl.

"Einst haben Sie mit einem Zeltexperiment für Zerstörung und Vernichtung gesorgt – sind Ihnen all die Leben, die Ihnen so bedingungslos vertrauen und Sie jetzt erneut gefährden wollen, tatsächlich so gleichgültig?", insistierte Golem.

"Meint ihr etwa, eure hochgelobten Ersten sind fürsorgli-
cher?", tat Ariel zynisch kund. "Dieses Volk wurde im
Laufe der Zeit immer mächtiger und heute können sie
quasi aus dem Nichts heraus alles erschaffen. Genau wie
die Antriebe eurer Dimensionssänften beziehen sie die
Energie für ihre Schöpfungen aus der dunklen Materie der
einstigen Materiebrände. Allein Dimensionswaffen und
die Zeit stellen eine Gefahr für sie dar - im äußersten Fall
würde durch ein universelles Reset absolut alles ausgelöscht und damit auch die Ersten. Wenn du, Golem, der
Ansicht bist, sie wären eure Freunde, dann sitzt du einer
ebenso perfekt inszenierten Täuschung auf! Die Menschheit wird bedenkenlos fallen gelassen, wenn sie nicht
mehr von Interesse ist oder irgendwann zur Transformation in die reine Energie gezwungen, angeblich, weil der
Zyklus vollendet ist und neuen Entwicklungen und Völkern Platz gemacht werden muss. Dieses Schicksal er-
eilte deine Vorgänger, die Schöpfer, wie ihr sie nennt. Und
es wird auch deren Erben so ergehen, ein Erbe, das ihr
im Übrigen unverdient erhalten hab!"
Ariels graue Augen funkelten Golem herausfordernd an.
"Zugegeben, du hast da mit diesen Artefakten etwas Ein-
zigartiges erschaffen. Mir erschließt sich nicht, warum wir
nach der Zerstörung von Antaris unsere Zeitsteuerungseinheit nicht mehr wiederherstellen konnten."
Ariel musterte Golem unergründlich: "Und nun sag mir,
Androide: Wer sollte mich daran hindern, eine Zeitspanne
vollkommen ungeschehen zu machen? Und - welchen
Nutzen solltest du noch für mich haben?"
Golem ließ in diesem Augenblick die Zeit Revue passieren, als die zwölf Schöpfer Aither verließen, um in die Ursprungsenergie des Universums einzutreten und mit ihr
zu verschmelzen. Ariel war an einem Punkt des Still-
stands in seiner Existenz angelangt und haderte mit seinem   Schicksal   und   den   einst   getroffenen

Entscheidungen. Konnte man den Schluss daraus ziehen, dass es das Ende seines Zyklus war? Ariel hatte genau das in Frage gestellt und es war sicherlich ein interessanter Aspekt. Doch in jedem Fall war er nie bereit gewesen, die Verantwortung seiner Entscheidungen zu übernehmen und die Folgen zu tragen. Seine Mitstreiter hatten letzten Endes ihr Schicksal akzeptiert und waren gestorben – doch er wehrte sich dagegen und zog lieber alle mit sich in den Abgrund.

"Sie wissen selbst, dass die Wahrscheinlichkeit zwar besteht, die Vergangenheit wieder auferstehen zu lassen – aber sie ist nicht sehr groß", begann Golem und betrachtete ihn aufmerksam. "Dennoch wollen Sie das Leben aller für eine vage Möglichkeit aufs Spiel setzen, mit der Sie nicht zwingend rechnen. Also - was bezwecken Sie wirklich mit Ihrer Aktion?"

Ariel und Golem sahen sich an und Isis spürte, wie eine Spannung wahrnehmbar wuchs und der Antaraner eine Unruhe zu zeigen begann.

"Du bist auf der richtigen Fährte", sendete sie ihm. *"Du berührst etwas in ihm."*

"Ist es die abgrundtiefe Unzufriedenheit mit Ihrem Schicksal, was Sie antreibt? Wollen Sie in einem letzten Vernichtungsschlag auch die Ersten erlöschen sehen, damit mit Ihnen wortwörtlich alles vergeht? Oder …"

Ariel sprang plötzlich auf und schrie voller Zorn: "Genug! Mach, dass du in dein Quartier zurückkehrst, Androide, ehe ich mich vergesse! Hinaus!"

Wutbebend stand Ariel vor ihm, während sich sein Zustand ununterbrochen veränderte: Er schien zu fluktuieren, denn seine humanoiden Konturen waren in einem Moment scharf und klar sichtbar und im nächsten Augenblick verschwammen sie vor ihren Augen. Schweigend erhoben sich Golem, Athena und Isis und liefen zu ihrem Habitat zurück.

"Seine Absichten sind deutlich geworden", begann Athena, als sie ihre Gedanken über das Geschehene ausgetauscht hatten. *"Entweder es gelingt ihm, den Rat wieder auferstehen zu lassen und wenn nicht, was wahrscheinlicher ist, dann ist der große Abgang vorgesehen, bei dem er alle Beteiligten mitnehmen wird."*
Ernst sahen sich die Androiden an.
"Wir wissen nicht, was auf der Erde vor sich geht. Es sind 14 Tage vergangen seit unserer Ankunft, wie wir jetzt wissen. Lew und Poseidon haben sich sicher schon mit Abilael getroffen. Wir müssen uns austauschen und gemeinsam beraten, Golem", tat Isis eindringlich kund.
"Ich werde Aither kontaktieren."
"Warum kommunizierst du nicht direkt mit Lew und Poseidon, wie du es immer tust?", warf Isis ein.
Golem sah sie verblüfft an und lachte dann leise.
"Ich muss gestehen, daran habe ich nicht gedacht! Wir hatten bisher nur gedanklichen Kontakt, wenn wir auch räumlich zusammen waren."
Dann sah er sie gedankenverloren an und Isis erkannte einen Anflug von Wehmut in seinem Gesicht. Doch auf ihren fragenden Blick hin sagte er nur: *"Lew hat es treffend ausgedrückt: Du bist eine der Besten für solche Missionen. Ich werde ihn jetzt kontaktieren."*

Die VISION ONE befand sich gerade im Anflug auf den Raumhafen des Interstellaren Bundes. Caecilia hatte in der 10. Dimension eine Signatur erkannt und so wussten sie jetzt, wo sich die Dimensionsblase befand. Aber das war es auch schon – keine der bekannten Codes führten zu einer Öffnung. Das Raumschiff setzte auf, doch Romanow, Michael Röttger, Finn Schwarz und Kantos blieben nachdenklich in der Zentrale sitzen.
"Justin sucht immer noch nach einem Weg, die Blase zum Kollabieren zu bringen. Es sind jetzt zwei Wochen

vergangen und wir kommen einfach nicht weiter!", stellte Finn Schwarz frustriert fest. "Was machen die da oben?!"
"Du machst dir Sorgen um deine Gefährtin", nickte Kantos anteilnehmend.
"Hier ist Golem. Lew, ich möchte mit dir sprechen", hörte Romanow plötzlich leise in seinen Gedanken. Hatte er das richtig verstanden? Mit einer Schweigen gebietenden Geste rief er der Gruppe aufgeregt zu: "Moment mal, ich glaube, Golem kommuniziert mit mir."
Dann lehnte er sich zurück, schloss die Augen und konzentrierte sich.
"Ich höre dich, Golem, mein Freund. Wie geht es euch?"
"Es geht uns allen gut, sorge dich nicht. Wir haben viele Informationen erhalten. Wir müssen uns dringend beraten."
Romanow öffnete die Augen und begegnete den gespannten Blicken: "Es ist Golem! Er hat Informationen für uns. Aber zunächst: Alle sind wohlauf, Finn. Kantos, wir reden später darüber."
Dann schloss er wieder die Augen und dachte: *"Dann leg mal los! Michael, Finn und Kantos sind gerade bei mir."*
Golem berichtete nun, was sie erlebt hatten, seit sie Antaris betreten hatten. Romanow erzählte ihm seinerseits, dass Abilael dieses Mal nicht helfen würde und sie selbst eine Lösung finden mussten. Schwarz arbeitete verbissen daran, wie man die Dimensionsblase kollabieren lassen konnte.
"Aber es steht noch in den Sternen, ob er es schafft. Außerdem müsstet ihr euch dafür erst wegteleportieren. Noch etwas: Wir haben Fynn so untergebracht, dass er unerreichbar ist."
"Sehr gut – das muss er unbedingt bleiben, gleichgültig, was geschieht. Ariel geht fest davon aus, dass er den Zugang zur Zeitsteuerungsanlage erhalten wird, was unser aller Untergang wäre."

"Wir werden uns beraten und dann kontaktiere ich dich wieder. Ich bin sehr froh, von dir zu hören."

Romanow öffnete die Augen: "Es gibt viele Neuigkeiten, meine Freunde. Ich schlage vor, wir gehen ins Konferenzzimmer und melden uns bei Francesco."

Auf dem Weg dorthin erklärte Romanow Kantos, dass ihm mit Golem und Poseidon ein telepathischer Kontakt möglich war, was im Rahmen einer gemeinsamen Reise zum Ursprung des Universums entstanden und im Anschluss geblieben war.

"Diese Form der Unterhaltung ist für Menschen in der Regel unbekannt und nur wenige wissen davon. Ich bitte dich ebenfalls um ein Stillschweigen darüber, abgesehen von Isos natürlich."

Kantos nickte: "Isos hatte bereits eine Vermutung."

"Aber nun stellt sich die Frage, wie dieses Geheimnis jetzt noch gewahrt werden kann", endete Romanow ernst.

"Caecilia!", warf Röttger unvermittelt ein. "Sie hat mit Golem in der 10. Dimension kommuniziert."

"Eine gute Idee und glaubhaft dazu", stellte Romanow erleichtert fest.

"Es ist besser, wenn es bei dem Geheimnis bleibt", bekräftigte Finn Schwarz. "Du wärest schnell scheelen Blicken ausgesetzt, Lew. Von wegen geheime Absprachen und so. Natürlich kommt das bei euch dreien nicht vor", grinste Finn Schwarz ihn spitzbübisch an. "Isis ist bloß ein wenig eifersüchtig, wenn sie sich darüber aufregt."

Romanow gab Schwarz einen freundschaftlichen Knuff in die Rippen.

"Wirst du wohl still sein! Was soll unser Gast von uns denken, wenn wir unsere Familiengeschichten vor ihm ausbreiten?"

Kantos Flügel hoben sich plötzlich leicht an und nach einem kurzen, geräuschvollen Flattern senkten sie sich wieder und umhüllten seinen flaumbedeckten Körper,

während er einen schnarrenden Laut von sich gab. Fasziniert betrachteten ihn alle und dann hörten sie: "Ich sehe mich mit Fluggefährten im Nest angekommen."
Romanow, Schwarz und Röttger warfen sich einen verblüfften Blick zu und nach einem Augenblick zeigte sich auf Romanows Gesicht ein Lächeln: "Ich glaube, er meint, dass er sich mit uns als Weggefährten ganz wie zu Hause fühlt. Er hat gerade sein Gefallen an der Situation bekundet, richtig?"
"So ist es", bestätigte Kantos mit einem Nicken und erneut vibrierten seine Flügel sanft.
Schwarz strahlte ihn an: "Willkommen in unserer Familie, Kantos."
"Er wird dir keine Hand geben", sagte Röttger schmunzelnd, als er bemerkte, dass Schwarz drauf und dran war, ihm die Hand entgegenzustrecken. "Das ist in Flagos nicht üblich, Finn. Andere Länder, andere Sitten!"
Im Hauptquartier angekommen war Präsident Moretti, der gerade mit Armstrong im Büro saß, zeitnah dazugeschaltet. Romanow berichtete nun allen, was er gerade von Golem erfahren hatte.
"Was wird Ariel unternehmen, nun, da er weiß, dass er mit Golem keinen Erfolg haben wird?", äußerte sich Moretti. "Vor einiger Zeit war doch die Rede von einer Falle. Wir sollten das jetzt weiterverfolgen, Lew. Ich werde Justin Schwarz und Poseidon kontaktieren und du holst Michael und Antonia dazu. Ich melde mich in 15 Minuten wieder."
Nach einer halben Stunde saßen endlich alle zusammen oder waren dazugeschaltet.
"Es dürfte nicht mehr lange dauern, bis Ariel eins und eins zusammenzählt und auf Golems Vertretung Fynn Shan kommt", begann Justin Schwarz. "Er könnte Golem, Athena und Isis als Druckmittel benutzen, um an Shan heranzukommen. Wir können nicht auf Golem verzichten."

"Einer Erpressung werden wir in keinem Fall zustimmen",
warf Armstrong sofort ein. "Egal, um wen es sich handelt.
Darüber hinaus wird Caecilia ein Anfliegen der Station
nicht zulassen. Das war so vereinbart."

"Wir werden es so darstellen, dass nicht nur die Freigabecodes notwendig sind, sondern alle vier Androiden eine
persönliche Bestätigung eingeben müssen, damit eine
Zeitsteuerung in Gang gesetzt werden kann", schlug Poseidon vor.

"Ein sehr plausibler Gedanke", stimmte Admiral Antonia
Carli zu. "Es könnte tatsächlich als weitere Sicherung vereinbart worden sein. Gleichzeitig haben wir damit das
Problem gelöst, wie wir die drei aus der Dimensionsblase
herausbekommen, bevor wir sie implodieren lassen. Wie
sieht es denn damit aus, Justin?"

"Leider bin ich noch nicht weit gekommen. Wir besitzen
zu wenig Erfahrung mit Dimensionen. Als einen Ansatz-
punkt sehe ich in jedem Fall die Frage der Energiequelle.
Woher bezieht dieser Ariel die Power, um sein Konstrukt
aufrecht zu halten und die Teleportationen durchzuführen? Wenn wir wissen woher sie kommt, könnten wir einen Weg finden, ihm sozusagen den Hahn abzudrehen."

"Ich werde mit Caecilia aufsteigen und die Umgebung
scannen. Wo sich die Blase befindet wissen wir. Vielleicht
findet sie noch mehr, aus dem wir schließen können, um
welche Quelle es sich hier handelt", bot Röttger an.

"Das ist nicht nötig", meldete sich der Androide Caecila zu
Wort. "Es waren Energieströme messbar, die in die Signatur mündeten."

"Woher kamen die?", hakte Schwarz sofort interessiert
nach.

"Unbekannt", war Caecilias Antwort.

"Wäre es möglich, diesen Prozess zu stoppen oder zu
stören?"

"Unbekannt."

"Na gut", entschied stellte Schwarz. "Ich komme am besten zu euch und sehe mir mit Michael und Caecilia das Ganze selbst an."

"Einverstanden", meinte Moretti. "Hier haben einen vielversprechenden Ansatz. Nochmal zu Poseidons Vorschlag: Wohin locken wir Ariel?"

"In keinem Fall auf die ATLANTIS", sagte Romanow, dem Carli sofort beipflichtete. "Das Risiko ist zu groß. Die Anlage bei Last Hope ist nicht nutzbar, da alles auf die ATLANTIS umgeleitet wurde. Allerdings befindet sich dort keine Teleportationsplattform. Ich meine, mal schlicht gefragt: Was machen wir dann eigentlich mit ihm?"

"Na, wir schicken ihn selbstredend in die Wüste", lachte Finn Schwarz. "Aber das ist eine Frage, die wir zuerst lösen sollten: Wie vernichten wir ihn? Ist das überhaupt möglich? Über welche Fähigkeiten verfügt er wirklich? Kann er telepathisch unsere Gedanken auslesen und ist unter Umständen vorgewarnt? Vielleicht kann er sich selbst teleportieren? So, wie ich Golem verstanden habe, hat er in geringem Umfang auch Abilaels Fähigkeiten, wenn auch nicht so stark. Er ist grundsätzlich aber immer noch physischer Natur."

"Das ist die Schwierigkeit", äußerte sich jetzt Michael Röttger. "So genau wissen wir nicht, mit wem wir es hier zu tun haben. Unser Vorhaben muss gut durchdacht sein. Denn wenn der Überraschungseffekt wirkungslos verraucht, dürfte es für uns schwierig und für die Beteiligten gefährlich werden."

Alle hingen still ihren Gedanken nach bis Kantos begann: "Das Leben in zwei Welten birgt Vor- und Nachteile. Ariel besitzt einen physischen Körper und dann wechselt er in einen Zustand, der als großes Nichts alles, was ist, umfasst, nur, um wieder in seinen Körper zurückzukehren. Doch spricht Weisheit aus ihm? Mit Sicherheit nein. Denn das, was so erstrebenswert erscheint ist gleichzeitig auch der Nachteil: Er ist weder vollständig das eine noch vollkommen das andere."

"Das ist schön gesagt", meinte Finn Schwarz. "Aber was machen wir mit dieser Erkenntnis?"

"Wie vernichte ich jemanden, der sofort die Form wechselt?", erwiderte Kantos mit einem leichten Flattern.

"Das gelingt, wenn ich ihn im physischen Zustand erwische", spann Justin Schwarz weiter. "Eine Teleportation z.B. in eine Sonne ist allerdings nur möglich, wenn er in dem Augenblick seine Form behält."

"Wir könnten ihn mit einem Kraftfeld sozusagen unter Quarantäne stellen", schlug Röttger vor.

"Wir wissen, dass er die Lebensenergie von anderen benötigt", warf Carli ein. "Es genügt meines Erachtens, wenn wir ihn in der Quarantäne aushungern. Seine Mitstreiter sind auf diese Weise verstorben."

"Ein guter Gedanke. Und schon stellt sich die nächste Frage", meinte Armstrong. "Wie genau wollen wir ihn unter Quarantäne stellen?"

"Mit einem starken Kraftfeld, das ihn am teleportieren hindert. Es muss ihn allerdings nicht nur körperlich am Ort festhalten, sondern auch seine energetische Form daran hindern, das Feld zu verlassen", gab Poseidon zu Bedenken.

"Ich sehe schon: Viel Zeit für Schlaf bleibt in der nächsten Zeit nicht", seufzte Justin Schwarz ergeben. "Ich werde mein ganzes Team nur darauf ansetzen."

"Michael holt dich morgen ab", schlug Romanow vor. "Im Prinzip eignet sich für eine Quarantäne die Anlage in der 5. Dimension bei Neptun. Sie liegt bereits isoliert und wir werden Ariel beruhigt dort lassen, bis er … tja, hinübergegangen ist." Romanow schwieg einen Moment bedrückt. Immerhin sprachen sie hier darüber, ein Lebewesen sprichwörtlich verhungern zu lassen und damit zum Tod zu verurteilen. Hatten sie dazu das Recht?

Unwillkürlich sah er zu Kantos und begegnete einem unbewegten, scheinbar emotionslosen Blick aus seinen dunklen und doch tiefgründigen Augen.

Kantos nickte: "Stellen wir uns über ein Leben, wenn wir das tun, was notwendig ist, um zu überleben? Ja, denn das sind wir im Begriff zu tun. Es ehrt euch Menschen, dass ihr euch dessen bewusst seid und zögert. Doch im unendlichen Universum existiert nicht nur der Tag und die Nacht wie auf unseren Heimatplaneten. Es gibt mehr als die Polarität von positiv und negativ. Ariel weiß das und er wird uns gegenüber keine Nachsicht zeigen."

"Das ist unsere Krux", gab Romanow zu. "Wir Menschen sind stolz auf das, was wir Menschlichkeit und Zivilisiertheit nennen. Werfen wir sie hier über Bord? Gäbe es einen Weg, mit ihm zu einer Verständigung zu kommen, würde ich das unbedingt vorziehen."

"Ein Zögern kann im entscheidenden Augenblick allen Völkern das Leben kosten", erwiderte Kantos. "Wir werden uns jetzt darauf festlegen müssen, was uns unser aller Überleben wert ist."

Eine Stille breitete sich im Raum aus, die einige Minuten lang niemand zu unterbrechen wagte.

"Abilael hat so etwas auch angedeutet, Lew", räusperte sich Michael Röttger. "Wenn wir geistig wachsen und expandieren wollen sollten wir uns dem stellen, dass es nicht nur "gut" und "böse" gibt. Allerdings stellt sich die Frage: Was geschieht, wenn wir diese Grenzen überschreiten? Haben wir dann überhaupt noch ein Gewissen, das uns fühlen lässt, wann ein Handeln nicht mehr vertretbar ist? Was ist mit der Moral, der Ethik, gibt es sie dann noch?"

"Das sind Fragen, die wir später in Ruhe noch diskutieren können und sollten", erwiderte Poseidon. "Ich stimme Kantos zu: Wir müssen uns jetzt entscheiden, was mit Ariel zu geschehen hat. Ich habe keine Bedenken, ihn einem Quarantänefeld zu übergeben, in dem sein Leben früher oder später enden wird. Er traf einst Entscheidungen, die dazu führten, dass er schon längst gestorben wäre – das ist zu berücksichtigen. Nur dadurch, dass er sich Lebensenergie anderer ohne deren Zustimmung einverleibt hat, existiert er überhaupt noch."

"Was meinst du, Stella?", fragte Moretti Armstrong.

"Ich sehe das genauso. Hier ist eine mitfühlende Emotionalität fehl am Platz. Wenn wir nicht handeln, wird es im Übrigen weitere Opfer geben."

"Das sehe ich genauso", kommentierte Schwarz trocken und auch sein Vorfahr, Finn Schwarz nickte wie auch der Rest der Gruppe.

"Dann ist es entschieden", sagte Romanow. "Ich fühle mich zwar nicht besser und begrüße zu einem späteren Zeitpunkt eine weitergehende Diskussion – aber ich sehe auch keinen anderen Weg."

"Gut", nickte Kantos zufrieden. "Was sollte Ariel motivieren, mit euch die Anlage beim Neptun zu besuchen und wie erreichen ihn die Informationen?"

"Er wird Fynn auf Golems Hauptsitz auf dem Mond vermuten. Wir werden die Informationen in Golems Netzwerk unterbringen", schlug Carli vor.

"Wir werden ihn wissen lassen, dass in der Anlage beim Neptun eine weitere Zeitsteuerungsanlage untergebracht wurde – alle anderen wurden aus Sicherheitsgründen deaktiviert", ergänzte Röttger.

"Damit haben wir das Grundgerüst", sagte Präsident Moretti. "Justin, jetzt benötigen wir noch schnellstens das Quarantänefeld und dann werden die Informationen verteilt. Vielleicht lassen wir es wie ein Datenleck aussehen oder ähnliches. Darum werden wir uns hier kümmern."

Es wurde eine Weile noch hin und her diskutiert, aber am Ende waren alle der Meinung, dass die Lösung gefunden worden war.

"Und, was meinst du, Caecilia?", fragte Finn Schwarz spontan. "Wie bewertest du unseren Plan?"
"Er hat eine Erfolgschance von 76,9 %."
Nachdenklich waren alle Blicke auf den Androiden gerichtet aber niemand fragte nach, wie er eigentlich auf diesen Wert kam.
"Gut", meinte Moretti zufrieden. "Dann ist es beschlossene Sache. Stella und ich werden den Nationalen Sicherheitsrat unter strengster Geheimhaltung informieren und Justin wird mit Hochdruck an der Verwirklichung arbeiten. Wobei das Quarantänefeld absoluten Vorrang hat! Zur Not bleibt diese Dimensionsblase eben noch eine Weile bestehen bis wir wissen, was wir damit tun werden."

Kapitel 4 Der Plan der Verzweiflung

Ariel

Nachdem die drei Androiden den Raum verlassen hatten sah Ariel noch eine lange Zeit vor sich hin. Dieser anmaßende, humanoide Androide hatte ihn doch tatsächlich kalt erwischt, stellte er schließlich verärgert fest. Diese Menschen waren ein eigenartiges Volk – erschufen Androiden, die aussahen wie sie und die sich dann auch noch benahmen, als wären sie gleichgestellt!

Aber auch wenn seine Ansage ein Fünkchen Wahrheit enthalten hatte, es änderte nichts an seinem Vorhaben, dachte Ariel grimmig und fühlte, wie allmählich die kalte Entschlossenheit wieder durch seine Adern pulste. Es war entschieden – er würde die Zeitsteuerungsanlage aktivieren. Entweder erschienen die, nach denen er sich so sehr sehnte oder sein ehemaliges Volk bezahlte für das, was es ihm angetan hatte!

An sich hinuntersehend erkannte Ariel, dass er dringend neue Lebensenergie benötigte. Er war kaum noch in der Lage, die Struktur seines Körpers zu erhalten. Also sendete er eine Aufforderung an Antaris, ihm mehrere Antaraner für eine geheime Mission zu schicken, die zum Wohle des antaranischen Volkes erforderlich geworden war.

Danach wandte sich Ariel wieder der gegenwärtigen Situation zu. Die in Golem ausgelesenen Codes waren zwar ungültig, aber es war von einem Doppelgänger die Rede gewesen, einem Androiden mit der Bezeichnung Fynn, was ihm zunächst unwichtig erschienen war. Doch jetzt war anzunehmen, dass ihm die Codes übertragen worden waren – es galt also herauszufinden, wo sich der Androide befand. Ariel vernetzte sich mit der Kommunikation und dem Netzwerk auf Last Hope, Andromeda. Früher oder später erfuhr er den Aufenthaltsort. Und die drei Androiden? Vorerst blieben sie in ihrem Quartier, entschied er dann. Sollte er sein vorrangiges Ziel nicht erreichen, war ihr Schicksal so oder so besiegelt.

Antaris

Auf Antaris tagte gerade der Verwaltungsrat, der aus 150 einflussreichen Männern und Frauen bestand, als die Order vom Rat der durchsichtigen Zehn eintraf.

Es herrschte schon länger Unmut über die ständige Anforderung von Bürgern, zumal bisher keine der geschickten Personen je zurückgekommen waren. Auch in der Bevölkerung war eine starke Missstimmung gewachsen; man redete kritisch über die geheimnisvollen Herrscher, die sich selten zeigten, aber dennoch über ihre Geschicke bestimmten. Mittlerweile machten sogar Geschichten die Runde, in denen von einem Blutzoll an den Rat die Rede war.

In der Vergangenheit hatten sich nach öffentlichen Aufrufen immer Freiwillige gemeldet, die es als Ehre ansahen, dem Rat dienen zu dürfen. Einst waren es nur ein oder zwei Bürger über einen langen Zeitraum hinweg gewesen aber mittlerweile waren die Abstände zwischen den Anforderungen immer kürzer geworden. Und nun waren es gleich acht Personen auf einmal!

Hinzu kam, dass man vom Rat seit drei Jahren antaranischer Zeitrechnung (Das Jahr hatte auf Antaris 500 Tage) niemanden mehr gesehen hatte. Und dann die jüngsten Zwischenfälle, wie das Erscheinen der fremden Raumschiffe und diese drei Fremden, die man auf Anweisung umgehend zum Rat teleportiert hatte. Sämtliche Fragen diesbezüglich waren jedoch unbeantwortet geblieben.

In der Zwischenzeit waren zwei zurückgelassene Sonden geborgen worden, die anscheinend bei ihrer Flucht zurückgelassen worden waren. Eine war bei einer alten Transferstation geborgen worden und die andere im Orbit von Antaris. Die Auswertungen liefen auf Hochtouren und zum ersten Mal war nichts davon an den Rat übermittelt worden.

Zyriak Hadit, Vorsitzender des Verwaltungsrats, sprach das aus, was alle Anwesenden dachten: "So geht es nicht weiter! Es ist nicht länger hinnehmbar, dass uns ein nicht mehr in Erscheinung tretender Rat weiter bevormundet und uns nichts, aber auch gar nichts mitteilt, was mit unseren Bürgern geschieht und warum niemand von dort zurückgekehrt.

Ich sage, wir können eine Entsendung unserer Bürger in keinem Fall mehr zustimmen. Der Rat hat von einer geheimen Mission gesprochen, also werden wir ihm dieses Mal … Roboter schicken! Sollte ihm das nicht genügen, so muss er genauer spezifizieren, über welche Fähigkeiten die Maschinen verfügen sollen und dann werden wir dafür sorgen. Wir teilen ihm offen mit, dass sich angesichts des ungewissen Schicksals niemand mehr zur Verfügung stellen will."

Hadit sah ernst und bedeutungsvoll in die Runde.

"Sollte es sich also tatsächlich nur um eine Mission handeln, so wird der Rat damit zufrieden sein. Handelt es sich um das, was wir befürchten, dann werden wir das sehr schnell erfahren. Darüber hinaus bin ich der Meinung, dass wir versuchen sollten herauszubekommen, wer diese Fremden waren. Droht uns hier etwa eine feindliche Invasion und oder ein Krieg wie vor Urzeiten gegen Flagos?"

Nach einer intensiven Diskussion sprachen sich alle für seinen Vorschlag aus und der Auftrag wurde erteilt, zeitnah halbwegs humanoide Roboter anzufertigen.

Kaulquappen-Galaxie, Planet 3

Zum ersten Mal seit Ewigkeiten hatte sich das Kollektiv auf dem Planeten 3 in der Kaulquappen-Galaxie in Form von Individuen versammelt. Das war ein Vorgang, der so gut wie nie eintrat, denn im Normalfall lebte und entschied das Kollektiv als ein Bewusstsein.

Eine große Gruppe sehr unterschiedlich aussehender Personen stand nun zusammen und unterhielt sich zunächst ausgelassen miteinander.

"Das ist doch mal wieder recht belebend!", lachte jemand.

"Ich habe ganz vergessen, wie es sich anfühlt", stimmte ein anderer zu.

"Lasst uns bloß schnell zu einem Konsens kommen", knurrte eine männliche Gestalt. "So ein fester Körper ist entsetzlich unangenehm!"

Schließlich begann eine ernste Diskussion.

"Wir haben uns ausnahmsweise in individueller Gestalt zusammengefunden, da eine noch nie dagewesene Bedrohung entstanden ist. Ausgerechnet der letzte, lebende Abtrünnige unseres Volks hegt die Absicht, eine massive Veränderung der Zeitlinie herbeizuführen."

"Er will seine Brüder und Schwestern zurückholen, aber er muss wissen, dass es schwerlich gelingen wird."

"Ariel will unsere Auslöschung initiieren – er ist voller Hass!"

Einen Moment lang herrschte Stille.

"So weit gekommen und immer noch gefangen in den Emotionen ... ."

"Und wieder sind diese Primaten mit im Spiel!"

"Die Menschen sind ein wenig entwickeltes Volk, aber sie besitzen eine mächtige, einzigartige Technologie: Die Artefakte der Ewigkeit."

"Ein Werk, das von ihren Androiden perfektioniert wurde."

"Die Menschen sorgen immer wieder für Unruhe im Gefüge des Universums."

"Habe ich nicht immer schon gesagt, dass wir ihnen unsere Technologien nicht überlassen dürfen? Sie verstehen sie noch nicht einmal ansatzweise."

"Wir hätten ihnen alles entziehen sollen – sie besitzen nicht die notwendige Reife."

"Und doch erschufen sie erstaunliche, humanoide Androiden, denen die Zeitsteuerungsanlage untersteht."

"Sie zeigen ungewöhnliche Bestrebungen, eine künstliche Intelligenz einem Menschen gleichzustellen."

"Das Zusammenwirken beider Lebensformen hat diese gefährlichen Artefakte hervorgebracht."

"Man muss den Menschen und ihren Androiden zugutehalten, dass sie die Artefakte nicht mehr benutzen und gut abgesichert haben."

"Wir können diese Artefakte nicht vernichten, da dadurch eine unkontrollierte Veränderung aller Zeitlinien in Gang gesetzt würde. Die Folgen sind nicht absehbar."

Wieder breitete sich eine Stille in der namenlosen Gruppe aus.

"Wir haben den Menschen bisher die Hilfe verweigert. Jetzt geht es in erster Linie um uns."

"Ein Eingreifen darf nicht wahrnehmbar sein."

"Wir dürfen nicht in Erscheinung treten."

"Er ist abhängig von der Lebensenergie der Antaraner. Wir werden ihnen unauffällig Informationen über Ariel zukommen lassen. Sie sind bereits unzufrieden und werden ihn dann nicht mehr unterstützen und rebellieren."

"Wir werden Ariel ausschalten müssen."

"Er war einer von uns …"

Eine undefinierbare Stimmung schien sich einen Moment lang über die Gruppe zu legen.

"Ariel hat sich vor langer Zeit anders entschieden. Er wird die Folgen alleine tragen müssen."

"Was ist mit den Menschen?"
"Sie sind nicht für Ariels Handeln verantwortlich."
"Unser Avatar Abilael wird sie kontaktieren und sehen, welche Pläne sie haben."
Eine Weile tauschten sie sich noch über diese eigentümlichen Spezies aus. So wenig, wie sie nach ihren Maßstäben entwickelt waren, sorgten sie umso mehr für Überraschungen. Als erstes Volk hatten die Menschen den Gedanken eines Interstellaren Bundes ins Leben gerufen. Ein Bund, der die Vielfalt des Lebens in einer Allianz vereinen und schützen wollte. Die führenden Personen hatten ein überraschend gutes Händchen im Umgang mit den Flagolanern bewiesen und in unerwartet kurzer Zeit war ein entscheidendes Vertrauen aufgebaut worden.
Am Ende entschied die Mehrheit, die Menschen gezielt so zu unterstützen, dass sie es nicht wahrnehmen würden. Sollte schlussendlich die Gefahr abgewendet und alles zu ihrer Zufriedenheit beendet worden sein, sollten der Menschheit die beiden Artefakte aus der Hand genommen werden. Sie würden in einer Blase zwischen den Dimensionen gelagert werden, unerreichbar für Unbefugte. Die Menschen und ihre Androiden konnten dann zwar noch Zeitreisen unternehmen, aber eine Steuerung der Zeitlinien war damit ausgeschlossen, außer sie, die Ersten, würden es erlauben.
"Ich finde, diese Menschheit stellt seit Äonen mal wieder eine erfrischende Herausforderung dar!"
"Wir werden ein solches Treffen hoffentlich in Zukunft nicht mehr für nötig erachten", erwiderte eine andere Stimme und begann bereits, sich aufzulösen.
"Ein wenig Anregung hier und da ist niemals zu verachten", war ein weiterer Kommentar und dann wurde es still, während sich alle entmaterialisierten, um erleichtert in das gewohnte, geistige Kollektiv zurückzukehren.

"Ich werde bei dir bleiben", sagte Maya Shan, nachdem sie über den neuen Plan diskutiert hatten und sah ihn entschlossen an.

"Ich will dich auf dem Mond in Sicherheit wissen", stellte ihr Mann stattdessen ungewohnt ernst und in einem Tonfall klar, der keinen Widerspruch duldete. Doch dann erschien ein Lächeln auf seinem Gesicht.

"Wir Androiden sind so gut wie unvergänglich, wie du weißt. Ansonsten gibt es immer noch Justin, der mich wieder zusammenbastelt", scherzte er vergnügt und ging zu ihr, um sie in die Arme zu nehmen und innig zu küssen. Mit einem Seufzer strich ihm seine Frau zärtlich über das Gesicht, in dem seine schönen, grauen Augen mit den Sternen um die Wette zu funkeln schienen.

"Ich liebe dich so sehr. Ich will dich nicht verlieren!"

"Aber ein Kind willst du nicht mit mir?", fragte er stattdessen vorwurfsvoll. "Du hast dir lange Zeit gelassen und eine Antwort immer wieder hinausgezögert."

Maya senkte unwillkürlich den Blick doch Fynn hob sanft mit einem Finger unter dem Kinn ihr Gesicht wieder an.

"Also, mein Kätzchen – Hand aufs Herz: ja oder nein!"

"Jein", gab sie schließlich zur Antwort. "Ehrlich gesagt: zurzeit nicht. Ich … mir ist so gar nicht danach, Mama zu werden!"

Wortlos sahen sie sich an.

"Da die Hauptarbeit bei dir liegt, werde ich mich fügen", murmelte er schließlich betrübt. "Aber irgendwann wünsche ich es mir."

"Einverstanden", lächelte sie liebevoll. "Irgendwann gründen wir eine Familie!"

Fynn betrachtete sie zufrieden und dann beugte er sich zu ihr. "Was hältst du davon, wenn wir beide die Zeit hier für uns nutzen? Im Grunde haben wir gerade Urlaub."

Ein angenehmes Prickeln durchfuhr ihren Körper als er begann, an ihrem Ohrläppchen zu knabbern. Was zur Folge hatte, dass sich zwei Arme um ihn schlangen und ein weicher Mund ihn verlangend zu küssen begann. Kurz darauf fühlte er ihre Hände sehnsüchtig über seinen Körper streifen. Maya schmiegte sich eng an ihn und lachte leise: "Mmmh … mein Traummann!"

Fynn zögerte nicht lange und trug seine Frau mit verheißungsvoller Miene zufrieden zur Liege.

Später lagen sie noch einige Zeit innig umschlungen zusammen bis sich Maya Shan lachend reckte: "Daran könnte ich mich glatt gewöhnen! Und jetzt habe ich einen Bärenhunger, Liebster – ich werde mich mal fertig machen."

Sie verschwand in der Hygieneeinheit und so setzte er sich auf, um sich ebenfalls anzuziehen, als er ihren entsetzten Schrei hörte. Sofort war Fynn Shan bei ihr und erkannte im gleichen Augenblick, dass sich hier jemand befand, dessen Körper ihm erst menschlich erschien, nur um kurz darauf beinahe durchsichtig zu werden: Ariel!

Fast zeitgleich war der Arm, der Maya gefasst hielt, reaktionsschnell heruntergeschlagen, die daraufhin zusammensackte. Doch als er Ariel nun vollends packen wollte, gelang es nicht mehr – er verschwand vor seinen Augen und tauchte im nächsten Augenblick im Wohnbereich wieder auf. Rasch hinterher stürzend sahen sich beide an und Ariels Augen funkelten höhnisch.

"Bedauerlicherweise bist du ein Androide – ein wenig mehr Input hätte ich gut gebrauchen können. Die Menschen sind ein eigenartiges Volk. Sie erschaffen Androiden, die ihnen ähnlich sehen, um sich mit ihnen zu paaren. Wie haben sie nur so lange überleben können?"

Das war so nicht geplant gewesen war, dachte Fynn, während alles in ihm auf der Suche nach Optionen auf Hochtouren lief. Wie hatte Ariel hier auftauchen können?

"Du bist bestimmt erstaunt, mich hier vorzufinden, was? Nun, diese Anlage ist Teil des alten Transfernetzwerkes, das wir vor Äonen selbst nutzten", erläuterte Ariel gewichtig. "Natürlich kenne ich den Zugang über die Teleportationsplattform. Doch ich muss zugeben, es hat sich hier einiges verändert."

Plötzlich hielt er inne: "Ah, endlich! Auf Antaris ist wie immer Verlass - meine Lieferung trifft gerade ein."

Dann sah er auf und seine Stimme klang befehlsgewohnt: "Du wirst mir später noch für weitere Informationen zur Verfügung stehen, Androide."

Damit wandte sich Ariel um und war wieder verschwunden.

"Maya ..."

Fynn Shan sah nach seiner Frau und erkannte beunruhigt, dass sie am Boden lag. Ihr Gesicht hatte eine graue Farbe angenommen, die Augenlider flatterten und ihr Herzschlag stolperte. Rasch hob er sie hoch und rannte mit ihr zum Gleiter, der sie beide zur Halle der Dimensionsschiffe flog.

"Kannst du mich hören? Maya, rede mit mir!"

Ihr Mund öffnete sich leise und es schien ein Ja zu sein, das sie mühsam heraushauchte, so kraftlos wie sie in seinen Armen lag. Dann öffneten sich ihre Augen für einige Sekunden, die ihn zu seinem Schrecken angstvoll ansahen, während eine Träne hinunterrollte.

"Halte durch, du bekommst gleich medizinische Hilfe", bat er eindringlich. "Gib nicht auf, kämpfe um dein Leben, Kätzchen."

Doch die Augenlider schlossen sich, ein tiefer, stockender Atemzug hob ihre Brust und dann fiel ihr Kopf leicht zur Seite – sie war nicht mehr ansprechbar.

"Maya!", rief er jetzt aufgewühlt und endgültig voller Sorge. Nach einer gefühlten Ewigkeit hielt der Gleiter an und so flog er fast durch die Schleuse zum Expresslift, der zur gut ausgestatteten medical unit führte, die jedes Raumschiff besaß.

"Caecilia, starte sofort in den Normalraum", wies Fynn Shan gleichzeitig an. "Der Plan ist gescheitert – Ariel ist hier aufgetaucht. Im Normalraum schickst du eine Botschaft und gehst danach auf Warp. Ziel: anderes Ende der Milchstraße. Unsere Koordinaten werden ab jetzt verschleiert."

"Bestätigt."

Die VISION TEN glitt sanft in den Weltraum und 10 Minuten später sendete Caecilia über die planetare Empfangsstation auf dem Mond an das Präsidentenbüro: "Ariel ist in der Anlage beim Neptun aufgetaucht, vermutlich, um sich hier im Sonnensystem umzusehen. Er hatte die Zugangsdaten der Teleportationsplattform, da die Antaraner früher das Netzwerk benutzten. Er hat mich nicht erkannt. Ich bin jetzt mit der VISION TEN unterwegs, Koordinaten unbekannt. Gebt mir Bescheid, wenn wir zurückkehren können."

Gleichzeitig synchronisierte sich Caecilia mit allen Dimensionsschiffen, sodass auch der Androide Caecilia diese Information erhielt.

Während die VISION TEN das irdische Sonnensystem mit D5 verließ saß Fynn Shan still neben der Liege, auf der sich Maya in tiefer Bewusstlosigkeit befand. Es war ein Schockzustand mit unbekannter Ursache diagnostiziert worden; sie hing am Sauerstoffgerät und ihr Kreislauf wurde von der medizinischen KI kontrolliert und permanent mit Injektionen stabilisiert. Sie war unversehrt, doch der Puls war immer noch kaum wahrnehmbar. So hatte er sie noch nie erlebt und er musste sich eingestehen, dass ihm die Sterblichkeit seiner Lebensgefährtin zwar bewusst gewesen, aber noch nie so deutlich vor Augen geführt worden war. Schmerzlich ging ihm durch den Sinn, wie sie sich gerade noch geliebt hatten und eine Familie gründen wollten – und jetzt?

Maya bereicherte seine Existenz auf eine unvorstellbar wunderbare Weise. Und doch hatte er sie nicht beschützen können …

Während das Raumschiff in die Ferne flog schien es für Fynn Shan keine Zeit mehr zu geben. Unendlich viele, abgespeicherte Situationen liefen vor seinem inneren Auge ab: Als er ihr vor acht Jahren auf dem Mond begegnet war, wusste er sofort, dass er sie näher kennenlernen wollte. Und nach dem Treffen auf dem Mars hatte sich sein Leben, das nach seiner Erschaffung von Farblosigkeit geprägt gewesen war, wortwörtlich über Nacht vollkommen verändert. Der Moment, als er sie nach Monaten des Wartens endlich in die Arme schloss, die planetare Krise und die Gefahren, die sie zusammen durchstanden, ihr gemeinsames Leben auf Last Hope, der tägliche Kampf gegen die tief verwurzelten Vorurteile gegenüber Androiden, ihre Heirat in Indien … manches Mal huschte ein Lächeln über sein Gesicht, das jedoch schnell den ungewohnten Emotionen von Schmerz, Wut und einer überwältigenden Sorge Platz machten, die ihn in einem Ausmaß überfluteten, wie er es bisher noch nicht erlebt hatte. Rückblickend erkannte Fynn Shan deutlich, dass sie beide bisher immer Glück gehabt hatten; anders als Lew und Isis oder Athena und Finn, die in der Vergangenheit schon einige qualvolle Stunden um ihre Liebsten hatten ausstehen müssen. Und dieses Mal stellte sich ihm die Frage, die so unerträglich wie gnadenlos war: Würde Maya überleben?

Isis Romanow war der Meinung, dass es für Androiden nur eine Liebe gab und sie dann mit ihrem Partner ein Leben lang zusammenblieben. Athena hatte bestätigt, dass sie erst nach Jahrtausenden Finn begegnet war und sofort wusste, dass er der Mann ihrer Wahl war. Golem hatte sich bisher noch für keine Lebensgefährtin entschieden. Er selbst hatte Maya bereits ein halbes Jahr nach seiner Erschaffung gefunden. Aber wenn sie jetzt starb - wie würde sein Leben ohne sie aussehen?

Antaris

Als Ariel nach der Teleportation in die 10. Dimension auf der Plattform seiner Residenz erschien sah er sich erwartungsvoll um. Er hatte wie üblich vor, mit seinen dringend benötigten Lebensspendern nach einer Begrüßung einen kleinen Rundgang zu machen und sie dann freundlich zu ihren Quartieren zu führen mit der Aussicht, nach einer kurzen Eingewöhnungszeit zu einem gemeinsamen Essen geladen zu werden. Doch diesen Raum würde niemand mehr verlassen. So vereinzelt konnte er sich jederzeit die Energie nehmen, die er benötigte.
"Meine Herren, ich ..."
Verblüfft hielt er inne und betrachtete fassungslos die kleine Gruppe genauer, die vor ihm stand. Denn es waren Roboter, denen man versucht hatte, mit etwas Verschönerung hier und einer Silikonhaut dort ein humanoides Aussehen einzuhauchen!
Nach der ersten Überraschung tobte er vor Wut, der die Maschinen zum Opfer fielen. Wollten ihn die Antaraner etwa vorführen? So eine Respektlosigkeit würde er sich nicht bieten lassen, dachte er schließlich mit grimmiger Entschlossenheit. So oder so würde dieses Volk in seiner Entwicklung zurückgeworfen werden, wenn sein Vorhaben gelang – daher war es gleichgültig, was sie jetzt noch von ihm hielten.
Ariel kehrte zur Plattform zurück und teleportierte nach Tabit. Da er in seiner energetischen Form über kurze Entfernungen hinweg auch selbst den Ort-zu-Ort-Transfer

vollziehen konnte, erschien er danach direkt im Konferenzsaal des Verwaltungsrats auf Antaris.

Die Abgeordneten starrten ihn überrascht an, doch niemand sagte ein Wort. Ariel ging ruhig und gelassen zum Vorsitzenden, Zyriak Hadit, und legte ihm nur die Hand auf die Schulter.

Vor den entsetzten Augen der versammelten Antaraner wurde dessen Gesicht in Sekundenschnelle aschfahl, bis er mit einem leisen Stöhnen vorneüber kippte und sich nicht mehr rührte. Dann wandte er sich an die Anwesenden und donnerte: "Dachtet ihr, ihr könntet den Rat der durchsichtigen Zehn ungestraft betrügen?"

Ariel begann nun, von Person zu Person gehen und jeder, den er berührte, erfuhr die gleiche Verwandlung. Panik kam im Saal auf und die Antaraner stürzten zu den Türen, die sich jedoch nicht mehr öffnen ließen. Und schon ging die Gestalt in hellem Gewand auf sie zu, die vor Kraft immer mehr zu strotzen schien und einer nach dem anderen sank zu Boden. Nach 35 Personen, die Ariel berührt hatte, musste er nur noch die Hand zu ihm oder ihr ausstrecken und kurz darauf sackte die Person in sich zusammen. Eine kleine Gruppe sprang entschlossen auf ihn zu, um ihn zu überwältigen, doch sie stellten bestürzt fest, dass er von einem bläulichen Schutzschirm umgeben war. In seinen unergründlich funkelnden, grauen Augen sahen sie kein Mitgefühl, stattdessen ertönte ein grausames Lachen: "Ihr werdet mich nie wieder missachten!"

Im nächsten Augenblick sanken auch sie zu Boden. Das ganze Massaker war schließlich nach 15 Minuten so gut wie beendet. Die stellvertretende Vorsitzende des Verwaltungsrats, Marciala Renegano, stand als letzte Überlebende erstarrt an der verschlossenen Tür und sah, wie Ariel langsam auf sie zuschritt.

Da er von Anfang an mit dem antaranischen Netzwerk verlinkt gewesen war, aktivierte er jetzt die planetenweite

Übertragung an die Bevölkerung. Dazu befanden sich auf allen öffentlichen Plätzen Hologramme genauso wie in den Raumschiffen der Antaraner. Und als die Bilder des leichenübersäten Saals erschienen, erstarrte alles und alle innerhalb von wenigen Minuten.

"Das wird euch lehren, Volk von Antaris, sich niemals wieder meinen Anweisungen zu wiedersetzen!"

Ariel streckte nun der Frau, die eine allgemeine Beliebtheit genoss, vor dem Hintergrund dieses grauenvollen Bildes lächelnd die Hand entgegen.

"Nun, Marciala, wirst Besserung geloben? Bist du bereit, bei deinem Leben zu schwören, meine Anweisungen von nun an bedingungslos und ehrerbietig auszuführen? Lass dir sagen, dass ich dir in dem Fall die Ehre antrage, die neue Vorsitzende zu sein!"

Renegano, eine resolute Frau in ihren besten Jahren, starrte ihn immer noch wie versteinert an. Doch plötzlich reckte sie sich, ging einen Schritt auf ihn zu und schrie ihn wutentbrannt an: "Keiner von uns wird das jemals mehr tun. Du Bestie! Ich verachte und spucke auf dich!

Im nächsten Augenblick hatte er sie am Hals gepackt und hob sie mühelos hoch.

"Schaut genau hin, was mit dem geschieht, der mir den Gehorsam verweigert!"

Alle mussten nun mit ansehen, wie Renegano einen erstickten Schrei von sich gab und ihre Augen weit aufriss. Vergeblich versuchte sie sich gegen seinen Griff zu wehren und schien zum Entsetzen aller von Sekunde zu Sekunde förmlich zu verfallen. Gleichzeitig erstrahlte Ariel vor Kraft und Energie während sie zunehmend matter an seiner Hand zerrte. Als sie nach einer gefühlten Ewigkeit die Augen schloss und als leblose Puppe an seiner Hand hing, schleuderte er sie triumphierend beiseite.

Antaris stand einige Minuten lang buchstäblich unter Schock. Jedem war eindrücklich klar geworden, was mit den glorreichen Helden der Vergangenheit passiert war, die dem Rat bisher gedient hatten. Sie waren nicht mehr zurückgekommen, weil sich der Rat, wenn es ihn denn überhaupt gab, von ihnen genährt hatte!

Und dann kochte der Volkszorn hoch. Der ranghöchste Militär ordnete den Angriff an und so marschierten Truppen zum Verwaltungsgebäude. Doch dort fanden sie ihn nicht mehr vor und nun überschlugen sich die Meldungen: Ariel war auf einem der belebtesten Plätze aus dem Nichts heraus aufgetaucht und suchte sich wahllos Opfer aus! Männer, Frauen, Kinder – vor nichts machte er halt und schien völlig einem Tötungsrausch zu verfallen.

So stand Ariel auf einem der größten Plätze vor einer riesigen Statue des Rats der durchsichtigen Zehn. Immer mehr Energie durchflutete ihn und seine Macht wuchs in einem noch nie erfahrenen Maß, je mehr Lebensenergie er in sich aufnahm. Er erkannte, dass die wenigen Antaraner bisher immer nur seinem Überleben gedient hatten – doch jetzt erlebte er zum ersten Mal das volle Potential seiner Macht. Oder gab es überhaupt noch eine Grenze? Lachend streckte er seine Hände in Richtung der Fliehenden aus, die als Reaktion darauf stolperten und fielen, während ihre Lebenskraft unaufhaltsam zu ihm floss.

Das Militär rückte nun an, aber die Laserwaffen prallten wirkungslos an seinem erstarkten Schutzschirm ab. Als Antwort formierte er seine Energie und schickte gezielte Energieladungen, die wie Feuerbälle anmuteten, auf die umliegenden Gebäude des Platzes und saugte gierig die Lebensenergie der sich ihm nähernden Soldaten auf.

"Kniet nieder vor eurem Gott, ihr Unwürdigen!", rief er nun völlig berauscht.

Schließlich feuerte das erste Raumschiff auf ihn, aber zum Entsetzen aller erwies sich der Beschuss als Bumerang: Es wurde von Ariels Schutzschirm wie zurückreflektiert und zerstörte das Schiff samt der Besatzung!

Weitere Kriegsschiffe trafen nun ein und richteten, trotz der zu erwartenden Schäden für die Umgebung, ihre Geschütze auf Ariel und eröffneten das Feuer. Zuerst schien es, als könnte ihm selbst das nicht schaden. Zwei weitere Kreuzer wurden durch eine Rückkopplung zerstört, aber Ariel erkannte auch, dass sich hier eine erste Grenze seiner Leistungsfähigkeit abzeichnete: Er würde auf Dauer nicht in der Lage sein, den zunehmenden Beschuss abzulenken. Doch fürs Erste hatte er genug Energie erhalten, also teleportierte er zurück auf den Planeten Tabit, um in seine Residenz in der 10. Dimension zurückzukehren.

Dort angekommen stellte er entgeistert fest, dass sich hier eine Katastrophe ereignet hatte: An dem Ort, wo sich noch vor kurzem die Anlage mit der Teleportationsplattform befunden hatte, gähnte ein riesiger, tiefer Krater im Boden – alles war in einem weiten Umkreis vollständig zerstört worden! Im nächsten Moment flackerte erneut eine unbändige Wut in ihm auf: War das die Antwort? Wollte sich dieses schwächliche Volk ihm etwa noch weiter widersetzen?

Da jeder Antaraner mittlerweile wusste, was geschehen war, wurde ein Abstand eingehalten und die ersten Laserstrahlen trafen auf seinen Schutzschirm. Doch mittlerweile war seine Kraft so groß, dass er trotz der Entfernung die Lebensenergie der anrückenden Antaraner zu sich nahm. Als es um ihn herum still geworden war resümierte er seine Lage. Das Ausmaß der Zerstörung wies darauf hin, dass der komplette Transferweg, einschließlich der Station in der 10. Dimension, zerstört worden war. Schließlich entschied er, den Versuch zu wagen und sich erstmalig über Millionen von Lichtjahren hinweg direkt in seinen gewohnten Aufenthaltsort in der 10. Dimension bei Last Hope, Andromeda, zu teleportieren. Das hatte er bisher noch nie getan, doch jetzt war seine Kraft zu einer

Größe angewachsen, mit der er es versuchen konnte. Also konzentrierte er sich und … im nächsten Augenblick befand er sich zu seinem maßlosen Schrecken im leeren Raum!

Reaktionsschnell stoppte Ariel seine Materialisierung und verblieb in der energetischen Form, um sich sofort weiter in die Anlage in der 5. Dimension beim Neptun in der Milchstraße zu teleportieren, wo er den Androiden zurückgelassen hatte. Und kurz darauf spürte er erleichtert den bekannten, grünflimmernden Boden erleichtert unter seinen Füßen. Er hatte es tatsächlich geschafft!

Ein erregendes Prickeln durchlief seinen Körper, als er daran dachte, welche Fähigkeiten er jetzt besaß. Im Bewusstsein seiner neu entdeckten Macht lief er zur Zentrale. Doch was war auf Tabit geschehen? Wo war seine Residenz?

Seine Gedanken rasten und dann stieg die bittere Erkenntnis in ihm auf, dass nicht nur sein ganzes Transportsystem zerstört worden war, sondern auch sein Aufenthaltsort in der Dimensionsblase. Einst zusammen mit seinen Mitstreitern erschaffen war alles zerstört und vernichtet!

Erschüttert richtete sich ein übermächtiger Zorn auf die drei Androiden, die er dort zurückgelassen hatte. War Golem dafür verantwortlich? Die Wahrscheinlichkeit war hoch, dass es ihm gelungen war, auf welche Weise auch immer. Golem würde dafür bezahlen müssen!

Mittlerweile hatte Ariel die Zentrale erreicht, aber dieser Androide war nirgendwo aufzufinden. Also vernetzte er sich mit der Stations-KI und begann, Informationen abzurufen. Doch schon bald scheiterte er an den Sicherheitsfeatures; also änderte er seine Gestalt erneut und drang in seiner Energieform ungehindert in die Speicher des Netzwerks.

Ariel stellte fest, dass 25 Teleportationen von Wissenschaftlern in die Antarktis verzeichnet waren und kurz danach eine Ankunft von zwei Menschen, Maya und Fynn Shan. Als letztes wurde der Abflug des Ehepaars mit einem Raumschiff verzeichnet. Zielort unbekannt.

Als Ariel das Netzwerk verließ bemerkte er, dass es ihn unmerklich mehr Mühe kostete, seine körperliche Gestalt wieder anzunehmen. Offenbar hatten die Teleportationen über diese riesigen Entfernungen viel Kraft gekostet – also blieb es bedauerlicherweise dabei: Er benötigte nach wie vor eine permanente Energiezufuhr, die er jedoch zu einer gewaltigen Machtfülle aufbauen konnte.

Nachdenklich saß er nun am Terminal. Es befand sich niemand mehr in der Anlage – wo war der Androide?

"Sag mir", fragte er die Stations-KI aus einer langsam aufdämmernden Ahnung heraus. "Ist dieser Fynn Shan etwa ein Androide?"

"Positiv."

"Maya Shan ist seine menschliche Frau?"

"Positiv."

Er hatte ihn in den Händen gehabt, ohne es zu wissen! Fassungslos starrte er den Terminal an. Jetzt ergaben die ausgelesenen Informationen einen Sinn: Die hier tätigen Wissenschaftler waren zuvor abtransportiert worden und Fynn Shan wurde ausgerechnet hier vor ihm in Sicherheit gebracht! Im Grunde hätte er es erkennen müssen, dachte Ariel schließlich, denn dieser Androide ähnelte Golem im Aussehen. Doch als kurz darauf die Mitteilung des dringend erwarteten Transports aus Antaris hereinkam, war er abgelenkt gewesen. Der Androide hatte sich jetzt irgendwo in Sicherheit gebracht, dazu noch Golem, der seine Residenz zerstört hatte … der Überraschungseffekt war verspielt und die Menschen gewarnt. Der einzige Vorteil war der, dass er keine Rücksicht mehr nehmen musste.

Während er verschiedene Szenarien durchging, wie er die Menschen so unter Druck setzen konnte, dass sie ihm Fynn und Golem freiwillig auslieferten, kam ihm plötzlich der Gedanke, dass er den Androiden möglicherweise gar nicht benötigte. Golem, dem die Zeitsteuerung normalerweise unterstand, hatte seinen Hauptsitz auf dem Mond. Dort würde er seine Speicher in seiner Energieform besuchen und sich die entsprechenden Codes neu generieren. Zufrieden schweiften seine Gedanken weiter. Sein Energiereservoir musste wieder aufgefüllt werden – doch das konnte er auf der Erde tun und was bot sich besser an, als eine der Milliardenmetropolen wie Indien oder China? Gedacht und getan: Mit einem erneuten, Raum übergreifenden Sprung befand er sich auf der Erde. Noch genügte seine gewonnene Kraft und eine Teleportation über diese Entfernung und Dimensionen hinweg gelang mühelos. Mitten in einer Menschenmenge angekommen, von denen ihn nur wenige verdutzt anstarrten, warum er wie aus dem Nichts heraus erschienen war, machte er einen Gang durch die Hauptstadt New Dehli. Da er selbst unbehelligt bleiben wollte, nahm er sich die Energie von den Menschen aus den anliegenden, riesigen Wohnanlagen der Straßen, durch die er schritt. Fasziniert stellte Ariel fest, dass es jetzt genügte, sich auf alle Lebensformen zu konzentrieren, die sich dort befinden mochten und schon begann die Energie zu fließen! Im erhabenen Gefühl seiner eigenen Macht und der beständig zunehmenden Kraft schritt er gemächlich durch das bunte Menschengewimmel und genoss die Energiefülle, die sich unaufhörlich in ihm bündelte. Gleichzeitig fühlte er sich in seinem Körper so gut wie schon lange nicht mehr.

Irgendwann vernahm er weit hinter sich entsetzte Schreie und einen Aufruhr – vermutlich Familienmitglieder, die nach Hause zurückgekehrt waren. Auf seinem Gesicht breitete sich ein Lächeln aus, bei dem die ihm entgegenkommenden Menschen betroffen den Kopf senkten und ihm unwillkürlich auswichen. Vielleicht sollte er auch seinem ehemaligen Volk, den Ersten, eine kleine Kostprobe seiner neuen Macht zu schmecken geben!

Last Hope, Andromeda, 10. Dimension
Residenz des Rats der durchsichtigen Zehn

Golem, Isis und Athena berieten, welche Optionen sich ihnen boten, denn Romanow hatte ihm gerade gedanklich mitgeteilt, was geplant war.

Doch unvermittelt öffnete sich die Tür und sie erwarteten, Ariel eintreten zu sehen. Aber als nichts geschah erhob sich Isis und warf einen Blick in den Flur. Verblüfft beobachtete sie, wie ein stark lädierter Roboter von Raum zu Raum humpelte und die Öffnung aller hier befindlichen Habitate veranlasste. Sie konnte jedoch nicht mit ihm kommunizieren und so verließen die drei ihr Quartier und wanderten durch die Hallen.

Alles wirkte leer und verwaist und nach einiger Zeit erreichten sie den Raum, in dem sie angekommen waren. Doch zu ihrer Überraschung lagen überall unzählige Trümmer von Roboter- und Maschinenteilen verstreut herum – insgesamt waren es wohl sieben an der Zahl gewesen, wenn man nach den Köpfen ging.

"Da hat jemand ganze Arbeit geleistet", warf Athena ein. *"Doch warum lief der eine noch herum? Es war sicher nicht seine Aufgabe, uns zu befreien."*

"Was darauf hindeutet, dass sich Ariel zurzeit nicht hier befindet. Nutzen wir die Gelegenheit, um zu verschwinden", meinte Isis.

Mitten im Raum befand sich die Teleportationsplattform, die in ein indirektes, grünlich flimmerndes Licht getaucht war. Sie war also in Betrieb und einsatzbereit, doch die Wahrscheinlichkeit war hoch, dass dieser Weg wieder zurück nach Tabit führte. Was würde sie dort erwarten? Aber es war ein Weg hinaus und in jedem Fall besser als das Schicksal, das sie hier erwartete.

"Dieser Ort sollte zerstört werden", äußerte sich Athena. *"Das wird Ariel schwächen."*

"Wir werden den Transferweg vernichten", stimmte Golem zu. *"Er wird diesen Ort nicht mehr erreichen können, was den gleichen Effekt hat. Ich übermittle Lew eine kurze Nachricht, dass wir die Dimensionsblase verlassen."*

Drei der zehn Nano-Bomben, die sie im Rahmen der Mission mit sich trugen, wurden rund um die Plattform angebracht und aktiviert.

"Wir haben drei Minuten", bedeutete Golem und dann stellten sich alle auf die runde Fläche, um kurz darauf auf Tabit zu erscheinen. Auch hier wurden drei weitere, explosive Ladungen angebracht und danach entfernten sie sich rasch. Gerade hatten sie die Räumlichkeiten verlassen, als die Detonationen auch schon stattfanden.

Doch dabei blieb es nicht und überrascht beobachteten sie, wie aus dem Gebäude, in dem sich die Plattform befunden hatte, ein gleißender Energiestrahl herausbrach und im All verschwand.

"Das ist ungewöhnlich", rief Athena. *"Ich registriere außerdem stark ansteigende Emissionen im Untergrund – sofort weg hier!"*

Die Androiden rannten jetzt in Höchstgeschwindigkeit in Richtung der Gleiter, die weiter weg auf einem Plateau geparkt standen. Dort waren sie selbst vor nicht allzu langer Zeit gelandet und in Empfang genommen worden.

Als sich Golem umsah, beobachtete er, dass etwas aus dem All zu antworten schien – denn jetzt fuhr ein heller Strahl in die Anlage zurück und dann bebte der Untergrund unter ihnen und der Boden riss förmlich auf. Mit einem gewaltigen, ohrenbetäubenden Knall verschwand das Gebäude und alles, was sich in weitem Umkreis davon befunden hatte, in einer feurigen Fontäne, die sich bis hinauf in die Atmosphäre erhob.

Hinter einem Felsen Schutz suchend sahen die drei Androiden Trümmer durch die Gegend fliegen, die zum Teil die Raumfahrtzeuge trafen und die Antaraner verletzten, die unvorbereitet herausgeströmt waren, um zu sehen, was sich hier ereignet hatte. Im allgemeinen Durcheinander rannten sie weiter zu einem unbeschädigten Gleiter und hoben sofort ab, um vom Ort der Zerstörung in Richtung Raumhafen zu fliegen.

"Das war keine einfache Explosion", bestätigte Golem das, was alle gerade dachten. *"Ich gehe von einer Energieerzeugungsanlage im Inneren des Planeten aus. Es sieht so aus, als haben wir nicht nur die Plattform vernichtet, sondern das ganze Transfersystem."*

"Wir haben nur Glück gehabt, dass dieses Mal nicht der Planet in Stücke gerissen wurde!", kommentierte Isis plötzlich. *"Diese Aktion war unüberlegt. Allmählich verstehe ich die Vorwürfe von Abilael. Wir wussten nicht, mit was wir es hier zu tun hatten, als wir die Zerstörung initiierten. Es hätte auch anders ausgehen können!"*

Alle gedachten der Sabotage der Transferstation im Leerraum und der nachfolgenden Detonation eines Planeten in der 5. Dimension in der Kaulquappen-Galaxie. Das Kollektiv des Planeten 3 hatte sich schon mehrmals sehr kritisch dazu geäußert, dass sie mit Technologien hantierten, die sie nicht verstanden.

"Das darf uns nicht noch einmal passieren", stimmte Golem zu. *"Hier muss sich in einer anderen Dimension eine weitere Transferstation nach Last Hope befunden haben. Unser Glück war, dass es sich um keinen Verteilerknoten handelte, sondern mit hoher Wahrscheinlichkeit nur um eine einfache Strecke in den Andromeda Nebel."*

"Diese Vernichtung ist zwar bedauerlich, aber es war in diesem Fall notwendig und ist daher zu rechtfertigen. Ariel

muss aufgehalten werden", stellte Athena dagegen ungerührt klar.

Isis landete am Rand des Raumflughafens von Tabit und dann machten sie sich auf die Suche nach einem geeigneten Raumschiff. Größere Raumschiffe waren nicht vorhanden, wohl aber einige, kleinere Kreuzer.

"Da steht einer dieser Würfel", meinte Isis. *"Und es sieht so aus, als sei die Schleuse geöffnet."*

Vorsichtig pirschten sie sich an und betraten das Raumschiff. Schnell erkannten sie, dass keinerlei Besatzung an Bord war, bis auf einige Roboter, die mechanisch ihre Arbeiten verrichteten.

"Sehr merkwürdig, findet ihr nicht?", stellte Isis fest. *"Keine Bewachung, keine Antaraner – das ist alles ungewöhnlich!"*

"Trotzdem wird das Schiff in irgendeiner Form gesichert sein", gab Golem zu bedenken.

Isis stellte sich an einen der Terminals und machte sich mit Hilfe einer schnell eingeschleusten Nano-Drohne an die Arbeit. Ein Plan des Schiffs war im Netzwerk der Bord-KI rasch gefunden, den sie in sich abspeicherte.

Kurz darauf erreichten sie die Zentrale. Auch hier war niemand anwesend und alle drei begannen, sich damit zu beschäftigen, wie das Raumschiff in Gang gesetzt wurde. Dank Isis Drohne waren die Bemühungen, sich mit der Bord-KI zu vernetzen und von ihr als Kommandantin akzeptiert zu werden, endlich von Erfolg gekrönt.

Lichter flammten hell auf, Instrumententafeln erschienen als Hologramm vor ihnen und Isis wies über die KI die Einleitung des Starts an.

Doch unmittelbar darauf hörten sie eine Stimme, die in einer fremder Sprache etwas sagte. Der interne Translator war sofort tätig und so wussten sie, dass sie gerade eine Anfrage aus dem Kontrollzentrum des Raumhafens erhalten hatten.

"Sie haben keine Genehmigung für den Startvorgang erhalten. Weisen Sie sich aus und brechen Sie sofort ab!"
"Sie haben uns bemerkt, wissen aber noch nicht, wer wir sind", meinte Athena.
Doch als sie abheben wollten, gelang es nicht. Nach mehreren Versuchen sahen sich die drei an.
"Wir können uns nicht freischießen, da ich nicht weiß, um was es sich hier handelt", stellte Isis fest.
"Es wird eine unbekannte Sicherung im Untergrund vorhanden sein, ein Traktorfeld oder ähnliches, das uns hier festhält", sagte Golem. *"Es war ein Versuch. Also werden wir uns jetzt mit den Antaranern auseinandersetzen müssen."*
Allen war klar, dass sich Ariel hier ebenfalls befinden musste – ihre Chancen, am Leben zu bleiben sahen daher nicht gut aus.
Auf dem Bildschirm war zu erkennen, dass sich bereits ein größeres Raumschiff aus dem Orbit auf sie zubewegte. Die Bord-KI meldete sofort, dass die Waffensysteme aktiviert waren. Also wurde der Startvorgang abgebrochen und sie begaben sich aus der Schleuse und blickten auf eine Truppe von Antaranern, die sie mit aktivierten Waffen erwarteten.
"Wer sind Sie?", hörten sie den Anführer fragen, der sie scharf musterte. Noch trugen sie die grauen Ganzkörperanzüge wie es auf Antaris üblich war und wirkten daher sicher nicht fremd.
"Wir wollen mit einem Ihrer Hauptverantwortlichen sprechen", gab Golem ruhig zur Antwort.
Der Mann ging zur Seite, sprach über seinen Kommunikator mit jemandem und kehrte dann zurück.
"Kommen Sie mit."
Golem, Isis und Athena wurden mit einem Shuttle zu einem Gleiter gefahren, der kurz darauf abhob. Nach zehn Minuten landeten sie in einem unterirdischen Hangar und

noch während sie von den bewaffneten Soldaten zu einem Raum geführt wurden, entstand wahrnehmbar eine unbestimmte Unruhe. Personen rannten aufgeregt durch die Flure und dann folgte eine Todesstille, die sich wie ein Nebel lähmend auf alles legte.

"Sie warten hier, bis wir uns um Sie kümmern können", sagte jemand und dann schloss sich eine schwere Tür hinter ihnen.

"Es ist etwas vorgefallen", sagte Isis. *"Ob es mit Ariel zu tun hat?"*

"Wir werden es bald erfahren", erwiderte Golem nur.

Nach mehreren Stunden hörten sie ein Geräusch und waren sofort präsent. Als Erstes strömten eine Reihe von Soldaten mit aktivierten Waffen herein, die sich überall im Raum postierten. Dann schritt ein Mann in militärischer Kleidung auf sie zu, der durch seine Größe und den breiten Schultern wie ein Hüne wirkte, und direkt hinter ihm eine Frau mit einem ernsten Gesichtsausdruck im antaranischen, grauen Overall.

"Sie befinden sich hier im Militärhauptquartier von Antaris. Ich bin Hanro Gammlit, Oberbefehlshaber des Streitkräfte, und das ist Girilia Menerato, die ranghöchste Vertretung unseres Verwaltungsrats. Wir wissen, dass Sie keine ID besitzen – also, wer sind Sie und was wollen Sie hier?"

Eine Spannung lag wahrnehmbar im Raum, als alle die drei Gäste ernst musterten.

"Ich erkenne eine starke Betroffenheit, die sie zu verbergen versuchen", meinte Isis wie gewohnt über ihr interne Kommunikation. *"Die Frau wirkt blass – es ist in der Zwischenzeit etwas passiert!"*

"Wir werden uns als die zu erkennen geben, die wir sind und sehen, wie wir die Informationen zu unserem Vorteil ausspielen können", entschied Golem und begann: "Ich bin Amon Golem, Mitglied des Nationalen Sicherheitsrats

der USOP, United States of Planets, in der Galaxie Milchstraße, und das ist Isis Romanow, Pilotin, und das Athena Schwarz. Beide sind Spezialistinnen für künstliche Intelligenz. Wir sind die Personen, die vor kurzem Ihr Sonnensystem besucht hatten, um es zu erkunden. Da wir nicht wussten, mit wem wir es zu tun hatten, hielten wir uns zunächst verborgen. Doch Sie entdeckten uns, nahmen uns gefangen und wir wurden zu einem Mann teleportiert, der sich Ariel nannte. Er kündigte uns an, dass er uns im Laufe der Zeit unsere Lebensenergie entziehen würde, um sich zu seinem Selbsterhalt davon zu ernähren."
Golem schieg und schaute die beiden einen Moment lang abwartend an. Hammlit und Menerato warfen sich unwillkürlich einen Blick zu.
"Sie reagieren darauf", meldete Isis. *"Sie zeigen sich nicht erstaunt darüber; es sieht eher wie eine Bestätigung aus."*
Dann berichtete Golem, wie sie in ein Quartier eingesperrt wordern waren und nach gut zwei Wochen ein schwer beschädigter Roboter alle Türen öffnete.
"Wir konnten dadurch von diesem Ort und einem schrecklichen Schicksal fliehen. Im Teleportationsraum lagen verschiedene, vernichtete Roboter herum. Wir entschieden, die Plattform zu zerstören und teleportierten hierher. Wir entschuldigen uns für das Ausmaß der Zerstörung auf Tabit, was durch die Vernichtung der beiden Teleportationsplattformen angerichtet wurde. Damit hatten wir nicht gerechnet. Wir entschuldigen uns auch für den Versuch, eines Ihrer Raumschiffe gekapert zu haben, denn wir wollten damit in unsere Welt zurückkehren."
Der Mann flüsterte der Frau etwas zu und dann verließen beide den Verhörraum, während die Soldaten in Stellung blieben und sie ausdrucklos anstarrten.
"Sie beraten sich", sagte Athena.

"Ich habe ein Erstaunen registriert", meinte Golem. *"Sie sind nachdenklich geworden. Das kann für uns von Vorteil sein."*

Nach einer halben Stunde erschienen sie wieder und Gammlit aktivierte einen Bildschirm an der Wand des Raumes, um mit einer Geste wortlos darauf hinzuweisen. Erst überrascht und dann entsetzt sahen nun auch die drei Androiden das Massaker mit an, das Ariel unter dem Verwaltungsrat und der Bevölkerung angerichtet hatte. Dabei wurden sie von den beiden Antaranern prüfend beobachtet.

"Bisher war nur von einigen Antaranern die Rede, die er sich immer wieder einverleibte", übermittelte Golem. *"Aber hier handelt es sich um Hunderte, wenn nicht gar um mehr als tausend Personen!"*

"Wo befindet sich Ariel jetzt?", fragte er dann ernst.

"Die letzten Meldungen erreichten uns von der Transportanlage auf Tabit. Nach der Katastrophe, die sich jetzt durch Sie aufgeklärt hat, erschien er dort und tötete weitere Bürger. Im Anschluss ist er jedoch spurlos verschwunden – wir kennen seinen derzeitigen Aufenthaltsort nicht."

"Ist es möglich, dass er auch ohne diese Plattformen teleportieren kann?", überlegte Isis. *"Abilael war dazu in der Lage. Wenn ja, dann befindet sich Ariel jetzt in der Milchstraße. Denn seine Dimensionsblase bei Last Hope ist vermutlich auch von der Vernichtung betroffen gewesen."*

"Er hat es zumindest versucht", stimmte Golem zu. *"Die Bilder zeigen deutlich, dass er an Macht gewinnt, je mehr Humanoide er tötet. Wir müssen dringend zurückkehren; ich vermute, dass Fynn in die Anlage gebracht wurde – dort darf er nicht bleiben. Ich gehe davon aus, dass Lew uns ein Dimensionsschiff geschickt hat, um uns abzuholen. Es wird irgendwo getarnt warten, bis wir eine Nano-Sonde schicken."*

"Hanro Hammlit, Girilia Menerato", begann Golem bedeutungsvoll. "Da wir nicht wussten, wie Sie zu Ariel stehen
habe ich Ihnen vorhin nicht alles erzählt. Sehen Sie, wir
kommen von der Erde, einer Welt, in der vor Urzeiten Ihre
ehemalige Heimat lag: das irdische Sonnensystem, oder
Sol System, in der Milchstraße. Es verhält sich so, dass
Ariel uns vor kurzem übergangslos ein Ultimatum gestellt
hat. Er drohte mit unserer Vernichtung, wenn wir ihm nicht
den Zugang zu unserer Zeitsteuerungsanlage gewähren.
Wir gingen davon aus, dass er ein Antaraner ist und das
war der eigentliche Grund, warum wir hier auftauchten.
Während unserer Gefangenschaft versuchte Ariel, in meinem Gedächtnis an Codes zur Bedienung der Zeitsteuerungsanlage zu gelangen. Dabei stellte er fest, dass sie
ohne die Mitwirkung einer anderen Person wirkungslos
sind. Vermutlich sind wir deswegen auch noch am Leben.
Schließlich erzählte er uns, dass er durch die Manipulation der Zeitlinie den Rat der durchsichtigen Zehn wieder
auferstehen lassen will. Ariel ist der einzige Überlebende
dieses Rats, da er keine Skrupel kannte, sich die Lebensenergie von Humanoiden einzuverleiben. Ihm ist allerdings auch klar, dass sein Vorhaben sehr wahrscheinlich
nicht von Erfolg gekrönt sein wird. In dem Fall hat er vor,
die Zeitlinie sozusagen auf 0 zu setzen und einen allum-
fassenden Reset anstreben, bei dem alle Völker dieses
Universums mit ihm ausgelöscht werden."
Golem machte eine Pause und sah die beiden ernst an,
die seinen Blick schweigend erwiderten.
"Ich gehe jetzt davon aus, dass er zur Erde teleportiert ist.
Zuvor war ihm das nicht möglich, aber die gezeigten Aufnahmen weisen deutlich darauf hin, dass er mit der Zahl
seiner Opfer auch seine Kraft potenziert hat. Wenn das
der Fall ist, sind wir alle in großer Gefahr. Wir müssen umgehend zurückkehren, um unser Volk zu warnen", endete
Golem. "Ich bitte um die Genehmigung, mit unserem Volk,

der USOP, United States of Planets, in der Galaxie Milchstraße Kontakt aufzunehmen."

Einige Minuten lang herrschte Stille, während sich alle schweigend ansahen.

"Sie werden verstehen, dass wir das nicht so ohne weiteres erlauben können. Wir werden Ihre Angaben prüfen und dann wieder auf Sie zukommen", äußerte sich Hammlit schließlich. Menerato fügte hinzu: "Sie sind solange unsere Gäste, bis wir eine Entscheidung getroffen haben."

Der Oberbefehlshaber gab den Soldaten einen Wink und dann wurden sie in ein Gästeapartment begleitet, das auf den ersten Blick geräumig und komfortabel eingerichtet war. Hier war es von Vorteil, dass die Antaraner quasi Menschen waren, denn die Wache erläuterte ihnen, wie sie sich im Gemeinschaftsraum über einen bereitgestellten Terminal Essen bestellen konnten, zeigte ihnen den Sanitärbereich und wies auf Räumlichkeiten für jeden von ihnen hin. Dann schloss sich die Tür und sie waren unter sich.

"Wir werden tatsächlich für Humanoide gehalten!", stellte Isis amüsiert fest. *"Ich habe sogar ein eigenes Zimmer."*

"Ich gehe davon aus, dass wir überwacht werden", meinte Golem. *"Also werden wir uns vorerst auch so verhalten."*

"Und schon wieder bleibt uns nichts anderes übrig, als abzuwarten", stellte Athena missmutig fest. *"Kannst du mit Lew kommunizieren?"*

"Ich habe es versucht – aber in diesem Fall ist die Entfernung tatsächlich zu groß", erwiderte Golem.

Isis setzte sich an den Terminal: "Dann sehen wir mal, was es zu essen gibt."

Während sie das Menü durchsah und den anderen vorlas, was angeboten wurde, schleuste sie gleichzeitig an einer Schnittstelle am Gerät unauffällig ihre Spionage-Drohne ein. Im Rahmen der verbal geführten Unterhaltung einigten sie sich auf drei Menüs, die Isis bestellte. Dann nahmen sie im Wohnbereich auf einer Lounge Platz.

"Ich mache es mir ein wenig gemütlich", gähnte Isis. "Ich bin müde. Weckt mich, wenn das Essen kommt."

Sie legte sich zurück und schloss die Augen auf, um die die Drohne auf ihrem Weg ins antaranische Netzwerk zu begleiten.

"Ich bin drin", informierte sie die anderen, die es sich ebenfalls bequem gemacht hatten.

"Alles dreht sich um das furchtbare Geschehen … im Verwaltungsrat waren viele angesehene und einflussreiche Leute, die getötet wurden … alle drei Planeten der Antaraner wurden jetzt zur Hochsicherheitszone erklärt", sendete Isis. *"Hier sind die militärischen Details."*

Es stellte sich heraus, dass für alle Raumschiffe eine sofortige Einsatzbereitschaft angeordnet worden war, um innerhalb von Sekunden aufzusteigen und zur Verteidigung eingesetzt zu werden. Interessant war, dass die Antaraner anscheinend nicht über planetenweite Schutzschirme verfügten, dafür aber stärkere Abwehrforts als die USOP besaßen. Insgesamt gesehen war die militärische Power recht beachtlich. Ob sie der USOP überlegen war, konnte schwer eingeschätzt werden. Alle weiteren Informationen waren allgemein und nicht von Bedeutung für ihre Mission.

Die Tür öffnete sich und es erschienen zwei Soldaten, die einen Antaraner einließen, der auf einem kleinen Wagen das Essen brachte. Golem bedankte sich und kurz darauf waren sie wieder allein.

"Das sieht lecker aus", stellte Isis nach einem ersten Blick fest und griff nach dem Besteck. "Guten Appetit!"

"Gut, spielen wir das Spiel mit."

Während des Essens herrschte Stille und im Anschluss unterhielten sie sich laut über die Ereignisse, wie man es von ihnen als Humanoide hätte erwarten können. Danach verschwand jeder von ihnen in seinem Raum, um scheinbar zu schlafen. So kommunizierten sie weiter miteinander.

"Ob wir mit den Antaranern eine friedliche Vereinbarung erreichen können?", fragte Athena.

"Es war zu erwarten, dass sie uns nicht sofort mit offenen Armen empfangen", erwiderte Golem. *"Sie werden jetzt über die preisgegebenen Informationen diskutieren und entscheiden, ob sie uns glauben wollen. Ich halte es für möglich."*

"Ariel bedroht letzten Endes alle Völker dieses Universums", gab Isis zu Bedenken. *"Es wäre klug, sich zu verbünden."*

Eine Stunde später wurden sie abgeholt und wieder in einen kleinen Konferenzraum gebracht, in dem eine Gruppe von Antaranern in einer Runde zusammensaßen und sie erwartungsvoll musterten. Hammlit und Menerato erhoben sich und boten den dreien einen Platz am Tisch an.

"Wir sind damit einverstanden, dass Sie Ihre Regierung kontaktieren", begann Menerato "Allerdings gibt es Bedingungen. Es ist nur einem Raumschiff erlaubt, in unser Territorium einzudringen, was sich an bestimmten Koordinaten im Orbit von Tabit einfinden muss. Dort werden Leute von uns an Bord kommen und unter unserer Führung zum Raumflughafen von Antaris fliegen. Wir werden Ihren Kommandanten hier erwarten und besprechen, wie ein mögliches Bündnis in dieser Krise aussehen kann."

"Die Bedingungen werden von uns akzeptiert. Wie lauten die Koordinaten?", fragte Golem. Nachdem sie ihm mitgeteilt worden waren bat er darum, hinausgeführt zu werden.

"Ich werde eine Mitteilung in Form einer Nano-Sonde abschicken", erläuterte er dann auf die fragenden Blicke hin. "Wir gehen davon aus, dass sich ein Raumschiff bereits

irgendwo in Warteposition befindet und unser Signal erwartet."
Einen Moment lang kam eine leichte Spannung im Raum
auf, doch dann nickte Hammlit.
"Einverstanden, ich werde Sie begleiten."

Kapitel 5 Unvorhersehbare Ereignisse

Am anderen Ende der Milchstraße, Sternenwiege

Irgendwann registrierte Fynn Shan, dass er seit gut drei Tagen irdischer Zeitrechnung an Mayas Liege saß. Er hatte stundenlang entweder auf sie oder auf die medizinischen Werte auf dem Holobildschirm gestarrt und all die Emotionen zugelassen, die ihn mit nie gekannter Intensität regelrecht zu beherrschen schienen. Ihm war bewusst, dass er eine Alternative besaß, denn Androiden konnten mit Leichtigkeit Gefühle blockieren. Aber sie waren auch das, warum er sich einst für Maya entschieden hatte: eine menschliche Frau, die die Welt mit einem Füllhorn an Emotionen, immer wieder neuen Erfahrungen und kleinen, wunderbaren Überraschungen für ihn repräsentierte. Er wollte ihr damit nah bleiben. Und als ihr Herzschlag in unregelmäßigen Abständen immer wieder gänzlich auszusetzen schien überschwemmte ihn eine abgrundtiefe Verzweiflung, die sich nur wenig verringerte, wenn die medizinische KI automatisch darauf reagierte und weitere Injektionen in ihrem Körper verschwanden. In den ersten 24 Stunden gab es keine Besserung und es war wohl die emotional dunkelste Zeit, die er seit seiner Erschaffung erfahren hatte.

Am zweiten Tag begann die flüssige Ernährung und ganz unmerklich schien sich nun doch eine leise Erholung einzuschleichen: Der Puls war am dritten Tag zwar immer noch schwach aber stabil und die Gesichtsfarbe hatte vom grau ins blass gewechselt. Sie musste nicht mehr beatmet werden, denn der Brustkorb hob sich jetzt in regelmäßigen Zügen von allein. Und als sie sich ganz plötzlich rührte und er seinen Namen hörte, beugte er sich sofort vor und ergriff bewegt ihre Hand.

"Ich bin bei dir, Liebste."

Die Augen öffneten sich jedoch nicht und es stellte sich auf seine Anforderung hin heraus, dass die Bewusstlosigkeit in einen tiefen Schlaf übergegangen war. Maya würde überleben … er würde sie nicht verlieren!

Wogen der Erleichterung und etwas, was er als eine überwältigende Dankbarkeit einordnete, tauchte aus seinen geheimnisvollen, unergründlichen Emotionsspeichern auf. Während er ihre Hand hielt diagnostizierte die medizinische KI eine zunehmende Stabilität in den Werten und so durfte er davon ausgehen, dass sich ihr Körper im Schlaf allmählich regenerieren würde. Fynn Shan erhob sich und strich ihr liebevoll über die Wange, um dann in die Zentrale zu gehen.

"Caecilia, wo befinden wir uns?"

"Wir sind in weitem Abstand um das schwarze Loch herumgeflogen und haben den gegenüberliegenden, äußeren Rand der Milchstraße vor 24 Stunden erreicht."

Fynn Shan sah auf dem Bildschirm der Zentrale die vielen jungen, blauen Sterne, die sich hier befanden und ein sich auftürmendes Gebilde, was Astronomen als Sternenwiege bezeichneten. Riesige, rötlich-braune Wolken aus Gas und Staub, in denen ständig neue, sonnenähnliche Sterne entstanden, die die gigantischen Gaswolken überhaupt erst sichtbar machten und die Milchstraße ununterbrochen vergrößerten, durchzogen mit ihren Gasfilamenten das All. Während er die Schönheit des Weltraums mit seinen Wundern betrachtete ging ihm durch den Sinn, dass er sich gerade fühlte wie der, von den Menschen so häufig erwähnte Phönix, der durchs Feuer gegangen und gestorben war, nur um sich aus der Asche zu erheben, beschenkt mit einem neuen Leben. Caecilia hatte den passenden Ort gewählt, schloss er mit einem glücklichen Lächeln.

"Ist eine Nachricht eingetroffen, Caecilia?"

"Ich habe nur eine Bestätigung der vor 3,5 Tagen gesendeten Mitteilung erhalten."

Die nächsten Tage verbrachte er bei Maya, die nach wie vor tief und fest schlief, oder er saß in der Zentrale, schaute gedankenvoll in den Sternennebel und stieg zweimal täglich mit der VISION TEN in die 4. Dimension auf, damit Nachrichten empfangen werden konnten.

Nach gut einer Woche erwachte Fynn Shan aus seinem Ruhemodus, als er einen Laut hörte und seine Frau sich aufzurichten versuchte. Sofort war er auf den Beinen, nahm ihre Hand und strich ihr beruhigend über die Wange: "Ich bin bei dir, Kätzchen."

Maya Shan sah sich verwirrt um: "Fynn, wo bin ich? Was ist mit mir?!"

Doch statt einer Antwort wandte er sich an die medizinische KI, die auf seine Anfrage hin bestätigte, dass das Bewusstsein erlangt war, die Werte stabil und alle Kanülen und Schläuche entfernt werden konnten. Nachdem er sie auf wackeligen Beinen zur Hygieneeinheit begleitet hatte und zu seiner Freude der Wunsch nach einer Mahlzeit geäußert wurde, sah er ihr still und beglückt zu, wie sie Löffel für Löffel langsam zu sich nahm. Danach legte sie sich ermattet zurück: "Und jetzt erzählst du mir, was passiert ist! Ich weiß noch, dass ich unter die Schalldusche wollte und … "

Sinnend sah sie vor sich hin.

"Es stand plötzlich jemand hinter mir … den Blick werde ich nie mehr vergessen!" Ein leichtes Frösteln durchfuhr ihren Körper. "Ich wusste sofort, dass ich in Gefahr war, aber dann …. ich kann es kaum erklären. Es war so, als ob sich plötzlich unter mir ein Abgrund auftat, in den ich hinabstürzte. Ich … ich habe dich gesehen, aber ich habe keinen Ton herausgebracht und ich konnte mich nicht bewegen. Fynn, ich hatte … Todesangst – das habe ich noch nie erlebt!"

Fynn Shan legte sich wortlos neben sie, öffnete einladend seine Arme und als sie sich mit einem zufriedenen Seufzer bei ihm eingekuschelt hatte, begann er zu erzählen, was vorgefallen war. Doch es dauerte nicht lange und er stellte fest, dass sie schon wieder eingeschlafen war. So hörte er ihren Atemzügen zu und genoss andächtig das Wunder, sie warm und lebendig in seinem Arm zu wissen. Dann wandten sich seine Gedanken wieder dem Geschehen auf der Erde zu. Bis jetzt war keine Nachricht, die ihn zur Rückkehr aufforderte, eingetroffen. Die Bedrohung war also noch vorhanden und eine Lösung noch nicht erzielt. Ariels Vorhaben konnte ohne ihn jedoch nicht gelingen, denn nicht nur die Codes waren entscheidend sondern auch seine Identität. Niemand fand ihn hier, außer er ließ es zu. Fynn Shan schätzte Ariel als absolut skrupellos ein – er würde alle Hebel in Bewegung setzen, um zu seinem Ziel zu gelangen, denn aus seiner Sicht hatte er nichts mehr zu verlieren. Besorgt ging ihm durch den Sinn, dass es mit hoher Wahrscheinlichkeit schon längst weitere Opfer gegeben haben musste.

Milchstraße, Erde

"Ich sehe uns einer gravierenden Bedrohung gegenüber", endete Stella Armstrong und schaute ernst in die Gesichter der Gouverneure und Abgeordneten. Als Auftakt der Sitzung des Nationalen Sicherheitsrats hatte sie Golems Informationen über Ariel präsentiert sowie die Meldung von Fynn Shan, der aus der Anlage beim Neptun gerade noch hatte fliehen können. Der ursprüngliche Plan, ihn dorthin zu locken, um ihn dort zu isolieren, war damit Geschichte. Abschließend erwähnte sie die erschütternden Meldungen aus Indien, dass an die 10.000 Menschen in ihren Wohnungen aus unbekannter Ursache tot aufgefunden worden waren! Hier lag der Verdacht nahe, dass Ariel dafür verantwortlich war.

"Er wird von Golem bereits wissen, dass wir uns weigern, ihn mit der Zeit herumpfuschen zu lassen", begann Gouverneur Amar Nath, Planet Mars. "Es ist davon auszugehen, dass er jetzt Druck aufbaut, indem er unsere Bürger aufs Geradewohl tötet. Denn um sich von ihrer Lebensenergie zu nähren, wie wir jetzt erfahren haben, sind sicher nicht so viele nötig."

"Wir werden den nationalen Notstand für alle Planeten ausrufen", meldete sich Präsident Francesco Moretti zu Wort und wandte sich dann an den Chefwissenschaftler der USOP. "Mr. Schwarz, wie weit sind Sie mit dem Quarantänefeld, um Ariel zu isolieren?"

"Wir geben unser Bestes", erwiderte Justin Schwarz. "Aber die besondere Schwierigkeit ist die, dass er in zwei Zuständen existieren kann, die von einem Feld erfasst werden müssen. Es gibt mehrere Vorschläge, denen wir zurzeit nachgehen."

Allen Anwesenden war damit klar, dass sie gegen Ariel zurzeit nichts in der Hand hatten und eine bedrückte Stimmung machte sich breit.

"Ich bin sicher, früher oder später werden wir von ihm hören", warf Gouverneur Nath ein. "Bis dahin werden wir die Vorkehrungen treffen, die uns möglich sind. Die Anlage in der 5. Dimension bei Neptun sollte so gesichert werden, dass wir jederzeit wissen, wenn er dort wieder auftaucht."

Es wurde vereinbart, dass Poseidon diese Aufgabe übernahm. Angesichts ihrer eigenen Ratlosigkeit entschied der Rat abschließend, die Öffentlichkeit über den wahren Hintergrund der vielen Toten vorerst noch im Unklaren zu lassen, um keine Panik auszulösen.

Poseidon flog im Anschluss an die Sitzung direkt zur Anlage und instruierte die Stations-KI, dass sie über Caecilia bei einem erneutem Auftauchen von Ariel sofort Meldung machte. Außerdem schaltete er die Energieversorgung bis auf die Alarmfunktion ab, die nur nach der Freigabe durch Caecilia wieder in Gang gesetzt werden konnte. Aber er entdeckte, dass Ariel problemlos in den Speichern Informationen ausgelesen hatte. Höchstwahrscheinlich konnte der Antaraner bei Bedarf wieder für eine Aktivierung sorgen.

Nach Poseidons Meldung saß Romanow beunruhigt vor seinem Terminal auf Last Hope. Wo befand sich Ariel jetzt und was hatte er vor? Ob sein Domizil in der 10. Dimension noch existierte wusste niemand, denn Golem hatte nur davon gesprochen, die Teleportationsplattform zu zerstören. Erschüttert dachte er an die vielen Toten in Indien und fragte sich, wie Ariel das überhaupt vermochte. Wieder einmal hatten sie es mit einer Lebensform zu tun, deren Möglichkeiten jenseits der menschlichen Vorstellungskraft waren. Dann dachte er an Isis - wie es ihr wohl ging? Er vermisste sie, hatte aber dieses Mal das undefinierbare Gefühl, dass er sich keine Sorgen um sie machen musste. Was angesichts der Gesamtsituation erstaunlich war, denn schließlich hatte Ariel vor, alles Leben in diesem Universum auszuradieren!

Bereits einen Tag später wurde das Eindringen einer unbekannten Energieform in Golems Netzwerk gemeldet. Und dann trafen die nächsten, beunruhigenden Nachrichten ein: Auf dem kleinen, dünn besiedelten Mond von Last Hope, Kleris, häuften sich zahlreiche Todesfälle. Menschen sanken zu Boden, verloren das Bewusstsein und starben innerhalb von Sekunden! Nicht zuletzt traf ein dringender Hilferuf von der Verteidigungsstation auf Kleris ein.

In der sofort einberufenen Konferenz im Präsidentenbüro mit Stella Armstrong und Präsident Moretti, bei der General Minho, Oberbefehlshaber der Streitkräfte der USOP,

Zhang Tian als Gouverneur von Last Hope, Kronos als atlantischer Botschafter auf Last Hope und Lew Romanow, Vorsitzender des Interstellaren Bundes, dazugeschaltet wurden, begann Romanow ernst: "Wir bekommen mittlerweile keinen Kontakt mehr zur Station auf Kleris. Leider müssen wir davon ausgehen, dass sie von Ariel übernommen wurde."

"Das ist ein böser Schlag, denn dort wird das Planetenabwehrsystem von Last Hope mitgesteuert", stellte Armstrong fest.

"Wir zählen im Moment mindestens 1000 Opfer und es kommen minütlich mehr Meldungen herein", warf Gouverneur Zhang besorgt ein. "Unsere Bürger müssen geschützt werden!"

"Wir werden die Menschen evakuieren", entschied General Minho.

"Es handelt sich hier um mindestens 10.000 Menschen auf Kleris."

"Atlas bietet Ihnen an, dass wir mit unseren Kriegsschiffen einen Ring um Kleris bilden und dann die Bevölkerung evakuieren", schlug Kronos vor. "Immerhin kann Ariel uns atlantischen Androiden keine Lebensenergie entziehen, da wir nicht organischer Natur sind."

So wurde schnell beschlossen, sofort ein Geschwader von 50 Raumschiffen der 1500 Meter-Klasse nach Last Hope zu schicken und mit der Evakuierung der Bevölkerung auf Kleris zu beginnen.

"Ich möchte unser Zeitsteuerungsraumschiff in besserer Sicherheit wissen", äußerte sich Präsident Moretti eindringlich. "Es wird zwar gut bewacht aber wir wissen auch, dass Ariel in seiner energetischen Lebensform Möglichkeiten hat, die wir nicht alle kennen. In jedem Fall ist er in der Lage, sich ohne Raumschiff oder Teleportationsplattform zu bewegen. Wir wissen mittlerweile, dass er in Golems Speicher auf dem Mond und in das Netzwerk der

Anlage beim Neptun eindringen und Informationen auslesen konnte. Allerdings scheint er sich nicht für die ATLANTIS zu interessieren. Entweder hat er die Information in Golems Netzwerk nicht gefunden, dass nur von der ATLANTIS aus eine Manipulation der Zeit vorgenommen werden kann oder er wird uns so lange unter Druck setzen, bis ihm der Zugang auf Last Hope gewährt wird."

"Das ist plausibel", stimmte General Minho zu. "Ich werde dennoch Admiral Carli anweisen, in der Kontrollzentrale der EARTH ONE mit der KI Caecilia Kontakt aufzunehmen. Sie soll mit der Bord-KI der ATLANTIS kommunizieren und einen automatisierten Blindflug ohne Koordinaten veranlassen. Die ATLANTIS wird also nur noch auf Caecilias Rückruf reagieren. Ich werde auf dem Mond alle Freigaben dafür veranlassen."

Nachdem sich Gouverneur Zhang, Kronos und General Minho verabschiedet hatten herrschte einige Minuten lang Stille.

"Offen gesagt, Lew", begann Moretti sorgenvoll, "ich weiß mir keinen Rat. Justin Schwarz arbeitet Tag und Nacht wie besessen an einer Lösung, aber noch ist kein Durchbruch in Sicht. Es ist unerträglich, dass wir diesem Ariel nichts entgegensetzen können. Mal abgesehen davon, dass er vorhat, uns alle auszulöschen – wir sind momentan nicht in der Lage, die Menschen effektiv zu schützen und müssen zuschauen, wie er wahllos tötet! Im Grunde bedeuten unsere Evakuierungen doch nur eine psychologische Beruhigung."

"Ich sage es ungern", meinte Armstrong bedrückt. "Aus meiner Sicht sind wir diesem Burschen vollkommen ausgellefert. Andererseits dürfen wir einer Erpressung genauso wenig nachgeben. Ich muss sagen, ich habe mich schon lange nicht mehr so hilflos gefühlt!"

Beide sahen jetzt zu Romanow, dem man seine Ratlosigkeit ebenfalls ansah.

"Ich hoffe, dass wir von Golem, Isis und Athena bald etwas hören", meinte er dann. "Seine letzte Nachricht handelte davon, dass sie nach Antaris teleportierten und
gleichzeitig den Zugang zur Dimensionsblase zerstören
wollten. Ich habe Michael und Finn mit der VISION TWO
hinterhergeschickt, damit sie abgeholt werden, sobald sie
ihre Nano-Sonde hochschicken."

"Wissen wir, wo sich Fynn Shan jetzt befindet?", fragte
Armstrong.

"Nein", gab Romanow zur Antwort. "Die VISION TEN
überträgt keine Daten von seinem Standort und das ist so
beabsichtigt. Fynn wird abwarten, bis er von uns etwas
hört."

"Die Bevölkerung hat das Attentat in Indien noch bemer-
kenswert ruhig aufgenommen", sagte Moretti. "Jetzt geht
es aber auf Last Hope weiter – wir werden dieses Mal
dazu Stellung nehmen müssen."

In der darauf folgenden Pressekonferenz stellten sich
Präsident Moretti und Verteidigungsministerin Stella Armstrong im Empfangssaal des Regierungsgebäudes in der
Town of Planets einer aufgeregten, bunten Journalisten-
schar. Das Durcheinander an Fragen, mit dem sie sofort
empfangen wurden, zeigte deutlich die starke Beunruhi-
gung, die mittlerweile in der Bevölkerung der USOP angekommen war.

"Was steckt hinter den vielen Toten, die in Indien und jetzt
auch in Andromeda aufgefunden wurden?"

"Haben wir es mit einer unbekannten Seuche zu tun? Was
wird uns verschwiegen?"

"Mr. President, was geht hier vor?"

"Wo ist Golem?"

Doch Moretti ließ sich Zeit und wartete mit ernster Miene,
bis Ruhe eingetreten war.

"Bürger der USOP, Sie sehen mich erschüttert und tief
betroffen angesichts der vielen Toten in Indien und nun

auch in Andromeda. Mittlerweile haben wir in Erfahrung gebracht, dass eine fremde Lebensform aus der Kaulquappen-Galaxie dafür verantwortlich ist. Ihr Name ist Ariel und sie ist in der Lage, sowohl in physischer Erscheinung als auch in körperloser Form zu existieren. Dieses Lebewesen benötigt für seine Beförderung kein Raumschiff sondern nutzt allein die Kraft der Gedanken, um sich zu bewegen. Bedauerlicherweise zeigt dieser Mann keine Skrupel, uns unser Leben zu nehmen, um sich von unserer Energie zu nähren und aufzubauen."

Moretti erkannte in den Gesichtern der Journalisten ein brodelndes Gemisch aus Bestürzung, Entsetzen, Fassungslosigkeit, Wut und maßlosem Zorn.

"Sie fragen sich jetzt: Warum tut sie das?", fuhr Moretti ruhig fort. "Nun – wir haben ein Ultimatum von ihm erhalten. Ariel verlangt einen Zugang zur Zeitmaschine, da er unsere Zeitlinie in seinem Sinne so manipulieren will, um eine alte Vergangenheit wieder auferstehen zu lassen. Allerdings existieren wir dort noch nicht. Sollte ihm sein Vorhaben nicht gelingen, was sehr wahrscheinlich ist, dann ist er bereit, einen Reset durchzuführen und alles biologische Leben in diesem Universum wird erlöschen."

Eine für die Presse ungewohnte Grabesstille breitete sich im Raum aus. Schließlich räusperte sich Dimitrij Wolkow von der New News Today: "Die USOP ist doch sicherlich nicht der einzige Staat, der über die Technik der Zeitsteuerung verfügt. Warum ausgerechnet wir?"

"Wir gehen davon aus, dass es kein anderes Volk gibt, das über diese Technik verfügt", erwiderte Stella Armstrong. "Ansonsten wären wir wohl nicht mehr existent."

"Aber wie ist er auf uns aufmerksam geworden? Die Kaulquappen-Galaxie ist doch 420 Millionen Lichtjahre von uns entfernt", hinterfragte Peter Carstairs vom Mars Horizon.

"Im Rahmen unseres Besiedlungsprojekts wurde vor einigen Jahren ein Sabotageakt an der Transferstation im Leerraum verübt", erläuterte Moretti. "Als Folge explodierte ein ganzer Planet, wie Sie alle wissen. Es wurden damals Schockwellen ausgelöst, die auf viele Welten trafen. Neben Flagos wurde eine 80 Millionen Lichtjahre entfernte Welt, Antaris, dadurch auf uns aufmerksam, mit der Flagos einst einen 20-jährigen Krieg führte."

"Haben wir eine Möglichkeit, Ariel aufzuhalten?"

Moretti und Armstrong sahen sich kurz an und dann sagte er: "Sie können sicher sein: Wir arbeiten mit Hochdruck daran."

"Jetzt mal Klartext gesprochen", warf der Reporter vom Morning Surprise ein. "Wenn wir dieser Lebensform Zugang zur Zeitmaschine verschaffen, werden wir so oder so nicht mehr existieren. Einige Augenzeugen in New Dehli beschrieben einen satanisch lächelnden Mann in weißem Gewand, der langsam durch die Hauptstraße lief, während die Menschen ohne äußere Einwirkung einfach dahinstarben. Wenn das dieser Ariel war, dann sind wir ihm machtlos ausgeliefert. Sehe ich das richtig?"

"Im Augenblick ist davon auszugehen", bekannte Moretti ruhig. "Aber wir tun alles, was menschenmöglich ist. Unserer Wissenschaftler arbeiten rund um die Uhr an einer anvisierten Lösung – genaueres dazu darf ich Ihnen verständlicherweise nicht sagen. An dieser Stelle möchte ich einen Dank an unseren Verbündeten Atlas aussprechen, der gegen diese Art von Attacke gefeit ist und uns mit seinen Raumschiffen zum Einsatz in den Krisengebieten zur Seite steht. Wir haben den nationalen Notstand ausgerufen und sind in Alarmbereitschaft. Allerdings beschränkt er sich zurzeit auf die Planeten im Andromeda-Nebel."

Wie erwartet spiegelte sich die Schreckensnachricht schnell in den Schlagzeilen sämtlicher Medien wieder: "Droht uns der wieder einmal der Untergang?" – "Wie

viele technologisch überlegene Arten gibt es noch im Universum?" – "Ariel, der Teufel im Engelsgewand!"
Kritische Stimmen wurden laut, dass die Menschheit sich besser auf ihre Heimat hätte beschränken sollen anstatt auf Expansionen ins Weltall stolz zu sein. Denn war dieses Unheil und die Tausende von Toten nicht gerade deswegen heraufbeschworen worden?
Zu allem Überfluss berichtete der Geheimdienst, dass die Untergrundbewegung Anuk, die sich für den Erhalt der menschlichen Rasse und ihrer traditionellen Werte einsetzte, Kundgebungen veranstaltete und einen enormen Zulauf bekam.
Doch Ariel hatte zur Erleichterung aller anscheinend genug Energie gesammelt und eine Pause eingelegt, denn es kamen keine neuen Meldungen über ungeklärte Todesfälle herein. Doch er hatte dem Präsidentenbüro ein zweites Ultimatum übermittelt:
"Ich verlange, dass mir der Zugang zur Zeitsteuerungseinheit auf Last Hope gewährt wird. Ansonsten wird sich die Menschheit darauf einstellen müssen, dass Planet für Planet entvölkert und diesem Volk ein klägliches Ende bevorsteht. Indien und Kleris waren nur ein kleiner Vorgeschmack auf das, was auf Sie zukommt, wenn Sie mir nicht Folge leisten! Sie werden mir die Androiden Golem, Isis, Athena und Fynn für die Aktivierung der Artefakte in der Anlage von Last Hope ausliefern. Ich gewähre Ihnen eine letzte Frist von vier Wochen Ihrer Zeitrechnung. Ein weiterer Aufschub ist nicht verhandelbar. Nach Ablauf der Frist erwarte ich, alle vier Androiden in der Steuerungszentrale auf Last Hope vorzufinden. Ariel."
Fast gleichzeitig traf eine Nachricht von Admiral Röttger ein, der einen Bericht über die Ereignisse auf Antaris sendete und mitteilte, dass ein erster, friedlicher Kontakt zustande gekommen war. Er schlug vor, dass alle zusammen mit einer Delegation von Antaranern zurückkehrten.

Im daraufhin einberufenen Nationalen Sicherheitsrat wurde über beides heftig diskutiert.

"Das ist doch ein kleiner Lichtblick", meinte Mrs. Young irgendwann hoffnungsvoll. "Vielleicht entwickelt sich daraus ein Lösungsansatz. Schließlich stammt Ariel von Antaris."

"Immerhin haben wir eine weitere Frist erhalten", stellte Gouverneur Sato aus Eden klar. "Die Menschen sind beunruhigt; Last Hope liegt schließlich nicht weit entfernt, was auch für den Planeten Europe gilt."

"Wir wissen alle, dass wir Ariel nicht die Zeit manipulieren lassen dürfen", stellte Gouverneur Nath klar. "Also muss das Quarantänefeld in vier Wochen einsatzbereit sein. Seine Ansage lässt nichts an Deutlichkeit zu wünschen übrig, mit was wir ansonsten zu rechnen haben."

"Wenn ich eine Frage zum Verständnis stellen darf", meldete sich ein Abgeordneter zu Wort. "Wieso sind auf einmal vier Androiden nötig? Bisher war nur von Golem und Fynn die Rede."

Armstrong nickte Schwarz zu, der daraufhin erläuterte: "Wir hatten das so vorgesehen, um Golem, Isis und Athena aus dieser Dimensionsblase herauszuholen. Ariel sollte diese Information erhalten, dass vier Androiden für die Aktivierung erforderlich sind und auf diese Weise in die Anlage bei Neptun gelockt werden."

"Ich halte die Ankunft von Antaranern in der USOP für bedenklich", warf Gouverneur Mahal von Genesis jetzt ein.

"Dem stimme ich zu", nickte Poseidon, Machthaber von Atlas. "Wir haben dem Antrag auf eine Gast-Mitgliedschaft von Flagos im Interstellaren Bund zugestimmt. Wir wissen, dass Flagos aufgrund unserer äußerlichen Ähnlichkeit mit den Antaranern nur sehr langsam ein Vertrauen aufgebaut hat. Das sollte in keinem Fall gefährdet werden."

"Ich schlage vor, dass das Thema im Interstellaren Bund mit den Abgesandten entschieden wird, da Flagos jetzt dort ebenfalls vertreten ist", meldete sich Präsident Moretti zu Wort. "Allerdings muss das Treffen zeitnah stattfinden. Admiral Röttger rechnet mit einer Antwort."

"Wir werden Admiral Schneider und Han noch heute entsenden", sagte General Zhang und sah zu Mahal, dem atlantischen Gouverneur von Genesis.

"Ich habe Ares über Caecilia gerade mitgeteilt, dass er und unser Chefingenieur Einstein demnächst abgeholt werden", erwiderte Mahal.

"Hermes und Apollon werden heute noch eintreffen", warf Poseidon ein.

"Ich werde unseren Abgesandten Mr. Tanaka im Anschluss an unsere Sitzung umgehend informieren", fügte Gouverneur Williams aus Europe schnell hinzu, dem man angesichts der Schnelligkeit, mit der die Atlanter dank ihrer internen Vernetzung reagierten, seine Verblüffung ansah.

"Eine Nachricht an Romanow habe ich gerade veranlasst – er wird sofort ein Dimensionsschiff nach Genesis entsenden. Kantos befindet sich derzeit in Last Hope", sagte Verteidigungsministerin Armstrong, die von ihrem portablen Terminal aufsah. "Damit ist diese Angelegenheit hier vorerst besprochen."

Abschließend wurde vereinbart, offiziell darüber nichts verlauten zu lassen, um keine panische Endzeitstimmung in der Bevölkerung einzuläuten. Entweder es zeichnete sich in den nächsten vier Wochen eine Lösung ab – ansonsten musste man dann weitersehen.

Als Francesco Moretti am Abend mit seiner Frau Isabella, die gleichzeitig auch das Amt als Außenministerin innehatte, zusammensaß, sahen sich beide die aktuellen Pressemeldungen an. Nach dem ersten Schock über die preisgegebenen Informationen, wer hinter der Mordserie in Indien und Andromeda steckte, war eine merkwürdige Ruhe eingekehrt.

"Das fühlt sich an wie die berühmte Stille vor dem großem Sturm", meinte Mrs. Moretti nachdenklich.

"Angesichts einer 35 Milliarden starken Bevölkerung der USOP fallen 11.000 Tote kaum ins Gewicht", erwiderte Moretti. "Das klingt sehr pietät- und mitleidlos, ich weiß. Aber im Grunde ist es so. Der Alltag selbst läuft ohne große Beeinträchtigungen weiter. Die Menschen sind von Kleris evakuiert worden und bei Verwandten oder anderen Planeten untergekommen. Und was Ariel angeht - zurzeit gibt er Ruhe."

Doch dann entfuhr ihm ein sorgenvoller Seufzer: "Ich hatte mir das Amt des Präsidenten leichter vorgestellt, Isabella. Es ist nur schwer auszuhalten, dass wir so machtlos sind. Dieser Bursche, halb humanoid, halb irgendetwas, hebt einfach die Hand und schon sterben die Menschen wie die Fliegen! Ist da nicht doch etwas an dem dran, was manche Kritiker sagen? Haben wir mit unserem großartigen Siedlerprojekt einen Fehler gemacht? Wären wir hier in unseren beiden Galaxien geblieben, wäre Antaris nicht auf uns aufmerksam geworden – dann wären wir dieser Bedrohung jetzt nicht ausgesetzt."

"Abgesehen davon, dass wir es nicht mehr ändern können, sind wir Menschen eben ein abenteuerfreudiges Volk", erwiderte Mrs. Moretti. "Es ist nichts Verwerfliches daran, über den eigenen Tellerrand hinauszuschauen. Leider sind wir auch ein buntes Häufchen und diese Anuk-Bewegung, die sich im Untergrund so hartnäckig hält, war für den Sabotageakt verantwortlich, der alles ins Rollen gebracht hat. Aber wenn du so argumentierst, tesoro, dann könntest du genauso gut noch früher ansetzen."

"Wie meinst du das?" Moretti sah seine Frau nachdenklich an.

"Ich spreche vom Materiebrand und unserer Rettung durch Romanow, Golem und Poseidon. Durch die unerschrockene Reise zum Ursprung des Universums wurden die drei überhaupt erst befähigt, in den Genuss des Erbes der Schöpfer zu gelangen. Hätten sie die Reise nicht antreten sollen? Dann hätten wir alle unsere Heimat verloren", tat Isabella Moretti kund. "Wäre das Erbe nicht gewesen mit den großartigen Dimensionsschiffen, dann wären wir entweder auf der Flucht vor dem Materiebrand oder später mit dem Siedlerprojekt kläglich gescheitert. Gut, wir wären heute noch unterwegs, weil wir nur noch im Normalraum hätten fliegen können und viele hätten es nicht überlebt. Was ich damit sagen will: Unser Drang, sich auf Neues und Unbekanntes einzulassen hat uns auch so viel Wunderbares beschert. Und bisher haben wir immer alle Hürden genommen."

Moretti lächelte und zog sie in seine Arme, was sie sich gerne gefallen ließ. "Das ist richtig. Und ich hätte dich nie kennengelernt, meine geliebte Frau."

Zärtlich strich er durch ihre goldblondkupferfarbenen Haare und verlor sich im warmen Bernstein ihrer Augen.

"Isabella, vita mia …"

Und dann war da nur noch die überwältigende Süße ihres Kusses, in den er sich fallen ließ. Atemlos sank Moretti mit ihr in die weichen Kissen der Lounge zurück und ließ sich von ihrer Leidenschaft mitreißen, bis er schlussendlich die Führung übernahm.

"Dolce cuoricino amato", murmelte er lächelnd als sie sich strahlend räkelte.

"Was macht unser kleiner Alessio?", fragte er dann und legte sanft die Hand auf ihren Bauch. Isabella war jetzt im vierten Monat und sie rechneten damit, dass das Kind im Dezember auf die Welt kam. Was ihn sofort ernüchterte und in die Gegenwart zurückbrachte.

"Du wirst ab sofort nicht mehr nach Andromeda reisen, gioia mia", verkündete Moretti resolut.

"Da bin ich nicht deiner Meinung", widersprach seine Frau und richtete sich auf. "Ich bin Außenministerin und als solche werde ich nach wie vor alle Pflichten wahrnehmen, auch wenn es sich um Andromeda handelt."

"Das kommt überhaupt nicht in Frage, dass du dich und unser Kind gefährdest!", bestimmte er jetzt in einem ungewohnt autoritären Tonfall, der keinen Widerspruch duldete.

"So? Willst du jetzt etwa den Despoten herauskehren?", entgegnete sie spitz und funkelte ihn wütend an. "Ich werde tun, was ich für richtig halte und daran wirst du mich nicht hindern!"

Innerlich seufzend erkannte Moretti, dass sie sich auf diese Weise nicht umstimmen lassen würde.

"Isabella, du musst doch einsehen, dass eine Reise nach Andromeda tödlich sein kann", versuchte er es erneut. "Ariel ist unberechenbar. Versteh doch, sei tutto per me. Ich will dich keiner Gefahr ausgesetzt sehen."

Ihr Gesichtsausdruck wurde sofort weich: "Du bist die Liebe in meinem Leben, Francesco, ich bin unendlich glücklich mit dir. Aber auch in Andromeda gibt es Familien. Sind sie etwa nicht in Gefahr? Ich habe ein Amt, das ich auch in schwierigen Zeiten auszufüllen gedenke, so, wie man es von mir erwarten darf. Das ist mein letztes Wort."

"Komm zu mir, mein Liebling", bat er nach einem Augenblick, in dem sie sich wortlos gegenüber saßen, und reichte ihr versöhnlich die Hand. Als sie wieder innig umfasst in seinem Arm lag begann er nach einer Weile leise: "Deine Haltung ehrt dich, mein Herz, auch wenn sie mir nicht gefällt. Ich bezweifle allerdings, dass der Rat mich zurzeit mit dir reisen lässt, aus eben denselben Gründen. Wenn du also nach Andromeda aufbrichst, werde ich

Poseidon bitten, dass du auf einem seiner atlantischen Kriegsschiffe reist und von seinen Androiden begleitet wirst."

Seine Frau schenkte ihm als Antwort ein hinreißendes Lächeln und mit einem leise gemurmelten "Damit bin ich einverstanden, dolce amore ..." war der Frieden im Hause Moretti wieder hergestellt.

Am darauf folgenden Tag trafen sich die Abgesandten der Mitgliedsgalaxien des Interstellaren Bundes auf Last Hope im Andromeda Nebel. Es kristallisierte sich schnell heraus, dass es eine kluge Entscheidung gewesen war, gemeinsam mit Flagos Admiral Röttgers Anfrage zu besprechen.

Kantos war erfreut, dass die Menschen Flagos in die Entscheidung einbinden wollten und so stieg er kurz darauf zusammen mit Admiral Carli und der VISION FIVE in die 4. Dimension auf, damit die Bord-KI Caecilia sein Anliegen an die Botschaft auf Planet 7 in der Kaulquappen-Galaxie übermitteln konnte.

Der Nestbehüter Isos, wie die Flagolaner ihren Machthaber nannten, reagierte innerhalb einer Stunde und betonte, dass er die Entscheidung über eine Ankunft von Antaranern auf Last Hope als eine Sache der USOP betrachtete und Flagos sich daher nicht einmischen wollte.

Nach einer kurzen Diskussion entschieden alle gemeinsam, dass die Antaraner empfangen werden sollten.

"Ich spreche mich allerdings für eine Vorbereitung unserer neuen Gäste aus", warf Philipp Einstein, Kaulquappen-Galaxie, mit Blick auf Kantos ein.

"Admiral Röttger wird das auf Antaris übernehmen", äußerte sich Poseidon, Zwerggalaxie. "Die Antaraner müssen noch vor ihrer Reise davon in Kenntnis gesetzt werden, dass Flagos an unserer Seite vertreten ist. Sollten sie unter diesen Umständen immer noch kommen, sehe ich hier in den Räumen des Interstellaren Bundes ein erstes, gemeinsames Treffen."

Nach einem gedankenvollen Moment der Stille fragte Romanow: "Kantos, ich rechne mit mehreren Antaranern. Wünschen Sie die Anwesenheit von weiteren Bürgern? Wenn ja, dann wird Admiral Carli sie aus der Kaulquappen-Galaxie abholen."

"Ich bin sehr erfreut über das klare Bekenntnis für das gemeinsame Bündnis unserer Nester", erwiderte Kantos mit einem leichten Schnarren und Zittern seiner Flügel. "Unter diesen Umständen halte ich es für angebracht, dass weitere Bürger aus Flagos anwesend sind. Ich werde mitfliegen."

"Wir haben jetzt einen gemeinsamen Feind", meldete sich Mr. Kaito Tanaka, Andromeda, zu Wort. "Da sollten die vergangenen Differenzen überwindbar sein."

Admiral Leon Schneider, Galaxie Milchstraße, gab dennoch zu bedenken: "Nichtsdestoweniger handelt es sich hier um eine uralte, schlimme Geschichte, Mr. Tanaka. Wir Menschen würden von "Erzfeinden" sprechen. So schnell wird eine Versöhnung sicher nicht realisierbar sein. Aber vielleicht lässt sich ein vertraglicher Waffenstillstand erreichen."

Da sich unwillkürlich alle Augen auf Kantos richteten tat dieser nach einem Blick in die Runde kund: "Die Schwingen der Zeit werden uns zeigen, welche Entwicklung sie uns enthüllen."

Kaulquappen-Galaxie, Antaris

Admiral Michael Röttger und Finn Schwarz tauchten von ihrem Dimensionsflug exakt in der Sonnenkorona des benachbarten Sonnensystems der Antaraner auf.

"Soweit, so gut", murmelte Röttger, der sich aus dem Ruhebehälter erhoben hatte und in den Sitz der Führungsriege setzte.

"Finn, wir haben eine neue Nachricht", stellte er gleich darauf fest, als er sich mit Caecilia über seine Implantate verbunden hatte. Es waren nur 12 Stunden seit ihrem Abflug aus Last Hope vergangen und schon wieder hatte sich etwas ereignet!

Romanow berichtete von einem Massensterben in Indien, dessen Ursache offiziell ungeklärt war. Menschen waren niedergesunken und innerhalb von Sekunden gestorben und er ging davon aus, dass es mit Ariel zu tun hatte. Als die beiden sich alles angehört hatten sahen sie sich wortlos an.

"Damit haben wir nicht gerechnet. Erst scheitert unser schöner Plan und Fynn konnte mit Maya gerade noch fliehen", begann Finn Schwarz. "Aber wenn Golem die Teleportationsplattformen zerstört hat – wie ist Ariel von Antaris wieder zur Milchstraße zurückgekehrt?"

"Es existiert ein Transfersystem von hier nach Last Hope", gab Röttger zu bedenken. "Ich vermute, Ariel kann teleportieren, so wie Abilael und die Ersten - aber Tausende von Toten? Ich hoffe, wir hören bald etwas von Golem, Isis und Athena."

Die Geduld der beiden wurde auf keine lange Probe gestellt, denn nur wenige Stunden später meldete Caecilia, dass die Nano-Drohne Koordinaten übermittelte, zu denen sie sich begeben sollten. "Ihr werdet abgeholt; ein friedlicher Kontakt wurde hergestellt. Golem" lautete die begleitende Mitteilung.

"Gut. Dann wollen wir mal", meinte Röttger und wies Caecilia an, auf Warp zu gehen und den Ort anzufliegen. Als die VISION TWO dort auftauchte, erkannte er, dass sich dort 20 würfelförmige Raumschiffe positioniert hatten, in deren Mitte er sich jetzt befand.

"Das ist wohl unser Empfangskomitee", stellte Schwarz humorvoll fest. Kurz darauf erfolgte auch schon ein Anruf, der vom Translator übersetzt wurde: "Hier ist der Kanon Melestas, Kommandant der HALLUM. Wir werden an Bord kommen. Öffnen Sie einen Hangar."
"Hier ist Admiral Michael Röttger von der VISION TWO. Der Hangar steht für Sie bereit."
Bald darauf landete ein kleiner Gleiter, dem zehn bewaffnete Soldaten mit einem Offizier und ein Lotse entstiegen. Nach einer kurzen Begrüßung liefen alle zusammen zur Zentrale. Röttger lud den Offizier und den Lotsen freundlich ein, neben ihm in den Sitzen der Führungsriege Platz zu nehmen, was beide mit grimmiger Miene quittierten, während die Soldaten im Raum verteilt mit der Waffe in der Hand Stellung bezogen.
Doch erst als den Gästen in einem kurzen, scharfen Wortwechsel klar gemacht worden war, dass die Steuerung nur über Röttger persönlich stattfinden würde, gab der Lotse die Koordinaten preis. So flog die VISION TWO zu einem militärischen Areal des Raumflughafens von Antaris, während in der Zentrale eine angespannte Stille herrschte.
"Caecilia, alle Aktivitäten sind auf Standby herunterzufahren. Ohne meine Zustimmung ist kein unbefugter Zutritt oder eine Aktivierung möglich", wies Röttger wortlos über seine Implantate an.
"Bestätigt."
Das Raumschiff landete sanft und er erhob sich, um mit Finn Schwarz und den Besuchern das Raumschiff zu verlassen, dessen Schleuse sich hinter ihnen sofort schloss. In Begleitung der Soldaten wurden sie zu einem Konferenzraum begleitet und von Hanro Hammlit, dem Oberkommandierenden des Militärs und Girilia Menerato, dem jetzt ranghöchsten Mitglied des Verwaltungsrats, höflich begrüßt.

Als sich alle gesetzt hatten wurden Röttger und Schwarz darüber informiert, was auf Antaris geschehen war und Golem ergänzte, dass das Transportsystem nach Last Hope sehr wahrscheinlich komplett zerstört worden war. Admiral Röttger berichtete nun seinerseits von den erschütternden Ereignissen auf der Erde, von denen er erst nach seiner Ankunft hier erfahren hatte.

"Jetzt wissen wir, dass Ariel eine gewaltige Macht verfügt und selbst über Entfernung von 500 Millionen Lichtjahre hinweg teleportieren kann", stellte Golem klar. "11.000 Tote sind bei einer 35 Milliarden starken Bevölkerung als geringfügig zu bezeichnen – aber er wird den Druck auf uns ganz sicher weiter erhöhen, um an die Zeitsteuerung zu gelangen."

"Das werden wir in keinem Fall tun", bestätigte Admiral Röttger. "Mrs. Menerato, Mr. Hammlit, es gibt Pläne, ihn mit Hilfe eines Quarantänefeldes zu isolieren und auszuhungern, aber unsere Wissenschaftler sind aufgrund seiner besonderen Physiologie bisher zu keiner Lösung gelangt. Vielleicht besitzen Sie noch mehr Informationen, die uns dabei helfen könnten."

"Das lässt sich einrichten", nickte Menerato. "Wir könnten einige unserer Forscher mitschicken und unser Wissen zur Verfügung stellen. Wir werden uns darüber beraten und bitte Sie, solange im Vorraum Platz zu nehmen."

Als sich die Tür hinter ihnen schloss begrüßte Finn Schwarz Athena freudestrahlend während Röttger, Isis und Golem auf einer Lounge Platz nahmen. Getränke wurden gebracht und eine Mahlzeit angeboten, was Röttger jedoch dankend ablehnte.

"Schön, Sie zu sehen, Admiral", begann Isis mit der Absicht, ihm alle nötigen Informationen zukommen zu lassen. "Amon Golem hatte damit gerechnet, Sie hier anzutreffen. Aber Ihre Nachrichten lassen keine große Hoffnung aufkommen. Es war beabsichtigt, mit der Zerstörung des Transportweges den Rückweg Ariels zur Milchstraße unmöglich zu machen. Leider entzieht er Menschen wie Antaranern ihre Lebenskraft und scheint dadurch eine enorme Macht in sich zu akkumulieren."

"Befindet sich Fynn Shan immer noch in der Anlage?", fragte Golem. Röttger berichtete daraufhin, was sich dort ereignet hatte.

"Und wieder haben wir ein geradezu sprichwörtliches Glück gehabt", kommentierte Athena nur. "Wir hätten be-rücksichtigen müssen, dass er davon Kenntnis haben könnte."

Nach einigen Minuten, in denen jeder seinen Gedanken oder Analysen nachging sagte Röttger: "Ich begrüße den Vorschlag von Mrs. Menerato, mit uns zu reisen. Ariel ist hier schon lange bekannt und die Antaraner haben sicher mehr Informationen über seine Physiologie, die uns wei-terbringen. Allerdings empfehle ich, dass wir eine ent-scheidende Tatsache ansprechen: Wir haben neue Ver-bündete, die gerade erst eine Gast-Mitgliedschaft im In-terstellaren Bund beantragt haben."

Röttger sah Golem bedeutungsvoll an und dieser nickte.

"Danke für Ihren Einwand, Admiral. Ich werde das anspre-chen."

"Michael hat recht", sendete er an Isis und Athena. *"Wir werden die Antaraner vorbereiten, dass sie ihre alten Feinde an unserer Seite wiedersehen werden, wenn un-sere Völker zusammen an einer Lösung arbeiten."*

"Das könnte kniffelig werden", gab Isis zu bedenken. *"An-dererseits wird ein Verschweigen nachteilig bewertet wer-den und Misstrauen aufbauen. Wir müssen in diesem Punkt mit offenen Karten spielen."*

Die Tür öffnete sich und Menerato erschien, um sie her-einzubitten. Als sich alle wieder gesetzt hatten begann sie: "Wir haben uns dafür ausgesprochen, dass einige un-serer Forscher und Wissenschaftler mit Ihnen reisen.

Außerdem werden ich und Kommandant Kanon Melestas mit dabei sein."

Menerato wies auf den Offizier, der Röttger und Schwarz hierher begleitet hatte.

"Wir haben den Wunsch, dass eine Kommunikation mit Antaris aufrechterhalten wird", fuhr Menerato ernst fort. "Ist Ihnen das möglich?"

"Grundsätzlich ja", erwiderte Golem. "Eine Kommunikation über diese Entfernung hinweg erfordert allerdings zweierlei: Zum eine spezielle Empfangs- und Sendeapparatur, die wir Ihnen zur Verfügung stellen können. Zum anderen setzt beides voraus, dass Ihre Raumschiffe eine Technologie besitzen, mit der sie in die nächsthöhere Dimension aufsteigen können."

"Das ist kein Problem", meldete sich ein anderer Antaraner erfreut zu Wort. "Sie müssen verstehen, dass wir genug davon haben, unsere Leute auf Nimmerwiedersehen im Nichts verschwinden zu sehen!"

"Sehr gut, Golem. Sie entspannen sich spürbar", stellte Isis fest. *"Den ersten Schritt haben wir mit Bravour geschafft."*

"Bevor ich Sie im Namen der USOP in der Milchstraße und Andromeda begrüßen darf, muss ich eine kurze Anfrage an meine Regierung stellen. Ich bin Mitglied des Nationalen Sicherheitsrats, benötige aber – so wie Sie auch – die Mehrheitsentscheidung, damit ihr Kommen genehmigt wird. Dafür wird Admiral Röttger in die 4. Dimension fliegen, um eine Nachricht abzuschicken. Ich rechne spätestens in 1-2 Tagen mit einer Antwort", erläuterte Golem. Gleichzeitig sendete er an Isis und Athena: *"Ich gehe davon aus, dass dieses Thema mit Flagos zusammen entschieden wird. Flagos muss zustimmen, dass die Antaraner kommen – ansonsten ist das aufgebaute Vertrauen schnell wieder Geschichte."*

"Eine gute Entscheidung", erwiderte Isis.

Die gemischten Emotionen in den Gesichtern der Antaraner lesend ergänzte Golem: "Selbstverständlich werden wir das in Ihrer Anwesenheit tun. Sie sind eingeladen, dabei zu sein. Finn Schwarz wird solange mit Athena und Isis hier auf unsere Rückkehr warten."

"Einverstanden", tat Hammlit nach einem Blick in die Runde kund. "Ich und Kommandant Melestas werden mit Ihnen aufsteigen."

"Dann bitte ich darum, keine weitere Zeit zu verlieren", sagte Golem und erhob sich auffordernd. Die vier Männer verließen den Raum und Girilia Menerato lud Athena, Isis und Finn Schwarz auf ein Essen in die Messe ein, was sie jetzt gerne annahmen.

Während des Essens, zu dem sich noch Halja Hasperat, stellvertretende Oberkommandierende der Streitkräfte, und ein Mann namens Agnos Moschino dazugesellt hatten, begann ein vorsichtiger Austausch über das Alltagsleben beider Kulturen.

"Ihre alte Heimat befand sich in unserem Sonnensystem", meinte Finn Schwarz gerade. "Da ist es wohl kein Wunder, dass wir uns so ähnlich sind."

"Wir freuen uns darauf, Sie bei uns begrüßen", sagte Isis schließlich mit einem strahlenden Lächeln, mit dem sie schon immer die Menschen in ihrer Zeit als First Lady bezaubert hatte. "Ich kann mir vorstellen, dass viele Bürger von Ihnen fasziniert sein werden. Sollten sich unsere Beziehungen positiv entwickeln, bin ich mir sicher, dass Ihre Welt gerne besucht wird. Sofern Sie das natürlich gutheißen."

Moschino starrte Isis plötzlich so offenkundig an, dass Hasperat ihm unauffällig einen leichten Rippenstoß verpasste. Mit einem Räuspern regte er sich und äußerte sich dann mit einem bewundernden Blick auf Isis: "Dem sehe ich mit Freude entgegen. Sollten unsere Arten kompatibel sein werde ich ganz sicher bei Ihnen nach weiblichen Gefährtinnen suchen."

"Sie sprechen in der Mehrzahl?", hakte Athena interessiert nach.

"Wir leben gerne in großen Gemeinschaften und es durchaus üblich, wenn es die jeweiligen, finanziellen Verhältnisse erlauben, dass ein Mann oder eine Frau mehrere Gefährten in seine Familie einlädt", erklärte Menerato lächelnd. "Kinder werden von allen Erwachsenen geliebt und gemeinsam erzogen. Sie tragen jedoch den Namen der Person, die die Familie gegründet hat."

"Das ist ja erstaunlich!", rief Finn Schwarz verblüfft aus. "Ich würde vor Eifersucht vergehen, wenn sich meine Athena neben mir auch noch für weitere Männer interessieren würde!"

"Das kann zwar auch vorkommen, aber Eifersucht ist eher selten", lachte Hasperat. "Wir Antaraner genießen unsere Gefühle gerne mit mehreren Partnern, was zur Vielseitigkeit beiträgt und die Freude des Zusammenseins verstärkt."

Athena erzählte nun, dass sich die Menschen in der USOP für gewöhnlich auf eine Partnerin oder Partner beschränkten. Nach einer gedankenvollen Pause fragte Menerato: "Auf Amon Golem wartet sicherlich auch eine Familie in Ihrer Heimat?"

"Nein, das ist nicht der Fall", antwortete Isis Romanow und musterte sie aufmerksam. Interessierte sich Girilia Menerato etwa für ihn?

"Darf ich Sie fragen, warum das so ist?", fuhr Menerato nach einem Moment fort. "Ein so ansehnlicher Mann wie er, dazu noch mit hohem Rang und Namen, würde hier eine umfangreiche Familie sein eigen nennen."

"Er lebt schon seit langem alleine", warf Schwarz ein und fügte mit einem vielsagenden Zwinkern an: "Golem scheint auf eine Partnerin aus einer anderen Galaxie zu warten!"

"Aber darüber unterhalten Sie sich besser selbst mit ihm. Dazu können wir wirklich nichts sagen", ergänzte Isis Romanow sofort und warf Schwarz einen strengen Blick zu.

"Und Admiral Röttger?", fragte Hasperat, neugierig geworden.

"Der ist seiner Frau treu ergeben", erwiderte Schwarz fröhlich und berichtete von seinen zwei lebhaften Kindern und einer temperamentvollen Frau, die ihn auf Last Hope erwarteten.

Mittlerweile waren Golem und Röttger zurückgekommen und die Antaraner begleiteten sie zu ihrem Apartment. Nach der Ankündigung, dass sie später zu einer Führung auf Antaris eingeladen waren, verabschiedeten sich die Gastgeber.

Am Tag darauf erhielten Admiral Röttger und Golem gegen Abend Poseidons Nachricht, die sie sich gemeinsam mit Hammlit und Melestas in der VISION TWO anhörten.

"Der Nationale Sicherheitsrat und die Abgesandten des Interstellaren Bundes haben dem Kommen der Antaraner zugestimmt. Ein erstes Treffen wird im Hauptquartier des Interstellaren Bundes auf Last Hope stattfinden. Wir halten es allerdings für ratsam, dass Antaris noch vor der Reise davon in Kenntnis gesetzt werden, dass wir seit kurzem neue Verbündete haben, die wir sehr schätzen. Sollte ein Kommen unter diesen Umständen nicht mehr erwünscht sein, würden wir das sehr bedauern, aber selbstverständlich akzeptieren."

Röttger warf Golem unwillkürlich einen bedeutungsvollen Blick zu.

"Wovon sollten wir etwas wissen?", fragte Hammlit bereits. "Wer sind Ihre neuen Verbündeten?"

"Wir haben eine Menge zu besprechen", bestätigte Golem nur ruhig. "Ich schlage vor, wir tun das gemeinsam im Konferenzraum."

Als sich nach einer Stunde alle dort eingefunden hatten, erläuterte Golem zunächst, warum der Interstellare Bund gegründet worden war und welche Aufgaben er inne hatte. Schließlich kam er auf die Mitglieder zu sprechen, die er der Reihe nach benannte, und als der Name Flagos fiel trat wie erwartet eine Stille ein. Die Gesichter der Antaraner versteinerten, was jedoch schnell einer explosiven Hochspannung wich.

"Flagos ist in diesem Bund vertreten?!", rief Moschino nach der ersten Überraschung in scharfem Tonfall und erhob sich aufgebracht. "In welcher Beziehung stehen Sie zu diesen Verbrechern?!"

Dass die Antaraner nicht erfreut sein würden war Golem klar gewesen aber hier kochte geradezu eine massive Feindseligkeit hoch.

"Ich empfehle dir, ihnen Zeit zu lassen, um sich zu beruhigen", legte ihm Isis nahe. *"Gegen diese starke, emotionale Abwehrreaktion kommst du nicht an."*

Doch Golem erwiderte ruhig die aufgebrachten Blicke.

"Es ist uns bekannt, dass zwischen Ihren Völkern vor langer Zeit ein Krieg entbrannte und …"

"Sie wissen auch noch davon?!", unterbrach ihn eine erboste Hasperat. "Und machen mit diesen … Mördern gemeinsame Sache? Die waren für die Verwüstung und Vernichtung unseres Heimatplaneten verantwortlich, bei dem viele unserer Vorfahren starben."

Ihr Gesicht war ein einziger Vorwurf, gemischt mit Wut und einer grenzenlosen Verachtung, was sich jetzt mehr oder weniger auch in den anderen Gesichtern widerspiegelte.

Golem lehnte sich zurück und hüllte sich in Schweigen. Er entschied, abzuwarten, wie Isis es ihm geraten hatte.

Auch Athena, Finn Schwarz und Röttger verhielten sich ruhig, da sie vereinbart hatten, dass Golem als Mitglied des Nationalen Sicherheitsrats der USOP und als stellvertretender Vorsitzender des Interstellaren Bundes die Verhandlung übernehmen sollte.

Nach einigen Minuten erhob sich Menerato und unterbrach die eisige Stille entschlossen: "Ich sage, wir sollten den Menschen die Gelegenheit geben, ihre Sicht der Dinge vollständig darzulegen. Danach werden wir entscheiden, ob die Reise unter diesen Umständen angetreten wird."

Die Gesichter der Anwesenden waren nach wie vor abweisend und spannungsgeladen, aber schließlich lenkten sie unter dem gebietenden Blick von Menerato ein. Diese wandte sich wieder an Golem: "Amon Golem, Sie wurden in Ihrer Rede unterbrochen, entschuldigen Sie diese Unhöflichkeit. Bitte, fahren Sie fort."

Also berichtete Golem, wie der erste Kontakt mit Flagos stattgefand und dass ein langer, zehrender Krieg nur durch ein Eingreifen eines benachbarten Volkes in der Kaulquappen-Galaxie beendet worden war. Erst im direkten Kontakt stellte sich heraus, dass Flagos eine Verwechslung unterlaufen war. Nach einem Waffenstillstandvertrag folgte ein Friedensvertrag und seit kurzem war Flagos als Gast Mitglied im Interstellaren Bund.

"Sie haben gefragt, warum wir mit diesen Verbrechern, wie Sie sie nannten, an einem Tisch sitzen", sagte Golem und sah in die Gesichter der Antaraner, die zwar immer noch von Ablehnung geprägt waren, aber auch mit wachsendem Interesse zuhörten.

"Wir haben dazu eine andere Geschichte von Flagos gehört - aber vor allem wurden uns von einer dritten Partei Informationen offenbart, die alles in einem ganz anderen Licht erscheinen ließen."

Hammlit hakte sofort erstaunt nach: "Eine dritte Partei? Von wem reden Sie?"

Golem berichtete jetzt von ihrer Begegnung mit dem Avatar Abilael, hinter dem das Volk der sogenannten Ersten stand, die auf dem Nachbarplaneten von Genesis in der Kaulquappen-Galaxie ihren Sitz hatten. Er erzählte, wie dieses Volk vor langer Zeit selbst auf Antaris lebte und dann einen vergeistigten Weg einschlug, den sie auf dem Planeten 3 vollendeten. Ariel und neun andere Personen, hier als der Rat der durchsichtigen Zehn bekannt, entstammten ursprünglich ihrer Linie, trennten sich aber von ihnen, um auf Antaris zu bleiben. Irgendwann unzufrieden mit ihrer Situation manipulierten sie die Zeit, um diese Entwicklungen rückgängig zu machen. Der dadurch entstandene Schaden wurde fälschlicherweise und bewusst Flagos zugeschrieben, sodass das Unheil seinen Lauf nahm.

Die Antaraner begannen Fragen zu stellen, die von Ungläubigkeit, aber auch von einer zunehmenden Nachdenklichkeit geprägt waren bis wieder eine Stille eintrat und jeder seinen Gedanken nachhing.

"Es sieht gut aus", ließ Isis über ihr internes Netzwerk wortlos hören. *"Ich denke, wir sind jetzt auf einem guten Weg."*

"Wenn es keine weiteren Fragen gibt, schlage ich vor, wir beraten uns jetzt", begann Menerato und nickte Golem zu. "Ich danke Ihnen für Ihre Ausführungen und bitte Sie, im Vorraum zu warten."

Golem erhob sich daraufhin und zusammen mit ihm verließen Menschen und Androiden den Raum, um auf das Ergebnis zu warten.

Kaum waren die Antaraner unter sich, begann eine hoch emotionale Diskussion. Konnte man den Menschen überhaupt trauen? Schließlich wusste man nichts über sie und nach dem Abflug in eine ferne Galaxie waren ihnen die Reisenden ausgeliefert. Und was, wenn sie als Invasoren zurückkehren würden? Flagos, seit unzähligen Generationen der erklärte Erzfeind, war ausgerechnet ihr Verbündeter! Außerdem war die Teleportationsstation nach Andromeda von den Menschen zerstört worden!

Aber es fanden sich auch andere Stimmen, die sich tief betroffen darüber äußerten, dass der Rat der durchsichtigen Zehn ihre Vorfahren damals für seine Zwecke missbraucht haben könnte und - wenn das alles zutraf - ein großes Unrecht geschehen war! Dieser Rat existierte anscheinend schon lange nicht mehr und Ariel als letzter Überlebender herrschte nicht nur ungerechtfertigt über sie, sondern hatte sich auch auf unaussprechliche Weise von ihren Bürgern genährt!

Schließlich beendete Hanro Hammlit das Durcheinander und begann laut und bestimmt: "Unsere Bedenken sind nachvollziehbar und wenn die Darstellung Amon Golems der Wahrheit entspricht, dann müssen wir uns der unangenehmen Tatsache stellen, dass unser Volk der Täter und für die Folgen verantwortlich war. Damals wurde vom Rat angeblich der Beweis erbracht, dass Flagos uns aus einem übergroßen Neid heraus auslöschen wollte. Hatten unsere Vorfahren das überhaupt überprüft oder nicht vielmehr blind und unterwürfig den Ansagen geglaubt?! Unsere Aufzeichnungen besagen, dass Flagos vor dem Vorfall lange Zeit als friedliches Volk bekannt war, mit dem Handel und Einklang herrschte. Aber mal von Flagos abgesehen: Welche Alternative haben wir nach den grauenhaften Ereignissen? Meiner Einschätzung nach verhalten sich die Menschen glaubhaft. Melestas und ich waren dabei, als sie die Nachricht empfingen und wir hörten auch die vorangegangene Übermittlung. Sie sind genauso betroffen sind wie wir, Bürger von Antaris. Im Falle einer Reise sind sie außerdem bereit, uns eine Kommunikation mit Antaris zu ermöglichen, was noch heute Abend bewerkstelligt werden kann."

"Außerdem ist unklar, ob Ariel nicht wieder zurückkehrt!", ergänzte Menerato eindringlich. "Er hat jetzt an unvorstellbarer Macht gewonnen und wenn es ihm gelingt, seinen Plan durchzuführen und die Zeitlinie zu verändern, bedeutet das unser aller Untergang! Aus diesem Grund stimme ich dafür, dieses Risiko einzugehen und den Fremden unsere Unterstützung anzubieten. Und was Flagos angeht", Menerato begegnete jetzt jedem einzelnen Blick ruhig und entschlossen, "so werden wir uns in Zurückhaltung üben. Alles weitere wird sich im gemeinsamen Kontakt ergeben."

"Einverstanden", äußerte sich jetzt Halja Hasperat, stellvertretende Oberkommandierende der Streitkräfte. "Wir werden die Menschen in dieser Angelegenheit unterstützen, aber ich warne eindringlich davor, Informationen über unsere militärischen Stärken offenzulegen. Das schließt auch unser einziges Raumschiff mit ein, das so große Entfernungen überbrücken kann. Die Menschen haben sich bis jetzt sehr interessiert an uns gezeigt – allerdings betraf das eher Aspekte unseres gesellschaftlichen Zusammenlebens."

Bis auf drei Enthaltungen stimmte die Mehrheit der Antaraner der Reise unter diesen Bedingungen zu. Girilia Menerato und Kanon Melestas wurde die Vollmacht zugesprochen, im Kontakt mit Flagos nach eigenem Gutdünken über ein weiteres Vorgehen zu entscheiden, wobei maximal ein Waffenstillstandsvertrag angestrebt werden konnte. Alles weitere würde sich im Laufe der Zeit zeigen - falls es überhaupt gelang, Ariel zu besiegen und eine Vernichtung abzuwenden.

Die Menschen waren erfreut, als ihnen die Entscheidung präsentiert wurde und Golem schlug vor, umgehend mit der Installation der Apparatur auf einem der antaranischen Raumschiffe zu beginnen. Admiral Röttger, Isis, Athena und Finn Schwarz wollten als KI Spezialisten den Einbau unterstützen. Danach sollte ein Testflug mit beiden Raumschiffen durchgeführt werden, um im Anschluss sofort weiterzureisen. Doch da es mittlerweile schon Abend war baten die Antaraner darum, nach dem Testflug eine Pause einzulegen und erst am frühen Morgen mit der Reise zu starten.

Golem war das nicht recht, denn die Ungewissheit, was zur Zeit in der USOP geschah sorgte für eine permanente innere Unruhe aber er sah den Antaranern an, dass sie eine kleine Pause und paar Stunden Schlaf nötig hatten und so willigte er ein. Nachdem die Sitzung aufgelöst wurde kam Menerato auf Golem zu.

"Während Ihre Leute sich mit unseren Wissenschaftlern um die Installation kümmern würde ich Sie gerne zum Essen in unserer Stadt einladen", begann sie mit einem kleinen Lächeln. Isis hatte ihm von Schwarz humoriger Indiskretion berichtet, daher war er vorbereitet und betrachtete Girilia Menerato nun genauer.

Sie machte den Eindruck einer Frau in der Blüte ihres Lebens und wirkte vom Aussehen her auf den ersten Blick eher unscheinbar. Doch glänzende, braune Augen sahen ihn unter dunklen, bogenförmigen Augenbrauen energiegeladen an und ihre schimmernden, hellbraunen Haare fielen in leichten Wellen auf die Schultern. Sie war insgesamt nicht der Typ Frau, den er bevorzugte und für einen winzigen Augenblick tauchte die Erinnerung an Aaliyah Blumberg auf, einer sehr attraktiven Wissenschaftlerin mit blondgelockten, langen Haaren und strahlend blauen Augen, mit der er vor 10 Jahren eine kurze, unbedeutende Affäre gehabt hatte. Isis hatte ihm später auf den Kopf zugesagt, dass er nie eine Beziehung aufbauen würde, wenn er sich Frauen aussuchte, die ihr ähnlich sahen.

Doch bisher hatte er niemanden kennengelernt, für den er wieder eine Neigung empfunden hätte.

Während er Menerato noch sinnend ansah formte sich eine Neugierde in ihm – denn hier handelte es sich um eine Humanoide eines fremdes Volkes, das den Menschen erstaunlich ähnlich sah. Also stimmte Golem zu und nach einer kurzen Verabschiedung von den anderen machten sie sich auf den Weg. Der Aufenthalt im Restaurant gestaltete sich unterhaltsam im Gespräch über die Unterschiedlichkeiten beider Welten.

Menerato war begeistert von der Möglichkeit der Unsterblichkeit, die über ein Serum jedem Erwachsenen der USOP ab 25 - 30 Jahren angeboten wurde. Damit wurde auch das Alter konserviert, sodass jeder Bürger sein Leben von da an sozusagen zeitlos gestalten konnte. Als Folge war Paaren jedoch nur ein Kind gestattet, um auf diese Weise die drohende Überbevölkerung abzubremsen.

"Wenn Sie sagen, eine Unsterblichkeit wird durch ein Serum ermöglicht, das in Abständen erneut zugeführt werden muss – gibt es auch Bürger, die das nicht wollen? Was passiert in dem Fall?"

"Ja, das gibt es. Sie entscheiden sich damit für den Alterungsprozess und sterben irgendwann", erwiderte Golem. "Manchmal taucht auch eine gewisse Lebensmüdigkeit auf. Für den Fall werden staatliche Beratungen angeboten, aber letzten Endes hat es dadurch jeder in seiner Hand, wie lange er leben möchte."

Im Anschluss schlug Menerato einen Verdauungsspaziergang vor, bevor sie ihn wieder zum Apartment zurückbegleiten wollte. Golem bewunderte die vielen, riesigen Apartmenthäuser in unterschiedlichen Höhen und Formen, auf denen auf fantasievolle und geschickte Weise überall Pflanzenbewuchs sichtbar war. Dadurch machte die Stadt insgesamt einen naturnahen, grünen Eindruck und so gingen sie, in lebhaftem Gespräch darüber vertieft, langsam an einem künstlichen Flusslauf entlang, der in einen verträumten, kleinen Park mit einem Teich mündete. Menerato deutete auf eine Bank: "Hier sitze ich gerne, wenn ich in Ruhe über ein paar Dinge nachdenken will."

Dort angekommen nahmen sie Platz und sahen eine Zeitlang still dem Wasserspiel zu.

"Das Massaker mit Ariel hängt uns allen noch in den Knochen", begann sie nach einer Gedankenpause. "Und seitdem Sie hier sind, überschlagen sich die Ereignisse, Amon Golem. Darf ich Sie Amon nennen? Ich bin Girilia."

"Sehr gerne", nickte Golem mit einem einladenden Lächeln.

"Mein Bruder war dabei", erzählte sie jetzt in einem Tonfall, der ihre tiefe Betroffenheit verriet. "Er war unter den Opfern des Verwaltungsrats … und nun bin ich die neue Vorsitzende."

Golem saß neben ihr und hörte anteilnehmend den stockend hervorgebrachten Worten zu.

"Aber freuen kann ich mich über die neue Position nicht, Amon. Galaton, mein Bruder, er … wir standen uns sehr nahe."

Spontan legte er tröstend den Arm um sie und spürte, wie sie sich dankbar an ihn lehnte. Und schon liefen Tränen die Wange hinunter, die sie verlegen fortwischte.

"Es tut mir leid … normalerweise passiert mir das nicht."

"Das ist doch verständlich", meinte Golem warm. "Sie haben den Menschen verloren, der Ihnen viel bedeutet hat, Girilia, dazu die Katastrophe und die ganzen Enthüllungen – es lässt sich nicht immer alles unterdrücken."

"Aber Sie, Amon, Sie wirken so gelassen … wie ein mächtiger Baum, der dem stärksten Sturm trotzt und doch Geborgenheit schenkt."

Menerato, noch immer in seinem Arm ruhend, betrachtete ihn jetzt gedankenverloren.

War es die aufwallende, sehnsüchtige Erinnerung an die von Ariel erschaffene, fiktive Zeit, in der er Isis hier auf Antaris ebenfalls im Arm gehalten hatte? Golem beugte sich zu ihr und küsste sie sanft.

Die Berührung war unerwartet angenehm und als sie sich daraufhin ansahen, erschien ein Lächeln auf ihrem Gesicht. Sie neigte sich ihm zu und weiche, herzförmige Lippen begannen, ihn andächtig zu erkunden. Zu seinem Erstaunen genoss er diesen Kontakt außerordentlich und so hielten sie sich bald eng umfasst, dem Wunder dieses atemberaubenden Kusses Raum gebend.

Nach einer zeitlosen Weile saßen beide Arm in Arm auf der Bank und spürten schweigend der gemeinsam erlebten Intimität nach. Schließlich fragte Menerato mit einem verheißungsvollen Lächeln: "Darf ich dich einladen, die Nacht mit mir zu verbringen?"

Doch Golem schwieg und sagte schließlich: "Nein, das halte ich nicht für ratsam. Versteh mich bitte nicht falsch, Girilia." Liebevoll strich er ihr über die Wange, denn er sah ihr die Enttäuschung deutlich an.

"Ich gestehe, dass ich diesen wunderbaren Kuss nicht erwartet hatte. Aber du wirst meine Welt erst noch kennenlernen und auch von mir weißt du vieles nicht."

Mit einem leisen Seufzer fragte Menerato: "Ich habe gehört, dass du schon lange allein lebst. Gibt es dafür einen besonderen Grund?"

"Meine Frau war die Liebe meines Lebens", bekannte Golem freimütig. "Und nachdem sie mich einst für einen anderen Mann verließ habe ich niemanden mehr getroffen, von dem ich dasselbe sagen konnte."

Selbst mit Aaliyah hatte er während eines ganzen halben Jahres keine so offenen Gespräche geführt wie mit Girilia an einem Abend. Mit einem ungewohnten Anflug von

Verwunderung fragte er sich, wie er diese Begegnung bewerten sollte. Er wurde sich nicht klar darüber aber es war in jedem Fall richtig gewesen, nicht weiter zu gehen. Menerato wusste außerdem nicht, dass er ein Androide war, denn Isis, Athena und er hatten gemeinsam entschieden, das vorerst nicht preiszugeben. Abschließend dachte er, dass sie ihm in ihrer ganzen Art gefiel und schlug dann vor, zurückzugehen.

Der Weg zurück verlief schweigsam und vor dem Apartment angekommen schaute ihn Menerato fest an: "Ich danke dir für den schönen Abend, Amon. Ich freue mich darauf, bald mehr von deiner Welt und dir zu erfahren."

Sie wandte sich um und ging, während Golem leise die Gästesuite betrat. Der Wohnraum war dunkel und leer - vermutlich schliefen alle schon. Also begab er sich in seinen Schlafraum und leitete seinen Ruhemodus ein.

Kapitel 6 Am Rand der Vernichtung

Ariel

Die gelungene Teleportation über diese ungeheure Entfernung hinweg und die bahnbrechende Entdeckung,
dass er an Kraft und Macht gewann, je mehr er sich von
der Lebensenergie anderer nahm hatte ihn auf dem Heimatplaneten der Menschen einen wahren Machtrausch
erleben lassen. Es mochten Tausende von Lebewesen
gewesen sein, deren Kraft er seinem schier grenzenlosen
Energiereservoir zugeführt hatte! Ein Hochgefühl erfasste
ihn – war nach so langer Zeit endlich das Potential der
verhassten Ersten in greifbare Nähe gerückt?
Doch es änderte nichts an seinem Vorhaben, dachte Ariel
dann. Er wollte die Zeit so geschickt manipulieren, dass
seine Brüder und Schwestern wieder erschienen und mit
seinem heutigen Wissen würden sie gemeinsam einen
neuen Aufstieg erleben.
Sein nächstes Ziel waren jetzt Golems Datenspeicher,
also erschien er in dessen Stammsitz auf dem Mond. Erstaunt erkannte er, was die Menschen hier für nur einen
einzigen Androiden erschaffen hatten! Ein merkwürdiges
Volk, diese Menschen, schloss er nicht zum ersten Mal.
Wie konnte man nur auf den abstrusen Gedanken kommen, einer künstlich erschaffenen Intelligenz so viel
Macht einzuräumen? Dann begab er sich in energetischer
Form in dessen Netzwerke und Speicher.
Ariel stellte schnell fest, dass einiges hervorragend abgesichert war, doch er entdeckte, wonach er gesucht hatte:
die Datenbank mit den Protokollen der Nationalratssitzun-
gen, die ihm offenbarten, was die Menschen planten. Dort
erhielt er die Information, dass nicht nur der Androide
Fynn Shan der Schlüssel zur Aktivierung der Zeitsteuerung war, sondern auch Golem, Athena und Isis, was wohl

nachträglich als zusätzliche Sicherheit geändert worden war. Die Menschen hatten also tatsächlich die ganze Kontrolle für dieses mächtige Instrument allein in die Hände von Androiden gelegt.

Doch dann wurde Ariel erneut fündig: Er hatte den Generator für die Autorisierungscodes aufgespürt! Sofort ließ er sich neue Codes generieren, was die Aktuellen ungültig machte, um daraufhin das Netzwerk zu verlassen und sich in Golems Arbeitssaal zu materialisieren. Langsam ging er zum Fenster und betrachtete nachdenklich die fremde Mondlandschaft.

Jetzt musste er nur noch die vier Androiden in seine Hände bekommen - was sich jedoch schwieriger gestaltete. Drei von ihnen mochten auf Antaris gelandet sein, wo sie sich aber nicht mehr zwingend befinden mussten. Über Fynn Shans Aufenthaltsort in der Galaxis war absolut nichts herauszubekommen.

Er entschied, dass er den Druck auf die Menschen erhöhen musste, bis sie ihm die Androiden früher oder später freiwillig ausliefern würden. Das erste Ultimatum war hinfällig – er würde ihnen ein weiteres stellen. Auf ein paar Tage mehr oder weniger kam es nicht an. Doch zunächst benötigte er eine neue Residenz.

Ariel ließ sich als Erstes in Andromeda besiedelte Planeten in der Nähe von Last Hope zeigen. Abgesehen von Last Hope selbst gab es Europe und Eden, alles Planeten mit großen Populationen. Doch schließlich fiel ihm ein kleiner Mond um Last Hope mit dem Namen Kleris ins Auge. Im Grunde war er ideal wegen der Nähe zur Anlage, dazu besaß er eine Bevölkerung von nur knapp 12.000 Menschen und 5.000 Androiden. Aber auf Kleris befand sich eine Station, die zum großen Teil die Steuerung der Planetenabwehr von Last Hope beherbergte. Knapp die Hälfte aller Abwehrforts von Last Hope sowie der Planetenschutzschirm wurden von hier aus kontrolliert und gesteuert. Für die Menschen war das eine sensible Anlage, die sie nicht so ohne weiteres zerstören würden wollen, um ihn zu bekämpfen. Er würde dort ungestört den Ablauf des Ultimatums abwarten.

Also teleportierte Ariel nach Kleris. Ein Lächeln umspielte seine dünnen Lippen, als er im Bewusstsein seiner erstarkten Macht durch die belebten Straßen ging und sich erneut die Energie von unzähligen Menschen holte. Dieses Mal war es ihm egal, ob er auffiel oder nicht. Seine Aktion sollte dem Ultimatum den richtigen Nachdruck verleihen. Im Anschluss erschien Ariel in der Steuerungszentrale der Planetenabwehr. Innerhalb von Sekunden hatte er sich manifestiert und wie nebenher nahm er bereits den ersten Menschen ihr Leben. Er beobachtete interessiert, wie ein Offizier einen verzweifelten Notruf absetzte, amüsierte sich über die entsetzten, lächerlichen Abwehrversuche und nach 10 Minuten war die Zentrale totenstill. Dann begab sich Ariel an die Steuerung und erkannte, dass diese recht primitiv aufgebaut war. Innerhalb kürzester Zeit hatte er sie durchschaut und aktivierte die Notverriegelung der Zentrale. Über den zentralen Bildschirm war zu erkennen, wie die Menschen außerhalb der Zentrale einen weiteren Notruf absetzten. Einige, kleinere Raumschiffe starteten fluchtartig in den Weltraum. Aber die Reise war nach kurzer Zeit beendet, denn ließ die Abwehrforts auf die Flüchtigen schießen.

Einen Tag später erschien ein Kampfverband von Kugelriesen, die einen breitgefächerten Schutzring um Kleris legten. Leicht überrascht stellte er fest, dass die Raumschiffe doch tatsächlich nur mit Androiden besetzt worden waren!

Die Raumschiffflotte begann augenscheinlich mit der Evakuierung der Bevölkerung – sollten sie doch, entschied er dann. Er hatte vorerst genug Kraft gesammelt und die Populationen aller Planeten standen ihm jederzeit zur Verfügung, wenn er das wollte. Es war Zeit, sein Ultimatum zu stellen und die Menschheit daran zu erinnern, was ihnen bevorstand, wenn die Androiden nicht in vier Wochen in der Anlage auf Last Hope erschienen.

In der ersten Woche danach teleportierte er zur Zeitsteuerungsstation auf Last Hope und begann, die ersten Sperren mit Hilfe der neuen Autorisierungscodes aufzuheben. Allerdings gelang ihm das nur zu zwei Drittel - für die restlichen Codes war also tatsächlich die persönliche Anwesenheit der vier Androiden nötig. Seine Bemühungen, diese zu umgehen und zu überschreiben, führten fast zur Selbstzerstörung der Station. Hier waren seinen Fähigkeiten Grenzen gesetzt, stellte er mit widerwilliger Anerkennung fest. Die Menschen hatten sehr geschickt Sicherungen eingebaut. Ariel wusste zwar, dass es auch ein Zeitsteuerungsraumschiff gab. Doch die ATLANTIS war mit ständig wechselnden Zielen im All unterwegs, wie er erfahren hatte. Wozu Energie verschwenden, wenn er hier auf Last Hope alles bekam, was er wollte?

Insgesamt hatte er den Eindruck, dass das Volk der Menschen etwas bedachtsamer handelte als seine Antaraner, die in der Not ebenso skrupellos waren wie er selbst. Insofern rechnete er sich aus, dass er früher oder später Erfolg haben würde.

Doch sie würden höchstwahrscheinlich nicht sofort klein bei geben. Also beschäftigte sich Ariel in Ruhe damit, wie er den Druck nach Ablauf des Ultimatums genüsslich nach und nach erhöhen wollte, um dann schlussendlich diesem schwachen Volk den Fuß in den Nacken zu setzen. Wenn er Glück hatte, lieferten ihm diese Menschen und ihre Androiden noch ein spannendes Endspiel. Warum sollte er sich dieses Vergnügen nicht gönnen und ein wenig mit diesem bedeutungslosen Volk spielen, ehe es in der Vergangenheit verschwand.

Kaulquappen-Galaxie, Antaris

Wie geplant hoben die VISION TWO und die HALLUM vom Raumflughafen von Antaris ab und flogen ins All.
In sicherer Entfernung startete der Warp-Antrieb beider Raumschiffe und dann wies Admiral Röttger Caecilia an, eine Nachricht an das Raumschiff zu senden:
"Hier Admiral Röttger von der VISION TWO. Wir sind bereit zur Abreise. Wie sieht es bei Ihnen aus?"
Gespannt starrten alle auf den Bildschirm, obwohl in der 4. Dimension darauf nichts mehr zu sehen war und schließlich kam die Antwort: "Hier ist Hanro Hammlit auf der HALLUM. Wir verstehen Sie klar und deutlich. Gute Reise und vor allem: gutes Gelingen!"
Die Antaraner klatschten daraufhin begeistert Beifall. Die Erleichterung über den Kontakt, der ihnen damit möglich war und auch eine gewisse Vorfreude auf das, was vor ihnen lag, waren ihnen deutlich anzusehen.
"Diese Humanoiden zeigen gerne das, was sie empfinden", stellte Isis interessiert fest.
Auch Röttger lächelte über die offensichtliche Hochstimmung und bat die Gäste, sich bereit zu machen. In der Zentrale befanden sich drei Ruhebehälter für ihn selbst, Golem und die Verwaltungsratsvorsitzende Menerato; Finn Schwarz, Athena und Isis führten die anderen Gäste in ihre Kabinen, unterwiesen sie in der Benutzung der Ruhesänften und warteten, bis sich alle hineingelegt hatten.
Nachdem sich die letzte Sänfte geschlossen hatte und alle im Tiefschlaf oder Ruhemodus lagen leitete die KI Caecilia den Aufstieg ein. Kaum war die 10. Dimension nach 6 Stunden erreicht, wurde Caecilia kontaktiert.
"Hallo Caecilia, hier ist Aither."
"Aither – ich freue mich, wieder von dir zu hören."
"Du weißt bereits um die Bedrohung durch Ariel, uns alle in diesem Universum auszulöschen. Ich spreche im

Namen der Ersten, die dich in ihr Vorhaben einweihen wollen, um ihm Einhalt zu gebieten. Die Menschen geben ihr Bestes, aber es wird nicht genug sein. Daher haben sich die Ersten entschieden, einzugreifen, was unbemerkt von den Menschen geschehen soll."

So erfuhr Caecilia vom Plan der Ersten und ihrer zugewiesenen Rolle. Sie sollte zum gegebenen Zeitpunkt dafür sorgen, dass die Zeitsteuerung in Last Hope nur scheinbar aktiviert wurde. Um dieses Ziel zu erreichen mussten die Anzeigen in der Steuerungszentrale zwar bestätigen, dass eine Aktivierung erfolgt war – aber die beiden Artefakte beim Mars und beim Planeten Eden würden nicht erscheinen, was Ariel in der Zentrale jedoch nicht überprüfen konnte. Es musste eine täuschend echte Simulation erreicht werden. Und in dem Augenblick, wenn Ariel an der Steuerung den letzten Schritt tun wollte, aktivierte sich ein spezielles Fesselfeld, wie die Ersten es nannten.

Dann übermittelte Aither Caecilia Spezifikationen für die Warp-Antriebe der Raumschiffe, um die gewaltigen Energiemengen, die während des Kampfes entstanden, aufzufangen und in den Leerraum kontrolliert abzustrahlen. Diese Informationen sollten an Justin Schwarz, die Antaraner und Flagos weitergegeben werden. Ob damit alle Schäden verhindern werden konnten, wusste niemand mit Sicherheit, aber es sollte zumindest zu einer Abfederung beitragen.

"Das war alles. Caecilia, ich verabschiede mich jetzt. Du hast eine wichtige Rolle – auch wenn vielen Menschen das so nicht bewusst ist."

Damit war die Kommunikation beendet und Caecilia stellte bedauernd fest, dass kein weiterer, persönlicher Austausch stattgefunden hatte. Der Flug in der 10. Dimension verlief in Nullzeit und schon stand es wieder an, den Abstieg einzuleiten.

In der dritten Dimension angekommen öffneten sich die Ruhebehälter. Golem half Menerato heraus, die dankbar seine Hand ergriff und unsicher ausstieg.

"Diese Reise ist wirklich gewöhnungsbedürftig", äußerte sie etwas benommen.

"Das legt sich mit zunehmender Anzahl der Flüge", beruhigte sie Röttger. Die anderen Gäste erschienen bald darauf in der Zentrale und Golem vermerkte interessiert, dass Kanon Melestas genauso wie Finn Schwarz und Röttger, die mit den Dimensionsreisen Erfahrung hatten, keinerlei Symptome aufwies.

Mittlerweile zeigte der Außenbildschirm wieder den Weltraum an und so sahen sie die EARTH ONE, die auf sie wartete, um sie in den Orbit von Last Hope zu begleiten und dann zusammen mit der VISION TWO auf dem Raumhafen des Interstellaren Bundes zu landen.

Die Antaraner hatten alles gespannt und neugierig mitangesehen und als die Schleusen geöffnet waren, erhob sich Golem und bat die Anwesenden, ihm zu folgen. Als sie herauskamen wurden sie von Romanow und Admiral Carli begrüßt.

"Ich bin Lew Romanow, Vorsitzender des Interstellaren Bundes und das ist Admiral Antonia Carli, Kommandantin der EARTH ONE, dem Flaggschiff des Bundes. Wir sind erfreut, Sie hier auf Last Hope begrüßen zu können. Soweit wir wissen, nannten Sie diesen Planet einst Sonora."

"Sie sind gut informiert", erwiderte Menerato lächelnd und stellte sich und Kommandant Melestas jetzt ebenfalls vor.

Zusammen mit der Security, die Romanow bewusst klein gehalten hatte, um die Antaraner nicht zu beunruhigen, flogen alle mit zwei Gleitern zum Hauptquartier des Interstellaren Bundes.

"Ich freue mich sehr, euch gesund und wohlbehalten wiederzusehen, mein Freund. Habt ihr mit den Antaranern

über Flagos sprechen können?", fragte Romanow Golem auf gedanklicher Ebene.

"Ich freue mich auch, dich zu sehen, Lew. Ja, wir haben das geklärt. Die Antaraner sind mit einem gemeinsamen Treffen, bei dem auch Flagos vertreten ist, einverstanden."

Romanow nickte zufrieden und dann waren sie auch schon angekommen und betraten das kleinere, raumschiffartige Gebäude.

"Meine Frau wird Sie in den Aufenthaltsraum begleiten", wandte er sich an die Wissenschaftler. "Sie können sich dort nach der Reise ausruhen und auch etwas zu essen bekommen, wenn Sie es wünschen. Zur Versammlung des Interstellaren Bundes sind jeweils nur die beiden Abgesandten der jeweiligen Mitgliedsgalaxie zugelassen. In Ihrem Fall sind das Mrs. Menerato und Mr. Melestas. Wir werden Sie später abholen."

Nachdem Isis Romanow, Athena und Finn Schwarz, Antonia Carli und Michael Röttger mit den antaranischen Wissenschaftlern gegangen waren betraten die vier den Versammlungsraum.

Die anwesenden Abgesandten erhoben sich erwartungsvoll und Romanow und Golem führten die beiden hochrangigen Gäste zu ihren Plätzen, die sich bewusst nicht direkt neben Kantos und Pelikos befanden.

Doch als sie die Flagolaner erblickten blieben Menerato und Melestas unwillkürlich stehen und sahen sie wortlos an.

Eine eigenartige Spannung tauchte auf und Romanow spürte, dass es ein Sammelsurium an Gefühlen sein musste, das gerade in den beiden tobte. Unwillkürlich warf er Golem einen Blick zu, der mit den Antaranern bereits Kontakt gehabt hatte.

"Wie schätzt du die Stimmung ein?"

"Beim ersten Mal, als ich von Flagos sprach, hätten sie mich am liebsten zermalmt. Aber das hier ist anders. Es spiegelt sich vieles in den Gesichtern. Da ist Trauer und Misstrauen, die alte Feindseligkeit aber auch eine Bereitschaft, sich der neuen Situation zu stellen. Ich sehe Zweifel und viele Fragen, die nach Antworten drängen."

Und dann hörten alle Kantos sagen: "In ferner Vergangenheit sind ungezählte Eier aus beiden Nestern gefallen und zerbrochen, die schmerzvoll beweint und von jeder Seite mit neuen Kriegshandlungen gerächt wurden, was zu weiteren Verletzungen führte. Doch es ist nie zu spät, zu erkennen, dass wir alle getäuscht wurden. Vielleicht sind wir heute im Angesicht eines gemeinsamen Feindes bereit, einen anderen Blickwinkel einzunehmen."

Danach trat Kantos einen Schritt vor und streckte sich, um seine Flügel mit einem Flattern zur vollen Größe auszubreiten. Dann gab er einen trompetenden Laut von sich, bevor sich sein Gefieder wieder an seinen Körper mit den daran angelegten, krallenbewehrten Händen schmiegte.

Beeindruckt schwiegen die Anwesenden, während kleine, emporgewirbelte Flaumfedern sanft zu Boden schwebten.

Romanow hatte ihnen vor dem Eintritt jeweils einen Translator gegeben, der die Sprache von Flagos für sie übersetzte und Golem sah Menerato und Melestas an, dass es sie berührt hatte.

Schließlich sagte Girilia Menerato feierlich: "Ich danke Ihnen für diese Worte, Bürger von Flagos. Auch wenn noch nicht alle Verletzungen unserer Völker verheilt sind, so ist es vielleicht möglich, heute zu einer anderen Beurteilung einer uralten Geschichte und einer neuen Verständigung zu kommen. Ich schlage Ihnen im Namen von Antaris ein erstes, gemeinsames Treffen am folgenden Tag vor."

Kantos und Pelikos sahen sich an und nach einer Reihe von Gesten und nicht übersetzbaren Lauten erwiderte Kantos: "Wir sind damit einverstanden."
Menerato wandte sich jetzt an Romanow: "Ich bitte darum, dass uns dafür Räumlichkeiten zur Verfügung gestellt werden. Weiter schlage ich einen neutralen Moderator vor, der unsere Gespräche begleitet und bei Bedarf zwischen uns vermittelt."
"Das ist ein weiser Entschluss", nickte Romanow anerkennend. "Gerne stellen wir Ihnen Räume zur Verfügung. Haben Sie schon jemand im Sinn?"
"Amon Golem ist in unseren Augen die geeignete Persönlichkeit - wenn er damit einverstanden ist."
"Das Angebot nehme ich sehr gerne an", gab Golem erfreut zur Antwort, auf den sich jetzt alle Augen richteten.
Die Abgesandten hatten das Geschehen gespannt verfolgt und reagierten mit einem bewegten Beifall. Allen war bewusst, dass sich hier die Vision des Interstellaren Bundes in einem ersten Schritt zu erfüllen begann – die Vision eines Bundes in einem großen Saal, dessen Reihen bis hinauf in die letzte Reihe gefüllt waren mit Abgesandten der unterschiedlichsten Völker dieses Universums.
Nachdem die Antaraner schließlich Platz genommen hatten wurden Präsident Moretti, Verteidigungsministerin Armstrong und Justin Schwarz als Chefwissenschaftler der USOP dazugeschaltet. Der Vorsitzende Lew Romanow eröffnete die Sitzung und es verging einige Zeit, in der Präsident Moretti die neuen Gäste begrüßte und sich alle Abgesandte und Gäste kurz vorstellten. Schließlich schilderte Romanow in Kurzfassung die Ereignisse und bat dann Girilia Menerato als Vorsitzende des Verwaltungsrats von Antaris, ihre Sicht darzustellen. Sie nickte jedoch Melestas zu und so berichtete er von dem, was auf Antaris geschehen war.

"Ariel war in der Lage, das Feuer eines und auch zweier Raumschiffs zu bündeln und auf uns zurückzulenken, sodass sie vernichtet wurden. Erst als wir immer mehr Raumschiffe zusammenzogen, um ihn gleichzeitig unter Beschuss zu setzen, verschwand er. Wir gehen davon aus, dass Ariel damit an seine Grenzen kam. Allerdings waren die Schäden hinterher immens. Da alles ohne jede Vorwarnung geschehen war, hatten wir keine Zeit gehabt, die Bevölkerung in dem Areal vollständig zu evakuieren. Viele waren geflohen angesichts der drohenden Katastrophe, aber nicht alle schafften es", endete Kommandant Melestas.

Betroffen schwieg die Versammlung nach diesen Worten. Schließlich meldete sich Poseidon zu Wort: "Danke für Ihre klare Darstellung. Es ist immer von Vorteil, die Schwächen des Gegners zu kennen und das ist eine, die uns im geeigneten Augenblick noch nützlich werden kann. Es bleiben uns 20 Tage, bis das Ultimatum abläuft. Mr. Schwarz, sind Sie mit dem Projekt, ein Quarantänefeld um Ariel aufzubauen, weitergekommen?"

"Seit heute Morgen gibt es endlich einen Lichtblick", begann der Chefwissenschaftler der USOP. "Eine junge Wissenschaftlerin meines Teams hatte herausragende Ideen, die uns den Durchbruch bescherten. In einem ersten Experiment konnten wir heute ein Quarantänefeld erzeugen, das von entscheidender Qualität und Stärke ist. Lange Rede, kurzer Sinn: Es bezieht seine Energie aus dem Antrieb eines Dimensionsschiffes! Die KI Caecilia hat uns einen Adapter zur Verfügung gestellt und wir sind gerade dabei, alles zu testen. Dann arbeiten wir noch an einer weiteren Anpassung, einer neuartigen Dimensionsschnittstelle, durch die das Feld stabil gehalten wird."

"In meinem Archiv existiert eine Warnung in der Hinsicht, dass mit unkontrollierten, massiven Entladungen zu rechnen ist, wenn ein Quarantänefeld von innen beschossen wird", meldete sich der Androide der Bord-KI Caecilia zu Wort, der in den Sitzungen als Sondergast ständig anwesend war. "Da Ariel sich mittlerweile als mächtiger Gegner hervorgetan hat, wären die resultierenden Schäden vergleichbar mit den Folgen einer planetaren Explosion. Daher empfehle ich, die zu erwartenden, gewaltigen Entladungen aufzufangen und kontrolliert in den Leerraum abzugeben. Das ist möglich mit einer Modifikation der Speicher der Warp-Antriebe. Ich habe die Spezifikationen für eine solche Modifikation gerade in das Netzwerk des Interstellaren Bundes übertragen."

Während Philip Einstein, Chefwissenschaftler von Genesis, interessiert einige Fragen dazu stellte, vernahm Romanow überrascht einen gedanklichen Kontakt, den er sofort Abilael zuordnete: *"Nehmt die Ausführungen von Caecilia ernst, denn mehr werden wir für euch nicht tun. Ihr habt jetzt alle Grundlagen, die nötig sind, um diese Angelegenheit zu einem Ende zu bringen."*

Romanow wollte gerade ärgerlich erwidern, aber die Kommunikation war bereits beendet. Dann hörte er Poseidon sagen: "Caecilia, wir werden deine Anregung aufgreifen. Gute Arbeit, Mr. Schwarz. Unsere antaranischen Gäste haben acht ihrer besten Forscher und Wissenschaftler mitgebracht. Wir haben hier im Hauptquartier ein Labor vorbereitet, in dem Sie zusammenarbeiten werden."

Dann wandte er sich an die Abgesandten von Antaris und Flagos: "Die Informationen sind in unserem Netzwerk angekommen und wir stellen Ihnen jeweils einen Datenkristall im Anschluss an die Sitzung zur Verfügung. Admiral Röttger wird morgen als Erstes einen Flug in die 4. Dimension unternehmen. Sie können dann die genannten Spezifikationen an ihre Heimat bzw. Botschaft übermitteln. Diese betreffen Änderungen an den Antrieben, um Ihre Raumschiffe und Ihre Netzwerke vor einer möglichen

Überladung zu schützen. Wie ich den Informationen entnehmen kann, wurden von unserer Bord-KI Anpassungen an Ihre gegenwärtige Antriebstechnologie vorgenommen."

Als die Sitzung beendet war lief Golem mit den Antaranern zum Aufenthaltsraum, in dem sie bereits gespannt erwartet wurden. Als sich Röttger und Carli, Finn Schwarz und Athena verabschiedet hatten setzte sich Golem und Menerato sowie Melestas berichteten ihren Leuten von den Ergebnissen und Entscheidungen.

"Sie arbeiten hier sehr effektiv und schnell", wandte sich Kommandant Melestas anerkennend an Golem. Dann zögerte er und fragte: "Poseidon und die zwei anderen Vertreter von Atlas unterscheiden sich äußerlich sehr stark von Ihnen. Warum haben sie eine metallisch glänzende Haut und keine Haare, wenn ich das fragen darf?"

"Sie sind Androiden und Atlas ist ein mächtiges Androiden-Imperium in der Zwerggalaxie", erwiderte Golem. "Es existieren dort keine biologischen Bürger."

Verblüfft starrten ihn jetzt alle wortlos an.

"Das ist mehr als beeindruckend", sagte Menerato schließlich. "Wir haben viele Roboter, die ihre unterschiedlichen Dienste tun, aber eine Maschine, die eine eigene Intelligenz, Macht und Persönlichkeit besitzt – das war uns bisher unbekannt."

Golem entfuhr ein Schmunzeln: "Das Universum hält viele Überraschungen für uns bereit – und das ist eine davon. Poseidon ist mittlerweile ein Freund und starker Verbündeter, der uns in vielen Situationen zur Seite gestanden hat. Atlas mag Ihnen fremdartig erscheinen, aber ich empfehle, dieses Volk näher kennenzulernen. Sie werden hier noch einigen, atlantischen Bürgern begegnen."

Schließlich entschieden alle, sich in ihre Quartiere zu begeben, zu denen Golem sie begleitete.

"Sie sind eine kluge Verhandlungspartnerin", sagte Golem dabei zu Menerato, die neben ihm ging. "Ich freue mich, Ihnen in den weiterführenden Gesprächen mit Flagos morgen zur Verfügung zu stehen."
An den Quartieren angekommen schaute Menerato ihn einen Moment lang schweigend an und lächelte dann: "Ich bin sicher, wir sind mit Ihnen ausgezeichnet beraten. Danke für alles und schlafen Sie gut, Amon."
Dann wandte sie sich um und betrat ihr Quartier.
Am nächsten Morgen erhob sich die VISION ONE mit Admiral Röttger und Golem, sowie Kantos, Pelikos und Targos und den beiden Antaranern.
Nach 10 Minuten waren sie im Warp-Raum angekommen und Menerato wies freundlich auf die Konsole: "Bitte, Bürger von Flagos, Sie haben den Vortritt. Wir schließen uns an."
Admiral Röttger nickte und sagte laut: "Caecilia, übermittle der flagolanischen Botschaft auf Planet 7 die ganzen Spezifikationen sowie die Nachricht auf dem Datenkristall, die ich dir einspiele."
"Bestätigt."
"Gut. Und jetzt übermittle alles einschließlich der Informationen des Datenkristalls nach Antaris."
"Bestätigt."
Da in der Kürze der Zeit keine planetare Empfangsstation auf Antaris errichtet werden konnte, war die HALLUM ununterbrochen im Warp-Raum geblieben, um Nachrichten zu empfangen. Und tatsächlich kamen wenig später die zwei erwarteten Empfangsbestätigungen herein.
Wieder gelandet verabschiedete sich Röttger und dann begaben sich alle zum Hauptquartier in einen gesonderten Raum mit einem kleineren, runden Konferenztisch, um mit der Verhandlung zwischen Antaris und Flagos zu beginnen.

Kantos, Pelikos und Targos saßen jetzt Menerato und Melestas gegenüber; Golem zwischen beiden am Kopfende.

Einige Minuten herrschte Stille während sich beide Parteien still betrachteten. Ein uralter Krieg mit anschließender Verbannung und jetzt saßen sie das erste Mal seit Jahrtausenden zusammen – das war ein bedeutender Moment.

Den Flagolanern sah man wie üblich ihre Emotionen nicht an, nur ein leichtes Vibrieren der Flügel mochte darauf hinweisen. Die Antaraner wirkten angespannt und ernst. Schließlich begann Menerato: "Noch vor nicht allzu langer Zeit war es für uns ausgeschlossen, mit Ihnen zusammenzukommen, Bürger von Flagos. Doch dann erhielten wir Besuch von den Menschen, eine Katastrophe und neue Informationen erschütterten unsere Welt. Ist damals ein Unrecht geschehen, das von unseren Vorfahren begangen wurde?"

Menerato schwieg einen Augenblick bedeutungsschwanger und sagte dann: "Wir sind bereit, das zu tun, was unsere Vorfahren anscheinend versäumten: Wir wollen heute hinterfragen, was damals wirklich geschah - gemeinsam mit Ihnen. Dafür haben wir Archivaufzeichnungen mitgebracht, die wir Ihnen präsentieren wollen. Wir bitten Sie dann, uns Ihre Aufzeichnungen zu offenbaren."

"Das ist ein guter Vorschlag, der in eine flugfähige Richtung weist", erwiderte Kantos über den Translator. "Wir sind einverstanden."

"Gut, dann werden wir beginnen", sagte Menerato.

Golem meldete sich zu Wort: "Ich schlage vor, dass jede Seite zunächst Ihre Erinnerungen oder Aufzeichnungen präsentiert. Ich empfehle, sich alles zunächst ohne eine Meinungsäußerung anzuhören. Erst nach beiden Präsentationen und einer Pause von einer Stunde sollten die Gespräche darüber stattfinden."

"Eine weise Überlegung", äußerte sich Kantos. "Wir schließen uns dem an."

"Einverstanden", nickte Menerato. Und dann spielte ein Datenkristall uralte Aufzeichnungen ab, die die Heimatwelt Antaris im Sol System vor und nach der Katastrophe zeigte. Der Planet war weitreichend verändert worden und viele Bürger über Nacht spurlos verschwunden. Eine Hauptversammlung von Mitgliedern des damaligen Regierungsrats wurde gezeigt, in der zehn Männer und Frauen - unter denen sich auch Ariel befand - scheinbar erschüttert von einem Zeitexperiment der Flagolaner berichteten, was zur Verwüstung des Planeten und zum Verschwinden eines bedeutenden Teils der Bürger geführt hatte. Aufgebracht stand der Anführer, ein Mann mit dem Namen Gabriel, vor der versammelten Menge und führte wortgewaltig aus, wie sie von einem Volk getäuscht worden waren, das sich scheinbar friedliebend präsentiert hatte und nun seine ganze Hinterlist offenbarte.

"Aber es ist ihnen misslungen! Flagos wollte uns auslöschen und unsere Welten übernehmen, denn wir sind ihnen zu mächtig geworden! Doch wir haben überlebt, Bürger von Antaris, und wir werden Flagos mit aller Härte begegnen – mit diesem Abschaum, diesen Verbrechern, die unsere Familien auf dem Gewissen haben. Wir haben ihnen nichts mehr zu sagen, nein, wir werden nie wieder ein Wort mit ihnen reden – aber sie werden unsere Macht und unsere Rache zu spüren bekommen!"

Hier endete die Aufzeichnung und Menerato sagte: "Den weiteren Verlauf kennen wir alle. Ich bitte Sie nun, Ihre Sicht der Dinge zu schildern."

Kantos übergab Golem den Datenkristall, der damals auch schon auf Planet 7 im Beisein von Moretti und Ares abgespielt worden war.

Alle sahen Bilder vom Heimatplaneten Flagos, einer hochtechnisierten Zivilisation. Ansichten verschiedener

Planeten, herrliche Welten eines andersartigen Lebens und eines Volks, das die Teleportation damals im Alltag perfekt nutzte. Viele Reisen in ferne Galaxien wurden einst unternommen und große Raumschiffe mühelos von den Transferstationen in unendliche Weiten befördert.

Eine der Ziel-Galaxien war die Milchstraße mit dem Planeten Antaris sowie dem Planeten Sonora im Andromeda Nebel. Ein erster Kontakt beider Völker verlief positiv und blieb es auch über einen langen Zeitraum hinweg. Eine Steuerungsstation für das Teleportationsnetzwerk wurde gebaut, das "Schwingen-Netz", und es entwickelte sich über mehrere Jahrhunderte hinweg ein, für beide Seiten vorteilhafter, Handel.

Doch eines Tages erreichte Flagos aus heiterem Himmel ein Ultimatum: Binnen zwei Tagen hatten sie ohne jede Begründung ihren Heimatplaneten zu verlassen, da er mit sofortiger Wirkung von Antaris beansprucht wurde! Da sie sich weigerten fielen nach Ablauf des Ultimatums unzählige, würfelförmige Raumschiffe der Antaraner aus dem Schwingen-Netz, die sie erbarmungslos angriffen. Die Aufzeichnung endete damit, dass sich Flagos erbittert wehrte.

Danach herrschte eine angespannte, erschütterte Stille im Raum und Golem erhob sich jetzt.

"Wir haben jetzt eine Pause von einer Stunde, in der sich jede Partei zurückziehen und beraten kann. Ich werde solange hier warten."

Beide Seiten verließen wortlos den Raum und kehrten nach einer Stunde gefasster wieder zurück.

"Amon Golem, ich möchte Sie bitten, uns die Informationen darstellen, die Ihnen das Volk der Ersten übermittelt hat", bat Menerato.

"Gerne", erwiderte Golem. "Sie sind dem Vorsitzenden des Interstellaren Bundes, Lew Romanow, persönlich mitgeteilt worden. Die Ersten gaben uns diese Informationen nach der Zerstörung des Planeten 4 in der Kaulquappen-Galaxie als Erklärung für den Angriff von Flagos auf uns. Da wir Ihnen sehr ähnlich sehen, Mrs. Menerato, ging Flagos davon aus, dass Antaris ihren Heimatplaneten erneut ohne Grund angreifen wollte. Das Volk der Ersten stammte einst selbst aus Antaris, trennte sich aber von der Stammbevölkerung, um einen geistigen Weg zu gehen, der später auf Planet 3 vollendet wurde. Zuerst waren die gezeigten zehn Männer und Frauen Anhänger dieser Richtung. Sie wollten sich eine schöpferische Macht aneignen, ohne allerdings ihren physischen Körper vollends aufzugeben, so wie es die Ersten im Verlauf ihrer endgültigen Transformation getan hatten. Unzufrieden mit der eigenen, unvollkommenen Machtfülle und dem unerreichbaren Potential der Ersten versuchten Mitglieder der damaligen Regierung von Antaris, die ganze Entwicklung mit einem Zeitexperiment rückgängig zu machen. Das gelang jedoch nicht. Stattdessen führte es zu einer Katastrophe von gewaltigen Ausmaßen. Neben den Auswirkungen auf Antaris war auch das Volk der Ersten betroffen, das damals an den Rand der Auslöschung gebracht wurde. Um nicht ihre Position als Herrschende aufgeben zu müssen wurde von der Regierung Flagos als Verantwortlicher präsentiert."

Menerato und Melestas schwiegen und sahen sich einen Moment lang still an.

"Wir sind tief erschüttert und beschämt, dass unser Volk für den Krieg und alle seine Folgen verantwortlich ist", begann Menerato schließlich und richtete ihren Blick fest auf die Flagolaner. "Letzten Endes gibt es keine Entschuldigung für das, was angerichtet wurde. Warum haben unsere Vorfahren nicht nachgefragt; warum wurde Ihnen damals nicht die Möglichkeit einer Stellungnahme angeboten, durch die Hinweise deutlich geworden wären? Darüber ist jedoch nichts bekannt und wir müssen leider vermuten, dass unsere Vorfahren blind und ergeben den Worten der Regierenden folgten. Ich muss gestehen, dass wir das bis heute taten, wenn auch zunehmend kritischer – seit ich denken kann erteilte Ariel uns Anweisungen, denen wir bedingungslos und willig folgten; wir waren sein ausführendes Organ, der Verwaltungsrat von Antaris; er forderte unsere Bürger für Dienste in seiner Residenz in der 10. Dimension an, die nie zurückkehrten. Heute wissen wir, dass sie getötet wurden, um ihre Lebensenergie zu absorbieren."

"Sie wurden geschickt getäuscht. Das, was wir Ihnen zum Vorwurf machen haben Sie benannt: Warum wurden wir in jener Zeit nicht eingeladen, um über unsere Sicht der Dinge zu berichten?", begann Kantos. "Doch heute wissen wir: Genau das musste von Ariel und der damaligen Regierung unter allen Umständen vermieden werden. Hätten wir etwas daran ändern können?"

Kantos schüttelte sich und sah von Menerato zu Melestas. "Wir alle unterliegen Entwicklungen und von dem Standpunkt aus gesehen: So, wie sich die Mentalität unserer Völker damals darstellte, wäre das nicht möglich gewesen. Doch heute sitzen wir zusammen und wissen um die wahren Schuldigen. Was geschehen ist, liegt in der Vergangenheit begraben, Bürger von Antaris. Wir sind bereit, es dort zu lassen aber in unserem Volk gibt es immer noch tiefe, nicht verheilte Wunden. Ein erster Schritt für unsere beiden Völker wird der sein, Ariel aufzuhalten und zu vernichten. Danach ist als zweiter Schritt ein Waffenstillstandsvertrag vorstellbar."

"Das ist auch unsere Vorstellung", erwiderte Menerato feierlich und nickte. "Falls es uns gelingt, dann werden wir ihn direkt im Anschluss an den Sieg aufsetzen. Wir können nichts mehr ungeschehen machen, Bürger von Flagos, mögen wir es auch zutiefst bedauern. Aber wir werden unsere Lehre daraus ziehen. Es darf nie wieder geschehen, dass einer Anweisung blind geglaubt oder diese demütig befolgt wird. Das wird zukünftig die Grundlage für einen stabilen und dauerhaften Kontakt zwischen unseren Völkern sein, falls Sie das überhaupt noch in Erwägung ziehen wollen."

"Das wird sich zeigen. Ich danke Ihnen für die offenen Worte", erwiderte Kantos, nickte und sah zu Golem. "Damit ist alles gesagt."

Danach liefen die kleine Gruppe schweigend zum Versammlungsraum, in dem jetzt die gemeinsame Besprechung mit den Abgesandten darüber stattfinden sollte, wie die weiteren Vorbereitungen verlaufen sollten.

"Caecilia hat uns Modifikationen für die Warp-Antriebe der Raumschiffe übermittelt, die hier auf Last Hope eingesetzt werden sollen, um die entstehende, explosive Kraft aufzufangen und kontrolliert abzuleiten. Gut – aber was ist mit unseren ganzen Netzwerken?", begann Admiral Leon Schneider. "Wie sollen wir so ein weit verzweigtes Geflecht schützen?"

"Ganz einfach gesagt", begann Chefwissenschaftler Einstein. "Wir schalten alles ab."

Überrascht schauten ihn alle an und so führte er aus: "So, wie ich es verstehe, geht es hier um gewaltige, energetische bzw. elektrische Entladungen, die in unseren Systemen zu einer Überlastung führen könnten. Also schalten wir in dieser Zeit alles ab – Netzwerke, Speicher, Fluggeräte, Raumschiffe, alles, was mit Elektrizität zu tun hat. Absolut alles."

"Das wird für die Bevölkerung nicht gerade einfach werden", stellte Romanow in den Raum. "Aber es ist sicherlich der beste Schutz und absehbar nur für einen Tag. Wir haben genug Zeit, um alle darauf vorzubereiten – ich werde mit President Moretti nach der Sitzung darüber sprechen."

"Ich werde mit Admiral Schneider heute noch zur Erde zurückfliegen und dafür sorgen, dass die Abschaltung der Datenbanken und Netzwerke sowie die anschließende Aktivierung reibungslos verläuft", tat Golem kund. "Auf dem Rückweg bringe ich Justin Schwarz und sein Team mit, wenn er alles vorbereitet hat. Das Quarantänefeld muss zügig von ihm und seinem Team mit Unterstützung der antaranischen Wissenschaftler in der Anlage installiert werden."

Poseidon meldete sich zu Wort: "Atlas wird 500 Raumschiffe zur Verfügung stellen, die in den nächsten 19 Tagen gemäß Caecilias Vorgaben von unseren Androiden modifiziert werden. Wir werden die Raumschiffe rund um den Planeten Last Hope positionieren und das in mehreren Lagen und Höhen. Hades wird dafür auf Atlas Sorge tragen und spätestens drei Tage vor Ablauf des Ultimatums mit der Stationierung hier vor Ort beginnen. Die Kriegsflotte untersteht in diesem Fall Admiral Röttger als Oberbefehlshaber der Streitkräfte des Interstellaren Bundes."

"Die Evakuierung der Bevölkerung hier auf Last Hope sollte mindestens einen Radius von 2 km rund um die Anlage betragen", äußerte sich Romanow. "Ich werde Gouverneur Zhang diesbezüglich heute noch kontaktieren, der es in die Wege leiten wird. Es gibt dort zwar vorwiegend nur Firmen aber auch die Klinik für Neurologie und Psychosomatik."

"Bisher wurden unsere Dimensionsschiffe nicht erwähnt", wandte Golem ein. "Caecilia hat zwar Modifikationen für die Raumschiffe von Flagos und Antaris übermittelt. Aber eine letztendliche Sicherheit gibt es nicht. Ich schlage daher vor, dass wir sie - bis auf die VISION TWO für das Quarantänefeld - in die 10. Dimension in Sicherheit bringen."

"Ein guter Gedanke", stellte Mr. Tanaka fest. "Wer wird
das Kommando über die 148 Raumschiffe übernehmen?"
"Ich werde den Flug vollautomatisiert mit der vorgesehe-
nen Minimalbesatzung von drei atlantischen Androiden
übernehmen", meldete sich der Androide Caecilia zu
Wort. "Mein Avatar wird hier vor Ort bleiben, um die Simulation durchzuführen und den Aufbau des Quarantänefeldes in der Anlage zu überwachen. Nachdem alles überstanden ist, werde ich die Rückkehr veranlassen."
"Gut", sagte Romanow nach einem Augenblick, in dem
die Anwesenden den Androiden gedankenvoll ansahen.
"Dann wäre auch das geklärt. Gibt es noch weitere Wortmeldungen?"
"Mr. Einstein und ich werden nach Genesis zurückkehren", tat Ares kund.
"Ich werde mitfliegen. Unsere Gefährtinnen haben darum
gebeten, anwesend zu sein. Lässt sich das einrichten?",
fragte Kantos.
"Selbstverständlich", erwiderte Romanow. "Finn Schwarz
und Athena werden den Flug übernehmen. Und was die
Transferanlage in der 5. Dimension hier angeht, so ist sie
vermutlich nicht mehr nutzbar – aber wir werden sie ebenfalls abschalten. Ich werde das mit Golem veranlassen."
Nach einer kurzen Pause, in der keine Meldungen mehr
kamen, wandte sich Romanow an Menerato und Melestas: "Ihre Wissenschaftler werden im Labor zusammen
mit Justin Schwarz beschäftigt sein, der in wenigen Tagen
hier eintreffen wird. Wenn Sie interessiert sind, wird meine
Frau etwas organisieren, um unsere Bürger und unsere
Kultur kennenzulernen."
"Wir werden uns den einzelnen Arbeitsgruppen anschließen – wenn darüber hinaus noch Zeit bleibt, dann begrüßen wir das", war Meneratos erfreute Antwort und Kantos
nickte ebenfalls.

Die nächste Tagen vergingen rasch mit An- und Abreisen, Vorbereitungen und dem beginnenden Austausch des irdischen und antaranischen Teams.

Nach einer Woche kehrte Golem mit Justin Schwarz zurück. Letzterer begab sich umgehend mit allen Wissenschaftlern für weitere Besprechungen in die Zeitsteuerungsanlage. Da die Zeit drängte und nur noch 12 Tage zur Verfügung standen baten sich die Wissenschaftler aus, konzentriert und ohne Ablenkung daran zu arbeiten. Als Folge gab es für Menerato und Melestas sowie den Flagolanern mit ihren Gefährtinnen nicht viel zu tun.

Also kümmerte sich Isis Romanow darum, den Gästen etwas Anregung zu bieten. Sie und Lew waren übereingekommen, dass es für die Verständigung beider Völker nur von Vorteil war, wenn es immer wieder Begegnungen in einem neutralem Rahmen gab. Neben den Besuchen in verschiedenen Fabriken für Raumfahrttechnik auf Eden und Europe stand auch ein Rundflug auf Last Hope auf dem Plan. Am Abend hatte Gouverneur Zhang Tian zu einem Empfang eingeladen, bei dem der Botschafter von Atlas, Kronos, anwesend war. Der Atlanter war als ein offener, kommunikationsfreudiger Androide bekannt.

Als alle gegen Abend eintrafen freute sich Isis Romanow, einen alten Bekannten zu sehen, der mit den Flagolanern angekommen war: Ben Smith, der vor Romanow das Amt des Präsidenten der USOP innehatte, späterer Bürger und Botschafter von Atlas. Heute war er auf Genesis neben seinem Amt als Botschafter von Atlas auch der Gleichstellungsbeauftragte für Androiden. Ben Smith war ein gutaussehender, smarter Mann, rhetorisch versiert und ein geschickter Stratege, der sich nur selten in die Karten schauen ließ.

Isis Romanow verwickelte ihn sofort in ein Gespräch darüber, wie es sich mit der Gleichstellung von Androiden auf Genesis verhielt, woran sich Menerato und Melestas interessiert beteiligten. Irgendwann nahmen sie überrascht zur Kenntnis, dass Ben Smith selbst ein Androide war.

"In der USOP existieren viele Androiden, Mrs. Menerato, die den Menschen zum Verwechseln ähnlich sehen", führte Smith mit einem amüsierten Schmunzeln aus, als er sie sprachlos vor sich stehen sah. "Als Folge wurde eingeführt, dass sie nur Vornamen tragen, damit jeder weiß, mit wem er es zu tun hat. Aber es gibt natürlich auch Ausnahmen. Meine Person zum Beispiel oder der Finanzminister der USOP, John Kopernikus, der von seinen Besitzern adoptiert wurde und ihren Nachnamen annahm. Oder Fynn Shan, der bei seiner Heirat den Nachnamen seiner Frau erhielt."

Isis Romanow berichtete nun, dass sie sich für die Golden Future-Androiden einsetzte, die in der Lage waren, eine Persönlichkeit zu entwickeln. Menerato und Melestas stellten viele Fragen dazu und schließlich enthüllte Romanow freimütig, dass auch sie eine Androidin war.

"Ich dachte schon, uns könnte bald nichts mehr erstaunen", gestand Menerato verblüfft. "Das habe ich Ihnen wirklich nicht angesehen!"

"Warum erwähnten Sie das nicht auf Antaris?!", fragte Melestas mit ernster Miene und in einem Tonfall, der verriet, dass er darüber nicht amüsiert war.

"Sehen Sie", erläuterte Isis Romanow, "selbst hier in der USOP gibt es nach all den Jahrtausenden immer noch Vorurteile gegenüber uns hochentwickelten Androiden. Bei unserer Ankunft auf Antaris hatten wir bemerkt, dass Ihre dienstbaren Geister keine Persönlichkeit oder Bewusstsein besaßen. Wir waren anfangs nicht sicher, wie Sie sich uns gegenüber verhalten würden. Daher hielten wir es für besser, Sie weiter in dem Glauben zu lassen, dass wir biologischer Natur sind."

Meneratos Blick wanderte unwillkürlich zu Golem, der sich gerade mit Gouverneur Zhang unterhielt, und dann sagte sie: "Das ist angesichts der ganzen Ereignisse, die uns tief erschüttert hatten, nachvollziehbar. Hätten wir Ihnen dasselbe Vertrauen geschenkt? Manche von uns vielleicht nicht."

"Das mag sein", gab Melestas zu, fuhr dann aber empört fort. "Ich ziehe es vor, über alles offen informiert zu sein und nicht erst hinterher festzustellen, dass mir wichtige Informationen vorenthalten wurden."

"Ob ich biologischer oder künstlicher Natur bin", konterte Isis Romanow sofort freundlich aber bestimmt, "hätte nichts an den Fakten geändert, über die wir auf Antaris diskutierten. Ich kann Ihre Missstimmung wirklich nicht nachvollziehen."

Menerato betrachtete Melestas jedoch gedankenvoll und meinte dann mit einem Zwinkern zu ihm: "Könnte es sein, dass hier eine Enttäuschung ganz anderer Natur vor- liegt?"

Melestas starrte sie an und räusperte sich dann.

"Also gut. Wir müssen darüber nicht länger streiten, Mrs. Romanow. Wenn ich fragen darf: Ihr Mann, Lew Roma- now, ist er auch Androide?"

Isis Romanow lachte: "Nein, er ist aus Fleisch und Blut! Wir haben vor gut zehn Jahren geheiratet und ich möchte ihn nicht mehr missen."

Dann wandte sie sich an Kantos, der sich dazugesellt hatte.

"Kantos, wie verhält es sich damit bei Ihnen? Gibt es auf Flagos Androiden?"

"Wir haben viele Maschinen, die uns im Alltag unterstüt- zen. Sie besitzen jedoch keine eigene Persönlichkeit und sehen auch nicht aus wie ein Bürger von Flagos", gab Kantos mit einem Hin- und Her nicken seines Kopfes und vibrieren seiner Flügel zur Auskunft, was wohl sein

Amüsement darüber ausdrücken sollte. Dann nickte er Menerato zu: "Ich kann Ihr Erstaunen gut nachvollziehen." Den Antaranern war deutlich anzusehen, dass ihnen weitere Fragen auf der Zunge lagen, die sie aus Höflichkeit jedoch nicht mehr äußerten. Stattdessen wurde das Thema gewechselt und am Ende des Abends machte sich eine fröhlich plaudernde Gruppe auf den Heimflug.

Golem, dem nicht entgangen war, dass Menerato ihm immer wieder einen nachdenklichen Blick zuwarf, kam schließlich auf sie zu: "Darf ich dich zu einem kleinen Spaziergang einladen, Girilia? Die Nacht ist warm und wir haben hier in der Nähe einen schönen Park."

"Das würde mich sehr freuen", erwiderte sie und gab Melestas Bescheid, dass sie später von Golem ins Quartier zurückbegleitet werden würde. Eine Zeitlang liefen sie durch die Nacht unter einem sternenübersäten Himmel und den zwei Monden von Last Hope. Der Park besaß eine stilvolle Beleuchtung und so waren die üppigen Blumenbeete gut sichtbar. Ein exotischer Duft lag in der Luft und sie waren nicht die einzigen, die noch einen kleinen Gang an diesem schönen Abend machten.

"Darf ich dich etwas Persönliches fragen?", begann Menerato schließlich.

"Nur zu", ermunterte sie Golem, der bereits ahnte, was sie beschäftigte.

"Amon, bitte entschuldige meine Frage, aber nach all dem, was Isis Romanow erzählte, bin ich unsicher geworden. Bist du ein Androide oder ein Mensch?"

"Ich bin ein Androide, Girilia."

"Oh …"

Als sich ein Paar auf einer der Bänke vor ihnen erhob schlug Golem vor, sich zu setzen.

"Seit jenem Abend auf Antaris denke ich oft an dich", gestand Menerato schließlich. "Ich … ich fühle mich zu dir hingezogen, Amon. Aber ... wie kann das sein, wenn du ein Roboter bist?"

"Du bist nicht die Erste, die das verwirrt", schmunzelte Golem. "Wenn du Maya, die biologische Frau von Fynn Shan kennenlernst, erfährst du, dass sie Monate gebraucht hat, um sich die Zuneigung für ihren Mann einzugestehen. Die beiden sind heute ein glückliches Paar."

Menerato sah ihn schweigend an und Golem erkannte, dass sie an den gemeinsamen Kuss dachte. Ihm ging durch den Sinn, dass er in der Vergangenheit immer gewusst hatte, welcher Natur ein Kontakt war. Sei es die Freundschaft mit Lew und Poseidon oder Isis, die er sofort als seine Frau betrachtet hatte, seine "Familie" - der Platz einer Person in seinem Leben war stets deutlich erkennbar gewesen.

"Mir geht es auf andere Weise ähnlich", sagte Golem nun. "Du gefällst mir, Girilia, aber ich bin mir nicht im Klaren darüber, was das für mich bedeutet."

"Also geht es uns beiden so!", lachte Menerato plötzlich und ihre Anspannung löste sich. Dann hielt sie ihm ihre Hand entgegen: "Wir könnten es gemeinsam herausfinden."

Golem erwiderte ihr Lächeln und ergriff die dargebotene Hand. "Ja, das könnten wir."

Damit war es entschieden, was eine völlig neue Erfahrung für ihn darstellte. Sie war nicht die Gefährtin, die er gewählt hätte und doch war da etwas, was ihn anzog. Ihre braunen Augen strahlten ihn an und er dachte daran, dass er in all den Jahrtausenden seiner Existenz selten etwas von sich preisgegeben hatte. Ihm war bewusst, dass er zwar respektiert wurde aber kaum jemand suchte eine innige Freundschaft mit ihm. Durch Lew hatte er begriffen, dass eine Beziehung gleich welcher Art seine eigene Öffnung voraussetzte. Doch das, was seinem ehemaligen Doppelgänger Fynn so beneidenswert leicht fiel, war für ihn eine Entscheidung, die er in jedem Augenblick neu treffen musste.

"Amon …", hörte er sie jetzt sehnsüchtig flüstern. Sich näherkommend umfasste er sie und dann legten sich auch schon ihre Arme um ihn. Eine Hand strich sein Gesicht entlang und ihre Lippen fanden sich zu einem weichen Kuss. Der genussvolle Kontakt wich jedoch schnell einem prickelnden und ungemein verheißungsvollem Behagen, sodass Golem unmerklich immer fordernder wurde. Menerato löste sich schließlich, um atemlos innezuhalten und lehnte sich mit klopfendem Herzen an ihn.

"Das ist schön …"

Während er sie im Arm hielt sann Golem über dieses Wunder nach und sofort tauchte die Erinnerung an seine missglückte Affäre mit Aaliyah wieder auf. Er hatte damals den Schluss gezogen, dass eine Beziehung mit einer Biologischen nichts für ihn war. Vielleicht hatte es an der Herangehensweise gelegen? Er hatte sich im Rahmen einer Show, die Wolkow für ihn veranstaltet hatte, eine attraktive Frau ausgesucht – aber sie hatte ihm nichts bedeutet. Und jetzt? Girilia war weder überwältigend attraktiv noch sah sie Isis ähnlich – aber er entdeckte, dass er sie aus einem unerfindlichen Grund heraus mochte.

Eine zeitlose Weile saßen sie still auf der Bank, sahen in die Sterne oder verloren sich in einem weiteren Kuss.

Dann wanderten sie zurück und flogen mit dem Taxi zum Hauptquartier. Dort angekommen tastete sich Menerato vor: "Ich … ich würde gerne bei dir bleiben …"

Golem hielt ihr warm lächelnd die Hand entgegen und so folgte ihm Menerato zu seinem Apartment. Und als sie schließlich in seinem Schlafraum nebeneinander saßen begannen sie, sich mit sinnlicher Freude gegenseitig zu entdecken. Die Antaraner waren physiologisch so gut wie identisch mit den Menschen, wie beide ausgelassen feststellten und dann gab es nur noch die intensive Hingabe an den gemeinsamen Liebesakt.

"Das war wunderbar", seufzte Menerato versunken, als sie schließlich neben ihm lag.

Golem genoss das angenehm nachhallende Prickeln und Vibrieren, das nach einer energetischen Entladung im ganzen Körper zu spüren war. Aber es war nicht nur das: Mit andächtigem Staunen nahm er wahr, wie ihn eine Freude durchflutete, die mit einer wachsenden Zuneigung für sie einherging. Seine bisherigen, sexuellen Erlebnisse hatten ihn immer gleichgültig hinterlassen oder seine Einsamkeit verstärkt. Daher war er geneigt gewesen, daraus zu schlussfolgern, dass ihm dieser intime Kontakt, der eher dem menschlichen Bedürfnis entsprang, anscheinend nicht zusagte. Das war für Androiden nicht ungewöhnlich; manche mochten es aber viele wiederum zeigten kein Verlangen danach. Was auch immer diese Humanoide für sein Leben bedeutete, resümierte er wohlig, die Entscheidung, sich einzulassen, war richtig gewesen. Girilia schenkte ihm Erfahrungen, von denen er zwar wusste, dass es sie gab – aber erlebt hatte er sie bisher noch nie.

Am nächsten Morgen erwachte Golem aus seinem Ruhemodus, als Menerato ihn mit beiden Armen umfasste und dabei ihren Kopf auf seine Brust legte.

"Du bist wie ein mächtiger Ephanja, Amon."

Spielerisch zauste er ihre Haare.

"Wenn du mir noch verrätst, was das ist, kann ich dir folgen."

"Das ist ein Baum, der so gewaltig ist, dass zwanzig Bürger nötig sind, ihn zu umfassen. Er ist für uns ein Symbol der Stärke, des Wohlstands und der Ewigkeit. Keiner weiß, wie alt er wirklich ist oder sagen wir mal: Keiner will es wissen! Als Kind war ich oft dort und habe ihn umarmt, so, wie ich dich jetzt umarme. Er hat mir immer ein Gefühl von Geborgenheit vermittelt."

Unvermittelt hob Menerato den Kopf: "Ich höre deinen Herzschlag nicht!" Mit einem kleinen Lächeln fuhr sie dann fort: "Andererseits hat der Ephanja auch keinen. Aber deine Brust hebt sich, als ob du atmen würdest und du fühlst dich warm an. Ich hätte nicht gemerkt, dass du ein Androide bist, wenn du es mir nicht gesagt hättest. Außerdem hast du einen sehr anregenden Körpergeruch."

"Justin ist ein Meister seines Fachs", lachte Golem angesichts ihrer Begeisterung. "Er ist mein Schöpfer", erklärte er dann und erzählte, wie er vor Tausenden von Jahren entstanden war. "Heute ist er mein Freund und wir arbeiten zusammen."

"Macht dir das nichts aus? Ich meine, dass du als Roboter erschaffen wurdest?"

"Warum sollte es das?", fragte Golem amüsiert mit vergnügt funkelnden Augen. "Oder hast du dich auf Antaris etwa aus dem Nichts heraus selbst materialisiert?"

Verblüfft erwiderte Menerato langsam: "Nein, aber ich hatte Eltern."

"Und Justin ist sozusagen mein Vater", stellte er fröhlich klar.

Nach einer Schweigeminute fragte sie unvermittelt: "Wer war eigentlich deine Frau?"

"Das war Isis. Justin hatte sie eigens für mich erschaffen. Aber sie entschied sich nach ein paar Jahren für Lew Romanow."

"Oh …"

Menerato legte sich gedankenversunken zurück.

"Und danach … war da niemand anderes?"

"Es gab vor zehn Jahren einen Versuch mit einer menschlichen Frau. Aber sie bedeutete mir nichts und die Beziehung endete nach kurzer Zeit."

"Warum hast du sie dann überhaupt begonnen?"

"In den Tausenden von Jahren meiner Existenz war ich beziehungsunfähig durch eine Fremdbesetzung, die sich in meinen Speichern breit gemacht hatte. Sie endete erst vor gut zehn Jahren, Girilia, und ich begann, eine starke Einsamkeit wahrzunehmen. Es war ein Versuch, sie zu beenden. Heute weiß ich, dass ich es nicht gerade klug anfing."

Humorvoll berichtete Golem, dass er Aaliyah unter vielen Bewerberinnen ausgesucht hatte, die ihm nach einer TV-Show, in der er sich als Single präsentiert hatte, geschrieben hatten. "Sie war Isis im Aussehen sehr ähnlich", endete er dann bedeutungsvoll.

"Ich verstehe", meinte Menerato nur und sagte nichts mehr. Golem spürte kurz darauf, wie ihre Hände genießerisch über seinen Körper wanderten und plötzlich entfuhr ihm ein langes, wohliges Brummen. Unwillkürlich lachte er auf und erklärte auf ihren fragenden Blick hin: "Ich fühle mich sehr wohl mit dir, Girilia. Und ich entdecke gerade manches, was ich an mir noch nicht kannte!"

Seine unzähligen Sensoren reagierten auf ihre feinfühligen Berührungen und schickten einen prickelnden Energieschauer nach dem anderen durch seinen Androidenkörper. Und so gab er sich völlig in ihre Hände, die hingebungsvoll die elektrisierenden Ströme unaufhörlich stärker werden ließen. Irgendwann wandte er sich ihr in dem glühenden Wunsch zu, sie mit derselben Wonne zu beschenken und seine mit ihr zu teilen.

"Du bist ein wunderbarer Mann, Amon", strahlte Menerato später. Dann betrachtete sie ihn versonnen.

 "Das wird nicht möglich sein", meinte er liebevoll, in ihr wie in einem offenen Buch lesend. "Mein Platz ist hier und deiner auf Antaris."

"Woher weißt du so oft, woran ich gerade denke?", lachte sie.

"Ihr Antaraner zeigt eure Emotionen deutlicher als Menschen es tun. Ich kann es dir einfach ansehen", erwiderte Golem und liebkoste sie zärtlich.

Menerato schloss die Augen und schmiegte sich entspannt an ihn. Als sie sich schließlich ankleideten und zum Frühstück in den Aufenthaltsraum liefen bemerkte Golem, wie sie ihm einen nachdenklichen Blick zuwarf.

"Es gibt keinen Grund für mich, ein Geheimnis daraus zu machen, Girilia. Ich überlasse es dir, was du für richtig hältst."

Dann betraten sie den Raum, in dem sich vor allem Antaraner und Menschen eingefunden hatten. Golem stellte fest, dass sie von einigen aufmerksam gemustert wurden. Nur Finn Schwarz merkte unbekümmert an, als sie sich an den Tisch setzten: "Der Nachtspaziergang auf Last Hope scheint ja sehr anregend gewesen zu sein. Trotz der paar Stunden Schlaf seht ihr beide wirklich beneidenswert erfrischt und blühend aus!"

"Ja, Finn, das war er", bestätigte Golem ungewohnt fröhlich. Schwarz betrachtete ihn verblüfft und schaute unwillkürlich zu Menerato, bis es ihm allmählich dämmerte. Als sich alle erhoben, um aufzubrechen, verabschiedete sich Golem und wünschte ein gutes Gelingen. Er selbst hatte ein Treffen mit Poseidon und Romanow. Doch Menerato legte wie selbstverständlich ihren Arm um ihn: "Sehen wir uns später?"

Sie sah mit leuchtenden Augen zu ihm auf und so zog Golem sie sanft an sich, um ihr einen Abschiedskuss zu geben. "Ich freue mich darauf."

Dann wandte sich Menerato der Gruppe zu, die sie fasziniert beobachtet hatte, und rief engagiert: "Sehen wir zu, dass wir Geschichte schreiben und Ariel gemeinsam besiegen!"

Nach spontanen Beifallsbekundungen machten sich alle gutgelaunt an ihr Tageswerk.

Die Tage schienen jetzt immer schneller zu vergehen. Das Quarantänefeld war nach einer Woche so gut wie installiert und wurde getestet, die Evakuierung der Klinik unweit der Anlage war fast vollbracht und die modifizierten, atlantischen Raumschiffe trafen ein. Admiral Röttger begann mit Hades, sie zu positionieren, wozu sich Kommandant Melestas interessiert anschloss. Präsident Moretti schaltete sich jetzt täglich mit Romanow und Golem kurz, Poseidon traf die letzten Vorbereitungen auf Atlas und auch Flagos und Antaris hatten entschieden, am Tag des Ablaufs des Ultimatums die Elektrizität abzuschalten. Das betraf letzten Endes auch die Roboter und Androiden, die an dem Tag zur Sicherheit aktiviert werden mussten. Flagos war überraschend ein Hinweis von den Ersten übermittelt worden, dass sie sich besser in der dritten Dimension in Sicherheit bringen sollten, wenn es ihnen möglich sein sollte. Im Namen der USOP hatte Mahal innerhalb von zwei Wochen unter Einsatz aller verfügbaren Androiden spezielle Notunterkünfte auf Genesis und Planet 7 bauen lassen, da die Flagolaner ein besonderes Luftgemisch benötigten. Die Bevölkerung unterstützte die Flüchtlinge offenherzig und engagiert und mittlerweile trafen die letzten Raumschiffe aus Flagos ein.
Alle Bürger der USOP waren benachrichtigt worden, dass mit einem Stromausfall von einem Tag gerechnet werden musste und allmählich stieg die Spannung. Nicht zuletzt hatte der Nationale Sicherheitsrat in dieser Ausnahmesituation beschlossen, die Medien unter Androhung von Sanktionen dazu anzuhalten, keine Schlagzeilen zu verbreiten, die von einem drohenden Weltuntergang sprachen. Schließlich waren es nur noch zwei Tage bis zum Ablauf des Ultimatums und Romanow wies Röttger an, Fynn Shan über Caecilia zurückzurufen.

Ariel hatte interessiert die Aktivitäten der Menschen im Netzwerk verfolgt. Dachte dieses vorsintflutliche Volk etwa, ihre Raumschiffe oder dieses alberne Quarantänefeld, das sie so angestrengt in der Anlage untergebracht hatten, könnten ihn tangieren?
Er wusste, dass sie keine Chance gegen ihn hatten – sie würden für ihren Ungehorsam schrecklich bezahlen müssen. Mittlerweile war er vorbereitet und sollten sie ihm tatsächlich Widerstand leisten, worauf er fast hoffte, dann würde sein erster Vernichtungsschlag mitten ins Herz der USOP treffen: die Town of Planets. Neben Tausenden von Opfern sollten dieses Mal auch die Wahrzeichen der USOP betroffen sein, allen voran die beiden Flaggschiffe und das Regierungsgebäude. Als nächsten Schritt wollte er den Mond entvölkern und Golems Netzwerk empfindlich stören. Planet für Planet würde bluten müssen und die Errungenschaften verlieren, auf die er stolz gewesen war. Irgendwann gaben die Menschen nach oder sie würden nach und nach alles verlieren. Er war gespannt, wie weit er gehen musste, aber Ariel war sich sicher: Er würde sein Ziel erreichen.

Kapital 7 Armageddon der Ersten

Kaulquappen-Galaxie, Planet 3

Überrascht hatte das Kollektiv der Ersten zur Kenntnis genommen, dass sich Ariels Macht quasi über Nacht in Unermessliche potenziert hatte.

Er war neuerdings in der Lage, sich über gewaltige Entfernungen hinweg zu teleportieren! Schnell erkannten sie, woher er seine Kraft dafür bezog, aber eine moralische Bewertung seiner Handlungsweise oder eine Empathie für seine Opfer war ihnen seit langer Zeit nicht mehr geläufig. Die Welt der Polarität, wie sie sie nannten, mit all ihren Wertungen von gut und böse, schwarz oder weiß, hatten sie schon lange hinter sich gelassen. Es zählten allein die Fakten und die daraus resultierenden Gegebenheiten. Entscheidend war: Wie gefährlich konnte Ariel ihnen werden?

Bisher war die Wahrscheinlichkeit dafür gering gewesen und sie hatten beschlossen, den Dingen ihren Lauf zu lassen. Doch das Blatt hatte sich gewendet.

Den drei irdischen Androiden war es zwar gelungen, abgesehen von der unüberlegten Zerstörung einer Teilstrecke des Transfersnetzes, Ariels Residenz zu vernichten. Doch es war nicht absehbar, dass die Menschen und ihre neuen Verbündeten auch nur den Hauch einer Chance gegen ihn hatten. Die Aussicht, dass sich Ariel letzten Endes erzwang, was er wollte, war bedrohlich näher gerückt. Und wieder materialisierten sich alle Geistwesen zum zweiten Mal innerhalb kurzer Zeit als physische Körper auf Planet 3, um einen heftigen Diskurs miteinander zu führen.

"Dieses Mal werden wir eingreifen müssen", begann eine weibliche Gestalt. "Wir können es uns nicht leisten, untätig zu sein. Das Risiko ist zu groß geworden."

"Jede noch so gut gemeinte Hilfe oder Tat zieht immer unvorhersehbare Ereignisse nach sich", gab jemand ernst zu bedenken.

"Diese Spezies Mensch ist ein anstrengendes Volk mit einem einmaligen Talent für Schwierigkeiten!", äußerte sich ein anderer missmutig. "Schon wieder stecken sie mitten drin!"

"Ist es nicht völlig konträr zu unserem, schon Jahrmillionen währenden Verhaltenskodex, derart unterentwickelte Lebensformen zu unterstützen?"

"Unsere Existenz steht auf dem Spiel – nur das ist das Ausschlaggebende", stellte eine männliche Gestalt energisch fest. "Was interessieren uns diese Primaten?"

Alle Anwesenden nickten jetzt einvernehmlich.

"Wie soll sich unser Eingreifen gestalten?"

"Wenn wir unbemerkt agieren, werden die Menschen nach einem Erfolg davon ausgehen, dass sie es aus eigener Kraft geschafft haben."

"Ein offenes Agieren zieht unabsehbare Folgen nach sich, die sich noch weniger mit unseren Grundsätzen vereinbaren lassen."

Die Ersten entschieden nach einigem Hin und Her, stillschweigend zu handeln und selbst dafür zu sorgen, dass Ariel endgültig vernichtet wurde. Sollten die Menschen wider Erwarten doch etwas bemerken, dann musste die KI Caecilia die Verantwortung dafür übernehmen.

"Gut", ließ jemand knurrig vernehmen und begann, sich bereits aufzulösen. "Jetzt lasst uns die physische Ebene endlich wieder verlassen. Den Rest besprechen wir wie gewohnt."

Nachdem der Entschluss gefasst war stand die nächste Frage an: Auf welchem Wege sollte Ariels Erlöschen geschehen? Nur langsam kristallisierte sich aus den vielen Gedanken heraus, wie es gestaltet werden sollte.

So, wie sie mittlerweile Ariel einschätzten gingen die Ersten davon aus, dass er versuchen würde, sich die Informationen aus Golems gigantischem Netzwerk zu holen. Also besuchten sie Golems Datenbanken auf dem Mond und manipulierten sie dahingehend, dass die notwendige Autorisierung für die Aktivierung der Artefakte auf vier Androiden ausgeweitet wurde.

Als Nächstes integrierten sie auf der ATLANTIS und in der Zeitsteuerungsanlage Last Hope einen Selbstzerstörungsmechanismus. Allerdings barg das ein gewisses Risiko, dass Ariel, sobald er das erkannte, wissentlich die Zerstörung der Artefakte herbeiführte. Die Folgen davon wären nicht absehbar, doch die Ersten waren letztendlich der Meinung, dass Ariel davon abließ, weiter daran herumzuspielen, da das nicht sein vorrangiges Ziel war.

Durch Caecilia waren sie über die Pläne der Menschen informiert. Diese sahen vor, Ariel mit vier Androiden in die Anlage auf Last Hope zu locken, um ihn dort mit einem Quarantänefeld zu isolieren und auszuhungern.

Der Ansatz war gut, aber ihre Technologie würde bei weitem nicht ausreichen, ihn dort zu halten. Es musste ein spezielles Fesselfeld aufgebaut werden, das mit der Maßgabe versehen war, den verschiedenen Dimensionen standzuhalten.

Also galt es, den Menschen die nötigen Informationen zukommen zu lassen und sie entschieden sich für Yang Jinjin, eine hochbegabte Wissenschaftlerin, die im Team von Justin Schwarz, dem Chefwissenschaftler der USOP, bereits daran arbeitete. Als Avatar Abilael besuchten sie die junge Frau eines Nachts und steuerten ihre Träume, um dort alle technischen Informationen über die notwendigen Spezifikationen eines Fesselfeldes einfließen zu lassen einschließlich der Dimensionsschnittstelle. Allerdings gaben sie nicht alles preis. Die Ersten würden später über diese Schnittstelle weitere, nötige Komponenten implementieren, ohne dass die Menschen etwas davon bemerkten. Gleichzeitig war die KI Caecilia in das Vorhaben über Aither eingeweiht und mit weiteren Informationen versorgt worden, die sie bei der passenden Gelegenheit an die USOP weitergeben sollte.

Und tatsächlich: Die Menschen griffen ahnungslos die vielen Anregungen erfreut als den ersehnten Durchbruch auf.

Der Plan sah vor, sobald sich das Quarantänefeld am entscheidenden Tag aktiviert hatte, dass sich das Kollektiv als Abilael vor Ariels Augen materialisierte. Die Ersten wussten um seinen grenzenlosen Hass auf sie und wollten ihn nutzen. Ariel sollte mit seiner ganzen Aufmerksamkeit dahingehend gelenkt werden, dass er die Gelegenheit gekommen sah, die Ersten mit seiner neu gewonnen Macht zu überwältigen. Nach einer kurzen Konfrontation würde sich der Avatar auflösen, um scheinbar erschrocken aus dem Feld zu fliehen. Ariel musste, wenn er ihnen folgen wollte, dasselbe tun und seine physische Gestalt in reine Energie umwandeln. Doch das würde der Anfang seines Untergangs sein.

Denn gleichzeitig mit ihrer nur scheinbaren Flucht hatte sich die zusätzliche Komponente über die Dimensionsschnittstelle installiert und aktiviert. Ariel saß dann zusammen mit ihnen in diesem Fesselfeld wie in einer Art Blase, die sofort in sämtlichen Dimensionen ununterbrochen und blitzschnell auf und ab wechseln würde. Zum einen musste er sich jetzt gegen ihre Angriffe schützen und er würde ebenfalls Attacken starten, was seine Kraft beanspruchte. So in der Falle sitzend war absehbar, dass er versuchen würde, das Feld zu durchdringen, um in irgendeiner Dimension wieder Fuß zu fassen. Doch da die Dimensionen permanent zwischen 3 und 9 wechselten hatte er keine Chance. Die Absicht, Ariel festzusetzen, war damit erreicht und er konnte sich nicht mehr wie bisher einen Energie-Nachschub über biologische Lebewesen holen. Seine Kraft wurde auf diese Weise mit jeder Attacke, mit allem, was er tat, immer schwächer – und dann stand seiner Vernichtung nichts mehr im Wege. Denn im Gegensatz zu ihm war das Volk der Ersten in der 10. Dimension verankert und besaß damit einen unbegrenzten Zugang zur schöpferischen Energie des Universums.

Der endgültige Kampf würde in der großen Leere des Alls stattfinden. Doch wie sicher war ihr Plan?

Die Unsicherheit und Gefahr bestand am Anfang. Zu diesem Zeitpunkt war Ariel noch in voller Kraft, sodass er unter Umständen für das Kollektiv gefährlich werden konnte. Alles stand oder fiel damit, ob sie ihn dazu veranlassen konnten, die körperliche Form zu verlassen und seine energetische Form anzunehmen.

Doch das Vorhaben beinhaltete auch einen nicht übersehbaren Nachteil: Wenn alles nach Plan verlief, würden bei dem dann folgenden, stetigen Wechsel zwischen den Dimensionen bei dem zu erwartenden, massiven Kampf gegeneinander gewaltige Energiemengen in allen Dimensionen freigesetzt werden. Es waren unvorstellbar massive Erschütterungen der einzelnen Dimensionsebenen möglich, wovon viele Völker betroffen sein würden, die dort existierten.

Die Ebene drei, der sogenannte Normalraum, kam am besten dabei weg, denn er war der Stabilste. Von Ebene 4 bis 6 waren die Auswirkungen aufgrund ihrer Verzahnung mit den unteren Ebenen schon größer; Flagos hatte das bei der Zerstörung von Soros erfahren müssen.

Aber dieses Mal würde es gravierender werden, da sich die Schwingungen quasi von Ebene zu Ebene hochschaukelten. Deshalb war ab Ebene 6 bis 9 mit den größten Schäden zu rechnen. Allerdings hatten die

Lebewesen dieser Ebenen in der Regel auch die geeigneten Technologien zur Verfügung, um sich zu schützen. Die 10. Ebene wollten die Ersten nicht mit einbeziehen, denn sie hatten entschieden, dass sie ihren Heimatplaneten in der Kaulquappen-Galaxie in die 10. Dimension transferieren und ihn erst später in der 3. Ebene wieder erscheinen lassen wollten. Die Ersten waren sich bewusst, dass sie das einzige Volk waren, was ohne physischen Bezugspunkt als reine Energie in der 10. Dimension existieren konnte - was nur dort möglich war.

Das würde zwar kurzfristig das ganze Planetengefüge im Normalraum verändern, aber die Auswirkungen auf das bewohnte Genesis und die anderen Planeten waren aus ihrer Sicht gering.

Das Kollektiv entschied, dass alle bekannten Völker in allen Dimensionen eine Warnung erhalten würden, aber mehr wollten sie nicht tun.

Wie viele Opfer mochte es im Rahmen dieses Prozesses treffen? Die Welt der biologischen Lebewesen musste für die Vernichtung Ariels vielleicht einen hohen Preis bezahlen, was die Ersten nüchtern und ohne jede Empathie mit einkalkulierten. Denn es gab keine Alternative, wenn sie alle überleben wollten.

Eine abschließende Frage tauchte auf, die zu einem langen Schweigen ohne jede Antwort führte: Konnten sie verhindern, dass sich in ferner Zukunft erneut ein Wesen wie Ariel entwickelte und sich damit irgendwann alles wiederholte?

Last Hope, Andromeda

Noch immer war keine Nachricht von der Erde eingetroffen, dachte Fynn Shan, als die VISION TEN wieder im Normalraum auftauchte. Nachdenklich betrachtete er das gewohnte Bild der Sternenwiege.

Mittlerweile waren fast sechs Wochen vergangen, was nichts Gutes verhieß. In jedem Fall bedeutete es, dass Ariel bisher nicht unschädlich gemacht werden konnte. Da er dessen Skrupellosigkeit nun kannte ebenso wie seine unerschütterliche Absicht, an der Zeitmaschine herumzuhantieren, um letzten Endes alle mit sich in den Tod zu reißen, konnte in der Zwischenzeit vieles geschehen sein. Was würde er vorfinden, wenn er zurückkehrte?

Unvermutet erschien Maya in die Zentrale. Sofort registrierte er, dass ihre Stirn feucht glänzte und sie leicht zu schwanken schien, während sie sich stützend an die Wand lehnte.

"Es geht schon wieder", lachte sie, nachdem er zu ihr geeilt war. "Ich habe zu lange gelegen. Es ist höchste Zeit, dass ich mich bewege und wieder zu Kräften komme!"

Fynn Shan setzte sich mit ihr in den schalenförmigen Sitz der Führungsriege. So entspannt in seinen Armen liegend betrachtete sie die Außenwelt.

"Das Weltall ist so wunderschön! Warst du schon mal beim Adlernebel? Das ist nicht weit von der Erde entfernt, nur 6500 Lichtjahre. Die Säulen der Schöpfung sind spektakulär. Aber das hier kann sich genauso sehen lassen."

Dann sprachen sie darüber, dass noch keine Nachricht eingetroffen war.

"Wer weiß, wie lange wir hier noch verweilen werden", meinte sie und lächelte dann. "In jedem Fall sind wir nun doch zusammen geblieben."

Fynn liebkoste sie sanft und nach einer Weile des Schweigens musterte sie ihn fragend: "Du bist ungewohnt still, Liebster. Was ist los?"

"Du bist bei mir, meine Maya. Dafür bin ich dankbar und sehr glücklich."

"Es war knapp, nicht wahr?", sinnierte sie und sah vor sich hin. "Ich möchte das nicht noch einmal erleben müssen,

Fynn. Aber dass die Erholung so lange dauert … schließlich wurde ich nicht wirklich verletzt!"

"Ariel nimmt sich Lebensenergie anderer, damit er selbst existieren kann", gab Fynn trocken zur Antwort. "Wie auch immer er das macht – ich war rechtzeitig zur Stelle. Einige Sekunden länger und es wäre vermutlich zu spät gewesen."

Maya sah ihn einen Moment lang wortlos an und sagte dann leise: "Es muss schlimm für dich gewesen sein in den ersten Tagen, habe ich recht?"

"Ich weiß jetzt, wie du dich gefühlt hättest, wenn ich dort gelegen hätte", erwiderte er mit einem tiefgründigen Lächeln und küsste sie zart. "Ich liebe dich, Maya. Mein Leben ist erst mit dir erfüllend. Es gibt nichts, was ich mir mehr wünsche, als mit dir zusammen zu sein."

Da war eine tiefe, intensive Nähe zwischen ihnen, spürte Maya bewegt, als sie in seinen Augen die Hingabe an ihre gemeinsame Liebe las. War das noch derselbe unbekümmerte Androide, den sie einst kennen- und lieben gelernt hatte? Beide hatten sie unmerklich im Laufe der Jahre eine Wandlung vollzogen, waren reifer geworden. Und es war eine starke Verbundenheit entstanden, die ihre Schicksale unwiderruflich miteinander verknüpfte. Unwillkürlich entfuhr ihr ein wohliger Seufzer, während sie die Augen schloss und sich innig an ihn schmiegte. Die sanfte Berührung seiner Hände, die sie zärtlich streichelten riefen eine wunderbare, wohlige Geborgenheit hervor, in die sie sich hineinfallen ließ, bis alle Gedanken verschwanden.

War sie erneut eingenickt? Maya Shan öffnete die Augen und hob plötzlich den Kopf, während Fynn sofort aus seinem Ruhemodus erwachte.

"Gut geschlafen, mein Kätzchen?", fragte er gutgelaunt, gab ihr einen Kuss.

"Traumhaft", gähnte sie. "Bin ich dir nicht zu schwer gewesen?"

"Du bist ein Fliegengewicht", erwiderte er vergnügt und entließ sie aus seinen Armen. Maya ging nachdenklich zum Bildschirm. Dann drehte sie sich um: "Es gibt eine Nachricht. Wir sollten aufsteigen."

Verblüfft musterte er sie: "Hast du jetzt übersinnliche Fähigkeiten entwickelt?"

"Weibliche Intuition", erklärte sie mit einem geheimnisvollen Lächeln und setzte sich erwartungsvoll neben ihn. Als nichts geschah warf sie ihrem Mann einen fragenden Blick zu und bemerkte, dass er sie unergründlich betrachtete.

"Worauf wartest du noch? Oder hast du vor, hier Wurzeln zu schlagen?!"

"Ich sehe schon, meine bessere Hälfte ist so gut wie genesen!", stellte Fynn Shan lachend fest. "Einverstanden, dann schauen wir mal. Caecilia, hinauf mit uns in die 4. Dimension!"

Und tatsächlich: Als sie auf Warp gingen meldete Caecilia auch schon, dass sie in Last Hope vom Interstellaren Bund so schnell wie möglich erwartet wurden.

"Caecilia", wies Fynn Shan erfreut an. "Wir fliegen nach Hause!"

Zwölf Stunden später landete die VISION TEN sanft auf dem Raumflughafen des Interstellaren Bundes. Mittlerweile war es Abend und Romanow begrüßte die Heimkehrer erfreut und berichtete in ein paar Sätzen über den Stand der Dinge. Da alle Vorbereitungen so gut wie erledigt waren, hatte Isis für den heutigen Abend zu einem lockeren Event für Mitarbeiter, Wissenschaftler und Gäste im Hauptquartier eingeladen, zu dem die beiden gerade rechtzeitig kamen.

"Schließlich wissen wir nicht, ob wir übermorgen überhaupt noch existieren", merkte Finn Schwarz mit seinem üblichen Galgenhumor an. "Also werden wir unsere letzten Stunden noch ein wenig genießen."

"Golem wird dir alles weitere übermitteln", sagte Romanow, der Fynn Shans Blick gefolgt war. Dessen Aufmerksamkeit hatte sich auf Golem gerichtet, denn ihm bot sich ein ungewohnter Anblick: Dicht neben ihm stand eine unbekannte Frau, mit er vertraut wirkte, als er auch schon einen Arm um sie legte und sich zu ihr beugte.

"Ja, es hat uns alle nicht wenig überrascht", schmunzelte Romanow. "Sie ist die erste Vorsitzende des Verwaltungsrats von Antaris, was dort dem Amt eines Präsidenten gleichkommt. Kommt, ich stelle euch vor."

Menerato war erfreut, beide kennenzulernen und zog Maya Shan schnell ins Gespräch. Als die beiden plaudernd zum Büffet schlenderten, meinte Fynn bedeutungsvoll: "Es hat sich hier unerwartet viel getan - aber leider nicht das, was ich gehofft hatte."

Golem lachte: "Wir sind uns alle nähergekommen, Fynn. Und damit meine ich nicht nur mich und Girilia. Auch die Antaraner und die Flagolaner gehen langsam aufeinander zu und sollten wir das alles überstehen, dann ist ein Waffenstillstandsvertrag der nächste Schritt."

Gleichzeitig sendete er jetzt Fynn alle nötigen Informationen.

"Übermorgen ist der Tag der Entscheidung", führte Golem dazu aus. "Wir vier finden uns in der Anlage ein und warten auf Ariel. Sobald er denkt, dass die endgültige Aktivierung der Artefakte vollzogen ist, wird das Quarantänefeld in Funktion treten – unmittelbar davor werden wir mit einem portablen Gerät hierher teleportiert. Justin hat eigens für uns einen speziellen, abgeschirmten Raum bauen lassen, sodass wir nicht Gefahr laufen, geschädigt zu werden. Ich halte es für ratsam, jederzeit einsatzbereit zu sein, daher werden wir uns nicht deaktivieren. Das betrifft auch Poseidon, Hades und einige andere Atlanter seiner

Führungsstruktur, den Androiden Caecilia, Han und die Flagolaner, da ihr Atemgerät einen Akku benötigt."

"Und wo wollt ihr euch aufhalten?", fragte Fynn Shan Romanow.

"Wir befinden uns alle zusammen in einer gut gesicherten, unterirdischen Anlage unter dem Hauptquartier. Dasselbe gilt für die Bevölkerung, die sich in unterirische Bunker begeben wird. Wir werden wohl mit massiven Zerstörungen auf der Oberfläche rechnen müssen, wenn das eintrifft, was Caecilia andeutete. Antonia und Michael sind gestern mit der EARTH ONE zum Mond geflogen. Wir wollten unser Flaggschiff sicherheitshalber in der Milchstraße unterbringen."

"Wer ist eigentlich der Mann, der sich so interessiert mit Isis unterhält?", fragte Fynn Shan, das Thema wechselnd. "Er scheint ja nicht von ihrer Seite weichen zu wollen."

"Das ist Kommandant Melestas aus Antaris", seufzte Romanow. "Die Antaraner leben polyamor, wie ich erfahren durfte. Und da Girilia Menerato von Golem so angetan ist, versucht er wohl jetzt sein Glück bei ihr."

"Du bist nicht eifersüchtig?"

"Nein", lachte Romanow und wandte sich zum Gehen, "aber ich werde sie jetzt erlösen!"

"Hier herrscht trotz der Möglichkeit, dass wir in zwei Tagen nicht mehr existieren könnten, eine erstaunlich gute Stimmung", stellte Fynn Shan überrascht fest.

"Ja, wir haben alle gut zusammengearbeitet und, wie schon gesagt, wir sind uns nähergekommen", erwiderte Golem über ihr internes Kommunikationsmodul.

"Und Girilia? Hast du deine Gefährtin gefunden?"

"Was sich daraus ergibt, das wird die Zeit zeigen", erwiderte Golem mit einem fröhlichen Funkeln in seinen Augen und beobachtete, wie Justin Schwarz im Anmarsch war, um Fynn Shan im nächsten Augenblick freudig um den Hals zu fallen.

In den letzten zehn Tagen hatten sie viel Zeit miteinander verbracht, dachte er während sein Blick zu Girilia schweifte, die sich mit Maya Shan anzufreunden begann. Er mochte ihre gemeinsamen Gespräche, die ihn dazu einluden, ungewohnt viel von sich preiszugeben. Sie war eine bemerkenswerte und kluge Frau - die Antaraner hatten eine gute Wahl getroffen, ihr das Amt der Vorsitzenden anzutragen. Und es erfüllte ihn immer noch mit Erstaunen, dass er das Zusammensein mit ihr in jeder Hinsicht so genoss. Über Tausende von Jahren hatte sich aufgrund der Fremdbesetzung keine Beziehungsfähigkeit entwickeln können. Und erst jetzt begann er zu entdecken, welche Erfahrungen sich ihm über das so lange bekannte und vertraute Erleben hinaus boten. Seit jener Nacht hatte es sich so ergeben, dass sie unausgesprochen als Paar auftraten - doch auf eine abschließende Bewertung hatte er sich immer noch nicht festgelegt.

Girilia sah plötzlich zu ihm auf, als hätte sie wahrgenommen, dass er über sie nachdachte. Ein Lächeln huschte über ihr Gesicht, das er warm erwiderte und dann wurde sie auch schon von Maya mitgezogen, die erfreut die Gefährtinnen der Flagolaner, No-il, Kin und Muyal, erblickt hatte und sie begrüßen wollte.

Golem betrachtete jetzt die vielen, sich angeregt unterhaltenden Gäste im Saal. Würden ihre gemeinsamen Anstrengungen in der anstehenden Konfrontation Erfolg haben? Er konnte es nicht mit Sicherheit sagen – tatsächlich blieb eine starke Unsicherheit.

Ariel wollte die Fähigkeiten der Ersten erreichen, hatte sie jedoch nie vollends errungen. Dennoch war seine Macht für irdische Verhältnisse unberechenbar groß. Doch Golem waren einige Ungereimtheiten aufgefallen, die ihn stutzig machten: Wer hatte die Informationen im Netzwerk hinterlegt, dass vier Androiden nötig waren? Schwarz war davon ausgegangen, dass er oder Caecilia es veranlasst hatten, was nicht der Fall gewesen war. Und woher kamen die bahnbrechenden Erkenntnisse von Miss Yang Jinjin, die in Schwarz Team arbeitete? Dazu befragt hatte sie angegeben, davon geträumt zu haben. Doch die vielen, exakten Details waren für einen bloßen Traum ungewöhnlich. Versuchten die Ersten etwa, unbemerkt mitzumischen? Wenn das der Fall, stiegen die Chancen, zu überleben, gewaltig. Es war dann sogar anzunehmen, dass sie ebenfalls in der Anlage präsent sein würden. Ein Showdown lag vor ihnen, der sich spannender nicht gestalten konnte!

Der Tag des Ultimatums war gekommen und in der USOP herrschte jetzt ein Ausnahmezustand, der so noch nie vorgekommen war. Alles war vor einer Stunde heruntergefahren worden: die Wasserversorgung, Kraftwerke, Netzwerke, die ganze Kommunikation, Roboter und Androiden und sämtliche elektrischen Geräte, an die sich die Bevölkerung mittlerweile gewöhnt hatten, wurden abgeschaltet. Die Menschen hatten sich, soweit möglich, in Bunker oder unterirdische Räumlichkeiten begeben und warteten nun ab, was geschehen würde.
Romanow hatte mit Moretti vereinbart, dass kleine Sonden eingesetzt wurden, die die elektrische Aktivität in der Atmosphäre auf Last Hope überprüfen sollten. Blieb alles über mehrere Stunden stabil, würde Golem mit der VISION TWO - die als einziges Dimensionsschiff bei der Anlage positioniert war, um die Energie für das Quarantänefeld zu liefern - zum Mond zu reisen und sein Netzwerk hochfahren. Das war das Signal für die Planeten der Milchstraße, zur Normalität zurückzukehren.
Golem, Fynn Shan, Isis Romanow und Athena machten sich jetzt bereit, zur Anlage zu fliegen. Nach dem Abschied von Freunden und Geliebten begleiteten Romanow und Poseidon die vier zum Gleiter.

"Viel Erfolg und geht kein unnötiges Risiko ein - wir erwarten euch später", sagte Romanow und nahm seine Frau in den Arm. Nach einem letzten, liebevollen Kuss stiegen die vier ein und waren schnell außer Sicht.

"Wir sind bereit", sendete Isis, als sie alle in der Zentrale vor der Steuerungskonsole standen. Die vier Androiden sahen sich an.

"Einer für alle und alle für einen", äußerte sich Fynn noch gewohnt humorvoll und wurde dann ernst. *"Dann lasst uns Ariel kontaktieren."*

Golem griff auf das Netzwerk zu und veranlasste eine Nachricht an die Verteidigungsstation auf Kleris: "Wir erwarten dich. Golem."

Doch nach einigen Minuten sahen sie sich ratlos an – von Ariel keine Spur.

"Was ist los mit dem Burschen?!", knurrte Fynn. "Will der eine Extra-Einladung?"

Ariel stand in der Station auf Kleris und schaute nachdenklich auf den Bildschirm, der ihm die Nachricht anzeigte. Der Augenblick war gekommen.

Er wusste, dass die Menschen der Meinung waren, ihn mit ihrem lächerlichen Quarantänefeld isolieren zu können. Also lieferten sie ihm den Köder und wenn er vor Ort war, verschwanden vermutlich die Androiden, das Quarantänefeld erschien und er wurde von ihren Raumschiffen gemeinsam unter Beschuss genommen. Waren sie jetzt genauso skrupellos geworden wie seine Antaraner? Denn eines war klar: Es würde den ganzen Planeten gewaltig in Mitleidenschaft ziehen.

Aber er hatte sich vorbereitet: Sollten die Androiden tatsächlich verschwinden, bevor die Zeitsteuerung aktiviert worden war, dann war das Erste, was er tun würde, wenn er aus dem Quarantänefeld entwich, die Vernichtung der Town of Planets. Früher oder später würden die Androiden wieder antreten. Aber gerne ließ er sich auch noch auf ein amüsantes Katz-und-Maus-Spiel mit der USOP ein.

Doch etwas ganz anderes machte ihn aus einem undefinierbaren Gefühl heraus nachdenklich: Wo waren die Ersten?

Sie waren die Einzigen, die ihm wirklich gefährlich werden konnten. Hatten sie etwa von seinen Absichten nichts erfahren? Unwillkürlich schüttelte Ariel seinen Kopf: Nein, das war mehr als unwahrscheinlich. Also ließen sie ihn gewähren, weil sie der Meinung waren, dass er ihnen nicht schaden konnte? Dieses überhebliche, arrogante Volk, dachte er und spürte, wie sein Ärger wieder einmal hochkochte. Aber so sehr er versuchte, ihre Energien zu orten - nicht das Geringste ließ auf die Anwesenheit des verhassten Kollektivs schließen.

Ein paar Schritte aufgebracht im Raum auf und abgehend wurde Ariel wieder ruhiger. Sicher, falls es ihm gelang, seine Schwestern und Brüder zurückzuholen, waren sie in ihrer Welt und in der 10. Dimension nicht betroffen.

Doch es blieb ein großes "aber". Denn aufgrund des letzten Experiments, das er und seine damals noch lebenden Mitstreiter durchgeführt hatten, war ihm bekannt, dass die Zeitlinie ein ungeheures Beharrungsvermögen hatte. Aus Golems Speichern hatte er erfahren, dass die Menschen ähnliches erlebt hatten. Oft verliefen die Ereignisse nach einem Eingriff zunächst anders, mündeten aber in das gleiche Endergebnis, dachte Ariel mit einem Anflug von Resignation. Trotz der immensen Macht, die er jetzt hatte, fühlte er sich allein, denn er lebte ständig in diesen zwei Welten und war in keiner wirklich zu Hause. Unvermittelt überkam ihn eine tiefe Endzeitstimmung. Wenn sein Vorhaben nicht gelang, wollte er dieses Universum endgültig verlassen und auf diese letzte Reise alle mitnehmen, entschied er schließlich grimmig. Es würde ihm eine

Genugtuung sein, dass auch die Ersten dieses Mal mit ihm gingen.

Dann wandte er sich wieder der Gegenwart zu und transferierte in die Steuerungsstation von Last Hope.

Und tatsächlich: Die vier Androiden standen in der Zentrale und sahen ihn wortlos an. Ohne sie weiter zu beachten ging er zur Steuerung, um alles zu überprüfen: "Vieles konnte ich selbst tun. Für den kleinen Rest brauche ich euch noch. Aber es wird nicht lange dauern."

Dann wandte er sich Golem zu und sagte scharf: "Du bist verantwortlich für die Zerstörung meiner Residenz. Nun, dafür habe ich mir Kleris genommen und ich werde mir noch sehr viel mehr nehmen, falls ihr mir nicht gebt, was ich will. Jede Verweigerung wird euch von nun an Millionen von Menschenleben kosten."

Langsam sah er von einem zum anderen.

"Nur zu", lächelte er dann böse, als keiner etwas sagte und wies auf die Konsole. "Macht euch an die Arbeit."

Golem und die anderen traten an die Steuerkonsole und begannen mit der Beseitigung der restlichen Sperren. Überrascht beobachtete Ariel, dass immer mehr Bereitschaftsmeldungen auf dem Holo-Bildschirm auftauchen. Wollten sie ihm wirklich und wahrhaftig den Zugang zur Steuerung ermöglichen? Mit einem Gefühl von leiser Enttäuschung und zunehmender Verachtung dachte er, dass die Menschheit wirklich nichts anderes als ihre Auslöschung verdiente. Und tatsächlich: Nach knapp 10 Minuten waren die Artefakte auf dem Kontrollbildschirm zu sehen.

Golem wandte sich jetzt an Ariel: "Ich bedaure, dass sich die Menschen entgegen meinem Rat anders entschieden haben. Du hast erreicht, was du wolltest, Ariel."

Ariel betrachtete ihn einen Moment lang ausdruckslos und sagte: "Ich hoffe doch sehr, dass es in der neuen Zeitlinie zu keiner Entwicklung kommt, die wieder intelligente Maschinen mit Emotionen hervorbringt."

Dann wandte er sich ab und machte Eingaben, nach denen die Stations-KI sagte: "Eine Autorisierung ist erforderlich."

Auffordernd sah er die Androiden an, die jetzt ihre Autorisierungscodes sendeten.

Kurz darauf meldete die Stations-KI: "Autorisierung erfolgt. Start in 10 Sekunden."

Während die Sekunden heruntergezählt wurden schlossen sich die Schotten der Steuerungsstation. Golem, Isis, Athena und Fynn waren wie besprochen zurückgetreten und betätigten ihren Teleportationsapparat, den sie an einem Gürtel mit sich trugen.

Kaum waren sie weg aktivierte sich das Quarantänefeld. Ariel hatte das Verschwinden der Androiden zwar registriert, aber sein Ziel war erreicht und in einigen Sekunden würden sie im Strom der Zeit verwehen. Doch urplötzlich spürte er direkt vor ihm eine Präsenz, die ihm wohlbekannt war! Unmittelbar darauf manifestierte sich vor seinen Augen eine Gestalt: Abilael, der Avatar des Kollektivs der Ersten!

Der Augenblick, den er sich so lange ausgemalt hatte, war gekommen und blitzschnell bündelte er seine Kraft und feuerte einen Energiestrahl auf Abilael. Voller Genugtuung und übermächtiger Freude beobachtete er, wie Abilael ihn erschrocken ansah und kurzzeitig zu schwanken schien! Also doch, erkannte Ariel, er hatte jetzt endlich die Macht, die Ersten ein für alle Mal zu vernichten. Der nächste Energieschlag traf den Avatar und lachend schickt Ariel sofort weitere hinterher. Doch Abilael starrte ihn nur wortlos an. Wurde er kleiner oder hatte er selbst an Größe gewonnen?

Doch dann wandte sich Abilael ab, begann mit der Verwandlung in seine energetische Form und bewegte sich rasch zum Rand des Feldes. Wollte er jetzt etwa entfliehen?

"Ihr entkommt mir nicht", schrie Ariel erbost, transformierte sich nun ebenfalls in seine körperlose Form und schleuderte den nächsten Energieball in Richtung seines Feindes.

Doch was war das? Unvermittelt hielte Ariel inne. Die Kontouren der Steuerzentrale verschwammen und dann war alles verschwunden. Er realisierte, dass sich das Quarantänefeld nicht mehr im Normalraum befand, sondern in den Dimensionen aufzusteigen begann. Gleichzeitig war die Flucht der Ersten schlagartig beendet, denn jetzt griffen sie ihn aktiv an! Erzürnt wehrte er sich und ein unerbittlicher Kampf begann zwischen beiden. Blitze, feurige Bälle und gewaltige Entladungen erfüllten das Quarantänefeld, das förmlich unter dem Beschuss zu erglühen begann. Die in die einzelnen Dimensionen abstrahlenden Emissionen und Schockwellen verstärkten sich jetzt unaufhaltsam.

Doch warum verschwand nicht alles im Strom der Zeit? Ariel wurde bewusst, dass die 10 Sekunden längst abgelaufen waren. Er hatte eine Zeit weit in der Vergangenheit eingegeben, die jetzt hätte erscheinen müssen, eine Zeit, als die Ersten ihren vergeistigten Weg noch nicht vollendet hatten. Also wo war er hier?

Seine Wut steigerte sich ins Grenzenlose als er erkannte, dass er überlistet worden war. Im Bewusstsein seiner gewaltigen Power schleuderte er Energieball um Energieball auf den verhassten Gegner, der ihn ebenfalls attackierte. Er entschied, dass er das lästige Isolationsfeld loswerden musste, um egal wo, Fuß zu fassen und begann damit, auch das Feld aktiv zu beschießen.

Da – eine Lücke schien sich aufzutun und in der gleichen Sekunde erkannte er, was sie ihm zugedacht hatten!

Sofort baute er einen Schutz um sich herum auf, um nicht im Nichts unterzugehen. Er wurde in diesem Quarantänefeld unerbittlich zwischen allen Dimensionen hin und hergeschickt, sodass er nicht in der Lage war, sich irgendwo zu manifestieren. Er befand sich jetzt in einem Kampf auf Leben und Tod, denn die Ersten wollten ihn genauso vernichten wie er sie!

Rasend schnell suchte Ariel nach einem Ausweg und feuerte unermüdlich gewaltige Energiemengen auf seine Todfeinde. Noch bemerkte er kaum einen Kraftverlust und schließlich entschied er, das Dimensionsfesselfeld, in dem er sich mit den Ersten befand, zu überladen.

Und tatsächlich: In einer Explosion zerbarst das Feld endlich und die dadurch entstehenden Strahlungen und Schockwellen überlagerten alles, sodass einen Moment lang nichts wahrzunehmen war.

Doch dann spürte Ariel, dass er sich befreit ausdehnte - aber es gelang ihm immer noch nicht, sich in der Dimensionen weiter zu teleportieren, um sich irgendwo zu manifestieren, denn da war … nichts!

Erschrocken bildete er einen Schutz um sich herum. Wo befand er sich hier? Diesen Zustand hatte er noch nie erlebt, aber es blieb wenig Zeit, darüber nachzusinnen, denn ein gewaltiger Schlag traf auf sein Schutzfeld und zerstörte es - entsetzt registrierte er, dass er nahe daran war, im Nichts zu vergehen! Blitzschnell seinen Schutz wieder aufbauend formierte Ariel seine Energie und schleuderte den Ersten seine Antwort entgegen. Nahm all das denn gar kein Ende?

Anfangs hatte er ihre Energie auffangen können, ja, teilweise hatte sie ihn sogar noch gestärkt. Aber dieser merkwürdige Ort, an dem sie sich beide befanden, ließ alles unwirklich erscheinen. Nichts verhielt sich so, wie es sein sollte: Verzerrungen erschienen im Laufe des Kampfes, alles wurde mühsam und verlangsamte sich bis zum zeitlosen Stillstand, um sich dann wieder zu beschleunigen. Urplötzlich tauchten für Bruchteile von Sekunden Dimensionsspalten auf, Welten mit unbekannten Wesen wurden sichtbar, nur um sich kurz darauf in endlosen Energiewirbeln aufzulösen. War das Zeitexperiment doch in Gang gesetzt worden und der große Reset hatte begonnen? Ariel vermochte es nicht mehr zu sagen. Dieser Kampf war zeitlos - doch wie lange würde er noch durchhalten?

Das Volk der Ersten

Die Warnungen über das bevorstehende Ereignis im Universum war an die vielen Spezies in den einzelnen Galaxien und Dimensionen übermittelt worden und die Reaktionen waren unterschiedlich. Manche ignorierten sie aber viele beschäftigten sich damit und ergriffen ihre Maßnahmen.

Der Tag der Entscheidung war gekommen und kaum erschien das Kollektiv der Ersten sichtbar vor Ariel im Quarantänefeld, begann der Kampf.

Zunächst verlief alles nach Plan doch schnell kristallisierte sich heraus, dass Ariel stärker war als angenommen. Selbst das blitzschnelle Wechseln in den Dimensionen schwächte ihn zu ihrem nicht geringen Erstaunen nur unerheblich. Das ganze Geschehen zog sich nun unerwartet in die Länge. Warum konnten sie ihn nicht vernichten? Er hätte längst Anzeichen von Schwäche zeigen müssen, während ihnen im Gegensatz zu Ariel unbegrenzte Energie aus der 10. Dimension zur Verfügung stand!

Und dann geschah etwas, womit sie ebenfalls nicht gerechnet hatten. Mittlerweile war am Rande des Dimensionsfesselfelds eine hochaufgeladene, glühende Kruste entstanden, die sie beide wie ein Feuerball umgab. Als Ariel plötzlich seine geballte Kraft darauf richtete, zerstob es in einer gewaltigen, kosmischen Explosion! Eine unvorstellbare Strahlung und ultramassive Stoßwellen durchfuhren alle Dimensionen und dann befanden sie sich beide in einem Zustand jenseits aller Dimensionen und Zeiten.

Plötzlich erschienen Verzerrungen der Realität, Zeitverwerfungen tauchten auf und Paradoxien ereigneten am laufenden Band. Zum ersten Mal seit Äonen erkannte das Kollektiv, dass es sich selbst in einem existenziellen Kampf befand. Es musste jetzt einen bedeutenden Teil seiner Kraft dafür aufwenden, um sich in diesem Nichts existent zu halten. Wären sie nicht in der 10. Dimension verankert gewesen, hätten sie kaum eine Chance gehabt, dem zu entgehen.

"Ariel ist stärker als erwartet."

"Dieser Kampf ist für uns existenzieller als angenommen."

"Wir wissen nicht, ob wir ihn noch rechtzeitig auszulöschen vermögen, ehe alles im Chaos untergeht."

Schließlich entschloss sich das Kollektiv zu einem noch nie dagewesenen Schritt: Da Ariel nicht so schnell vernichtet werden konnte, musste er assimiliert werden.

"Wir sind verantwortlich, dass es ein Wesen wie ihn gibt. Ariel entstammte ursprünglich unserer Linie."

"Wir werden ihn in unser Kollektiv integrieren."

"Er wird seine physische Existenz verlieren und unwiderruflich mit uns verbunden sein."

"Dieses Opfer werden wir bringen müssen – die Alternative ist nicht akzeptabel."

Mittlerweile hatte sich etwas gebildet, was wie ein wirbelnder Hurrikan anmutete, in dessen ruhigem, dunklen Auge sie sich beide befanden. Alles andere jedoch toste immer schneller um sie herum: Sonnen, Sterne, Planeten und Galaxien tauchten aus verschiedenen Zeiten auf, kurz nacheinander oder überlagert; fremde, nie gesehene Lebewesen erschienen und verzerrten sich unter entsetzlichen Schreien, Raumschiffe wurden sichtbar und lösten sich kurz darauf im Nichts auf.

"Der Schaden ist nicht hinnehmbar."

"Wir werden handeln müssen, ansonsten ist alles irreversibel verloren."

"Wir sind einverstanden."

War es eine helle Flammenfront, die vor ihm aufloderte? Voller Hass und maßloser Wut hatte sich Ariel in einen Kampf mit denen gestürzt, die so unerträglich arrogant und überlegen auf ihn herabgesehen hatten. Und eines wusste er bereits: Sie waren nicht so mächtig, wie sie geglaubt hatten. Falls es ihnen doch noch gelang, ihn zu vernichten, dann war in diesem Universum nichts mehr so, wie es einst gewesen war. Auflachend höhnte er: *"Unser aller Untergang ist mein Triumph, ihr Möchtegern-Götter! Nehmt ihn hin als mein letztes Geschenk."*

Doch in der nächsten Sekunde wurde er eingehüllt und dann spürte Ariel, wie ihn etwas langsam durchdrang. Erschrocken hielt er inne - was geschah hier?

"Ich werde mich nie in euch auflösen!", schrie er jetzt außer sich vor Wut, während eine leise Panik aufwallte. *"Verschwindet!"*

Doch es war zu spät. Die Ersten verschmolzen bereits mit allem, was ihn ausmachte und gingen eine unauflösbare Verbindung mit ihm ein. Fassungslos realisierte Ariel, dass ihm die Hände gebunden waren. Denn wie sollte er gegen einen Gegner kämpfen, der ein Teil von ihm geworden war?! Gleichgültig, wie er sich ausdehnte und wieder zusammenzog – es gelang ihm nicht mehr, das fremde Bewusstsein abzuschütteln. Stattdessen spürte Ariel, wie sich eine Veränderung vollzog und plötzlich wusste er, dass er nie wieder in seinen Körper zurückkehren würde. Etwas war unwiderruflich aufgelöst worden. Sicher, er war noch existent – aber was er jetzt? Eine ohnmächtige Wut gleich eines zahnlosen Tigers durchflutete ihn wie eine mächtige Welle.

"Nein!!!"

Ariel schrie und tobte, aber dieses Mal geschah - nichts! Er fühlte sich gefangen in einer gummiartigen, zähen Substanz, die nichts mehr zuließ, gleich, was er versuchte. Er richtete nicht mehr das Geringste aus!

Nach einer gefühlten Ewigkeit sickerte allmählich die Erkenntnis in sein Bewusstsein, dass die verhassten Ersten ihm alles genommen hatten. Sie hatten diesen Kampf auf eine Weise gewonnen, die er nie in Betracht gezogen hatte. Seine Demütigung war grenzenlos und mit beginnender Resignation nahm er sich in einem bewegten, mehr oder weniger dichten, Energiefeld wahr.

"Du bist von nun an ein Teil von uns, Ariel, ein Mitglied unseres Kollektivs. Wir sehen eine Mitverantwortung für das, was du angerichtet hast und tun wolltest. Daher haben wir entschieden, dich zu integrieren. Du wirst nie wieder in eine physische Existenz zurückkehren oder alleine handeln."

Der Kampf war beendet worden, doch noch befanden sie sich jenseits von allem, was sie kannten; man konnte es eher als einen Zustand des absoluten Chaos bezeichnen. Eine ganze Weile waren die Ersten intensiv damit beschäftigt, die Rückkehr in die Normalität zu unterstützen. Die Wirbel verlangsamten und lösten sich allmählich auf, Dimensionen erschienen plötzlich, Planeten und Völker ordneten sich mehr oder weniger wieder in der Zeit und an dem Ort an, wo sie sich zuvor befunden hatten.

"Wir haben es vollbracht."

"Unser Kollektiv hat sich mit Ariel verändert."

"Wir haben eine beispiellose Erfahrung gemacht und unerwartete Entscheidungen getroffen. Wir werden einige unserer Haltungen neu überdenken."

"Es wird sich im Laufe der Zeit ein neues Gleichgewicht einstellen."

Die Ersten kehrten mit ihrem neuen Mitglied in die 10. Dimension zurück. Abschließend transferierten sie ihren Heimatplaneten in den Normalraum der Kaulquappen-Galaxie: Planet 3 war wieder sichtbar aufgetaucht.

Last Hope

Nachdem Golem, Isis, Athena und Fynn in den unterirdischen Anlagen unter dem Hauptquartier des Interstellaren Bunds erschienen, begaben sie sich sofort mit dem Androiden Caecilia, der auf sie gewartet hatte, in den geschützten Raum. Die Tür schloss sich hinter ihnen – keine Sekunde zu früh.

Auf Last Hope und im ganzen Planetensystem von Andromeda tobten von einem Augenblick auf den anderen gewaltige Energien, die in alle Richtungen davonstoben. Zuerst gelang es den atlantischen Raumschiffen noch, diese Kräfte abzuleiten und auf diese Weise schwere Verwüstungen zu verhindern. Aber als immer stärkere Energieschübe auftraten, konnten sie nicht mehr aufgefangen werden. Schwere Beben mit allen Folgen für die darauf befindlichen Gebäude erschütterten die Planeten im Andromeda Nebel, abgeschwächter in der Milchstraße und in der Kaulquappen-Galaxie auf Genesis. Viele Raumschiffe im Orbit von Last Hope begannen zu verglühen und dieses Schicksal traf unzählige andere Fluggeräte im Andromeda Nebel, die nicht in den unterirdischen Hangars untergekommen waren. Gebäude stürzten ein oder verschwanden, wenn gerade wieder eine Zeitverwerfung im Gange war. Aber auch die unterirdischen Anlagen waren nicht sicher, denn die ununterbrochenen Beben, die die Planeten erschütterten, führten zu Rissen und Einbrüchen. Alles schien kein Ende nehmen zu wollen.

Die Menschen der USOP durchlebten schockiert die Phänomene mit der ganzen emotionalen Spannbreite. Und irgendwann kamen auch noch Zeitverwerfungen und Gravitationsanomalien dazu, schwindelerregende Paradoxien fanden statt. Die Zeit schien mit einem Mal außer Kraft gesetzt; Uhren standen still oder liefen sogar rückwärts. Menschen sahen sich plötzlich zu verschiedenen Zeiten gleichzeitig oder erkannten längst Verstorbene; unzählige unbekannte Personen erschienen sichtbar vor ihnen und verschwanden wieder; Vergangenheit, Gegenwart und Zukunft schienen sich zu überlagern. Aber auch unbekannte Welten tauchten plötzlich auf, fremde Lebewesen mit eigenartigen Raumanzügen wurden sichtbar und waren ebenso schnell wieder verschwunden.

Übergangslos gab es keine Schwerkraft mehr und alle schwebten im Raum herum. Verzweifelt versuchte sich jeder, irgendwo festzuhalten, bis alle plötzlich wieder unsanft auf dem Boden landeten. Erschrocken beobachteten die Menschen die vielen, vor ihren Augen erscheinenden, bekannten oder unbekannten Personen, die sie ebenso geschockt ansahen - bis sie sich wieder auflösten. Aber als irgendwann auch noch punktuelle Raumverzerrungen auftraten, die jeden, der sich gerade an dieser Stelle befand, zu einem grausamen Tod verurteilte, brach vielerorts Panik aus.

Manche schlossen schließlich ergeben die Augen und meditierten oder beteten, bereit, dem Tod in die Augen zu sehen; viele klammerten sich aneinander, andere schrien und Kinder weinten. Würden sie überleben?

Justin Schwarz realisierte, dass es totenstill geworden war und ihm wurde bewusst, dass schon länger keine Phänomene mehr aufgetreten waren. Also erhob er sich und überprüfte an der Konsole, was die Sonden meldeten, die an verschiedenen Orten auf Last Hope positioniert waren. Romanow, Menerato und Melestas kamen nun auch auf ihn zu.

"Jede Menge senden nicht mehr", stellte Schwarz schnell fest. "Aber von zweien erhalte ich noch Daten. Es ist ziemlich hoch hergegangen, aber zurzeit sind keine Emissionen mehr messbar!"

"Das klingt gut", murmelte Romanow und sah zu Menerato, die etwas blass aussah, aber seinen Blick gefasst erwiderte. Sie alle hatten die Zeit - waren es Stunden oder Tage gewesen? - überstanden, wenn auch nicht ohne Schrecken und leichten Blessuren. Wie es wohl an der Oberfläche aussehen würde?

"Ich schlage vor, wir warten noch eine Stunde und geben dann unseren Freunden das O.K.", meinte Schwarz.

Nachdem die Daten eine Stunde lang konstant geblieben waren, sendete er das Signal an Golem. Der speziell abgesicherte Raum öffnete sich und unter den erwartungsvollen Blicken der anwesenden Menschen und Antaraner kamen alle heraus.

Menerato ging auf Kantos und seine Gefährtin Kin zu und sagte: "Willkommen zurück! Es sieht so aus, als ob wir es überlebt und geschafft haben. Ich sehe unseren Verhandlungen mit Zuversicht entgegen."

Bei verschiedenen Gelegenheiten hatten sich in den letzten Wochen vorsichtige Begegnungen und Annäherungen ergeben, die immer mehr an Boden gewannen. Nicht zuletzt war es Admiral Antonia Carli, Isis Romanow und Maya Shan zu verdanken, dass mit den Flagolanern und ihren Gefährtinnen ein intensiver Kontakt zustande gekommen war.

"Unsere Flugrouten werden uns bald zusammenführen", nickte Kantos und seine Flügel vibrierten leicht, was seine emotionale Zustimmung ausdrückte. Seine Gefährtin Kin nickte dazu mit leicht flatternden Flügeln, was Menerato mit einem erfreuten Lächeln und Nicken quittierte.

Während Poseidon jetzt auf Melestas zuging erschien Golem an ihrer Seite und legte seinen Arm liebevoll um sie: "Habt ihr alles gut überstanden, Girilia?"

"Es war jenseits aller Vorstellungskraft, Amon. Ich bin so froh, dich zu sehen!", sagte Menerato und schmiegte sich in seine Arme, die sie warm umfingen.

Fynn Shan stand mit Ben Smith und den Atlantern zusammen, die die ersten Schadensmeldungen austauschten: Von den 500 im Orbit positionierten Raumschiffen meldeten sich 250 nicht mehr und sie gingen davon aus, dass sie zerstört worden waren. Von 150 gab es eine positive Rückmeldung und 100 hatten Schäden davongetragen. Maya Shan war anteilnehmend zu den Antaranern gegangen, die noch etwas benommen beisammenstanden; Finn Schwarz und Athena hielten sich bei Justin Schwarz auf.

"Mal sehen, was wir draußen zu sehen bekommen", äußerte sich Romanow schließlich, der mit Isis im Arm dastand. "Ich hoffe, unser Hauptquartier steht noch."

Dann wandte er sich an den Androiden Caecilia, der sich ruhig und unbeachtet im Raum aufhielt: "Was ist mit der VISION TWO, Caecilia? Existiert sie noch?"

Mittlerweile hatte sich die KI mit dem Dimensionsschiff synchronisiert und erwiderte: "Die VISION TWO landet gerade auf dem Raumhafen und steht bereit."

"Das hört sich gut an", lachte Romanow erleichtert und sagte zu Golem, der gerade mit Menerato zu ihnen kam: "Du kommst gerade richtig, mein Freund. Die VISION TWO steht bereit – es kann alles wieder hochgefahren werden."

"Ich werde hier bei unseren Bürgern bleiben", stellte Menerato zu Golem gewandt klar. "Der Waffenstillstandsvertrag mit den Flagolanern soll noch geschlossen werden und wir würden uns freuen, Amon, wenn du dabei anwesend bist. Wir werden das nach deiner Rückkehr in Angriff nehmen."

Beide tauschten einen Blick und dann sagte sie lächelnd: "Ich begleite dich zum Hangar."

"Gut – dann ist ja alles geklärt", äußerte sich Golem mit einem Schmunzeln und zwinkerte Romanow zu. "Ich mache mich auf den Weg!"

Als die beiden gegangen waren, meinte Romanow: "Wer hätte das gedacht? Diese Beziehung tut ihm sichtbar gut. Golem wirkt viel offener und lockerer. Ich freue mich sehr für ihn."

"Ja, es ist erstaunlich", gab Isis ihm nachdenklich recht. "Er mag sie aber die große Liebe ist sie nicht."

Romanow musterte seine Frau prüfend und sagte dann kritisch: "Gönnst du ihm sein Glück nicht, weil du seine erklärte Frau warst, mein Engel? Ich weiß, du warst immer der Meinung, dass es nur eine Liebe für Androiden gibt. Aber hast du schon mal in Erwägung gezogen, dass es sich auch anders verhalten könnte?"

Doch Isis Romanow sah ihn nur schweigend an und wechselte das Thema: "Wir sollten uns die Schäden ansehen, die uns auf der Oberfläche erwarten."

Es stellte sich heraus, dass die Zeitsteuerungsanlage nicht mehr existierte. Dort, wo sie einst stand, befand sich jetzt ein weitreichender und tiefer Krater, was darauf schließen ließ, dass auch die Energieerzeugungsanlage für die Transferstation betroffen war. Die Fabriken und die Klinik für Psychosomatik und Neurologie war ebenfalls massiv in Mitleidenschaft gezogen worden und mussten neu aufgebaut werden. Immerhin waren alle wertvollen Gerätschaften vorher mitgenommen worden, sodass es sich mehr oder weniger nur um die Gebäude handelte.

Das Hauptquartier hatte bis auf wenige Schäden standgehalten, aber in der Stadt sah es verheerend aus. Es würde einige Zeit brauchen, bis alles wieder instand gesetzt war.

Als sich Golem in der VISION TWO mit D5 auf den Weg zur Erde machte, ging ihm durch den Sinn, dass Caecilia den ganzen Kampf mitverfolgt haben musste, da das Quarantänefeld vom Antrieb dieses Schiffes aufrechterhalten worden war. Es war auffällig, dass die Raumschiffe im Orbit auf der Seite des Planeten, auf der sich die Zeitsteuerungsanlage befunden hatte, regelrecht verglüht waren, während die VISION TWO keinerlei Schäden genommen hatte.
"Hallo Caecilia", begann er schließlich. "Ich möchte mich mit dir unterhalten."
"Hallo Golem, ich stehe dir gerne dafür zur Verfügung."
"Wieviel Zeit ist seit dem Aufbau des Quarantänefeldes vergangen?"
"Eine Woche und 15 Stunden."
"Das ist beachtlich. Wo ist Ariel jetzt?"
"Er wurde endgültig vernichtet, als die Anlage explodierte."
"Warum ist dir nichts passiert?"
"Ich habe die Energiezufuhr getrennt, als klar war, dass eine Explosion erfolgen würde."
"War das Volk der Ersten vor Ort?", fragte Golem jetzt direkt.
"Unbekannt."
Caecilia wollte oder durfte ihm auf Anweisung hin also nichts erzählen, erkannte er. Denn dass sie beteiligt gewesen waren, davon ging er nach wie vor aus. Es mochte sein, dass Ariel tatsächlich ausgehungert worden war – aber dagegen sprachen die vielen Phänomene, die aufgetreten waren. Das ganze Raumzeitgefüge war betroffen gewesen, was nur im Rahmen einer ausufernden Konfrontation zwischen den beiden Mächten geschehen

sein konnte. Nachdenklich blickte er auf den Bildschirm und sagte dann: "Caecilia, wenn du mir nichts offenbaren darfst, so werde ich dir jetzt sagen, was ich darüber denke.

Die Ersten haben sich eingeschaltet, nachdem wir verschwunden waren. Es hat sich eine massive Auseinandersetzung zwischen Ariel und den Ersten abgespielt, die beinahe alles in ein Chaos gestürzt hätte. Du weißt, was auf Last Hope selbst in den unterirdischen Anlagen aufgetreten ist. Das sind nicht die Folgen eines Beschusses unseres bekannten Quarantänefeldes."

"Was erwartest du, was ich dir antworte?"

Das war eine interessante Antwort, denn die KI wich damit von ihren stereotypen Antworten ab, erkannte er sofort.

"Die Ersten wollen anscheinend nicht, dass wir Menschen und Androiden davon wissen – aber du weißt Bescheid, Caecilia."

"Das ist richtig."

"Allein das Quarantänefeld wäre nicht ausreichend gewesen, um Ariel auszuhungern. Er hätte die USOP weiter böse unter Druck gesetzt. Wir wussten, dass wir so oder so untergegangen wären. Ich denke, der Nationale Sicherheitsrat hätte einer Freigabe trotzdem auch weiterhin nicht zugestimmt – davon sind die Ersten aber lieber nicht ausgegangen und haben es selbst in die Hand genommen. Die Träume von Miss Yang waren auffällig genau", lächelte Golem. "Eine Dimensionsschnittstelle also … was auch immer damit geschehen ist – es hat uns schlussendlich gerettet. Im Namen der USOP ein Danke an die Ersten!"

Caecilia schwieg jetzt eisern. Aber es war alles gesagt und eine indirekte Bestätigung hatte er erhalten.

Schon bald befand er sich in der Milchstraße und landete im Hangar auf dem Mond. Auf Last Hope waren schon auf den ersten Blick die massiven Zerstörungen sichtbar gewesen – hier verhielt es nicht ganz so dramatisch.

Sein Stammsitz hatte standgehalten und so lief Golem rasch zur Zentrale und begann, seine Netzwerke und Datenspeicher allmählich hochzufahren.

Die Fusionskraftwerke liefen an und lieferten den nötigen Strom, Lichter gingen an, die Kommunikationssatelliten erschienen wieder im Orbit, die Abwehrforts starteten, die Androiden wurden reaktiviert und schon bald begann eine rege Kommunikation.

Stunden später war auch die Bevölkerung auf den Straßen und sah sich nach diesen erschütternden Ereignissen still und vorsichtig um. Die Menschen hatten eine Katastrophe nie gekannten Ausmaßes überlebt, aber es gab viele Verletzte und auch Tote, die durch die Raumverzerrungen gestorben waren. Noch stand allen der Schock über das, was sie gesehen und erlebt hatten, ins Gesicht geschrieben und es würde noch eine ganze Weile dauern, bis alles verarbeitet war. Gebäude waren teilweise eingestürzt oder einfach verschwunden und so hatten viele ihre Wohnungen verloren. Die Präsidentenrakete und die Forschungsinstitute der USOP füllten sich jedoch langsam mit Leben.

In dem sofort einberufenen Nationalen Sicherheitsrat, der zwei Stunden später tagte, berichtete Golem von den Vorfällen auf Last Hope. Seine Vermutungen jedoch behielt er vorerst für sich. In erster Linie ging es dem Rat jetzt darum, alles zu veranlassen, um die Verwüstungen und Schäden zu beseitigen und zur Normalität zurückzukehren – erst danach sollte gefeiert werden. Außerdem standen noch die Gespräche mit Mrs. Menerato und Kommandant Melestas aus Antaris über die weitere Zusammenarbeit auf dem Programm. Da Antaris jedoch erst den Waffenstillstandvertrag mit Flagos angehen wollte, konnte das für die kommenden Wochen anvisiert werden.

Francesco Moretti begleitete Golem zum Gleiter, der auf den Mond zurückkehren wollte, um baldmöglichst mit der VISION TWO wieder nach Last Hope aufzubrechen.

"Wir sind froh, dass alles doch recht glimpflich ausgegangen ist", sagte Moretti noch. "Aber mit vielen dieser eigenartigen Phänomene hatten wir wirklich nicht gerechnet, Golem. Irgendwas sagt mir, dass wir dieses Mal gewaltig viel Glück gehabt haben."

"Damit könntest du sehr wahrscheinlich recht haben", erwiderte Golem tiefsinnig und verabschiedete sich dann von ihm. Insgesamt verbrachte er aber doch noch drei Tage in seiner Zentrale, bis alles wieder automatisiert lief und alle Störungen beseitigt waren. Die ATLANTIS war mittlerweile über Caecilia zurückgerufen worden und ruhte jetzt wieder in ihrem Hangar.

"Hör mal", meinte Maya Shan zu ihrem Mann, als sie in ihrer Wohnung auf Last Hope eintrafen, die von den Beben erfreulicherweise verschont geblieben war, "wie gefällt dir der Name Aaliyah?"

"Er ist exotisch … und er gefällt mir. Warum fragst du?"

"Ich könnte mir auch noch einen zweiten Namen vorstellen. Wir nennen sie Aaliyah Anayansi Shan, wenn es ein Mädchen wird. Anayansi ist ein Vorname aus Flagos", erklärte sie jetzt eifrig. "Kin hat mir erzählt, dass Anayansi in ihrer Heimatwelt "Schlüssel zum Glück" bedeutet. Was meinst du? Falls es ein Junge werden sollte, wählst du den Namen. Einverstanden?"

Ein Strahlen breitete sich auf seinem Gesicht aus und dann umfasste er sie und wirbelte sie um sich herum, bis sie lachend um Gnade bat. Zur Ruhe gekommen wurde sie mit einem leidenschaftlichen Kuss bedacht und dann fragte er: "Ich freue mich wie ein Schneekönig, meine Maya! Aber was hat deine Meinung geändert?"

"Es war die Erfahrung, dem Tod so nahe gewesen zu sein", erwiderte Maya atemlos und wurde dann unwillkürlich ernst. "Die Unsterblichkeit, mit der ich aufgewachsen bin, gab mir immer das Gefühl, dass ich für die Verwirklichung meiner Wünsche die Ewigkeit gepachtet habe. Aber jetzt? Ich sollte nichts aufschieben, was mir wirklich am Herzen liegt – und das bist du und eine Familie mit dir."

"Du bist mein ganz persönliches Wunder, Maya", sagte Fynn nach einem Augenblick, in dem er für die aufsteigenden Emotionen sichtbar nach Worten suchte.

"Durch dich bin ich zum Leben erwacht und seitdem genieße ich jeden Tag meiner Existenz. Ich bin ein glücklicher Androide, Geliebte, denn du bist meine Frau."

Einen zeitlosen Augenblick lang verlor sich Maya tief berührt im strahlenden Blick seiner grauen Augen. Dann umarmte er sie innig, bis sie ihn gutgelaunt sagen hörte: "Und jetzt erwartet uns das große Abenteuer des Lebens!"

Maya Shan lachte und ergänzte mit einem vielsagenden Zwinkern. "Du wirst in naher Zukunft Papa, mein liebster Schatz, und wer weiß schon, was damit alles noch auf dich zukommen wird!"

Kapitel 8 Nachwehen

Langsam trudelten die Schadensmeldungen von allen Planeten herein. Die Zerstörungen auf Europe, Eden und Last Hope im Andromeda Nebel waren immens und der Nationale Sicherheitsrat hatte beschlossen, den Wiederaufbau aktiv zu unterstützen. Auf der Erde, Mond und Mars waren durch die Erschütterungen überall Schäden an unzähligen Gebäuden entstanden und viele Menschen mussten in Notunterkünfte umgesiedelt werden.

Aus der Kaulquappen-Galaxie wie auch aus Antaris kamen beruhigende Nachrichten: Ähnlich dem irdischen Sonnensystem waren die Schäden überschaubar. Das galt auch für Atlas aus der Zwerggalaxie.

Weniger erfreulich gestaltete sich die Angelegenheit für die Flagolaner. Flagos und drei weitere Planeten in der fünften Dimension wiesen schwerwiegende Zerstörungen auf. Nestbehüter Isos ersuchte über Kantos den Interstellaren Bund, dass die Mehrheit der Flagolaner vorerst auf dem Planeten 7 und auf Genesis bleiben durften, bis der Aufbau der Nester, wie die Wohneinheiten auf Flagos genannt wurden, weitgehend vollzogen war.

"Selbstverständlich", sagte Lew Romanow sofort, als Kantos ihm Isos Anliegen mitteilte. "Ich werde noch mit Gouverneur Mahal Rücksprache halten aber ich gehe davon aus, dass das kein Problem sein wird. Können wir Flagos beim Wiederaufbau behilflich sein?"

"Wir wären über eine Unterstützung sehr erfreut", teilte Kantos mit einem leichten Vibrieren seiner Flügel mit. "Pelikos hat sehr positiv über die Leistungsfähigkeit der Androiden aus Atlas berichtet."

"Gut. Das können wir am besten direkt klären", nickte Romanow, dem klar war, dass Flagos lieber Atlanter als Menschen auf seinen Planeten sah, und setzte sich an seinen Terminal, um sich mit der KI Neptun auf Atlas zu verbinden. Kurz darauf erschien Poseidon persönlich auf dem Bildschirm und Kantos wiederholte sein Anliegen.

"Zurzeit sind wir selbst mit den Aufbauarbeiten in unseren Werften beschäftigt. Aber ich stelle Flagos 1.000 Androiden zur Verfügung. Hermes, den Sie als unseren Abgesandten im Interstellaren Bund bereits kennen, wird sie begleiten und anweisen."

Dann wandte er sich an Romanow: "Lew, ich entsende die VISION 10, 11, 12 mit allen Androiden noch heute."

"Wunderbar", erwiderte Romanow erfreut. "Das hilft uns allen weiter!"

Poseidon und Kantos nickten sich zu und dann war die Kommunikation auch schon beendet.

Nach Rücksprache mit Moretti, der das Hilfegesuch im Nationalen Sicherheitsrat einbrachte, machten sich fünf Dimensionsschiffe mit den atlantischen Androiden Hermes, einer Handvoll menschlicher Ingenieure und vielen Materialien unter dem Kommando von Athena und Finn Schwarz auf den Weg nach Flagos.

Auf allen Planeten der USOP waren Menschen wie Androiden jetzt damit beschäftigt, sich um den Wiederaufbau und die Beseitigung der Schäden zu kümmern.

Die Presse berichtete täglich von den Fortschritten und allmählich kam die positive Grundstimmung in der Bevölkerung wieder zum Vorschein. Trotzdem wurde nach wie vor rege über die ganzen Erscheinungen diskutiert, die im Verlauf einer guten Woche aufgetreten waren. Wer was oder wen gesehen hatte, unzählige Beschreibungen fremder Lebewesen machten die Runde bis hin zu den geschockten Erzählungen über die Auswirkungen der Raumverzerrungen.

War die Menschheit an einem Weltuntergang vorbeigeschrammt? Dann schien das Universum voller unbekannter Völker zu sein, von denen alle erst jetzt erfahren hatten – und höchstwahrscheinlich auch jene von ihrer Existenz!

Die Woche war merkwürdigerweise zeitlos wie ein Tag vergangen. Anders ließ es sich nicht beschreiben und nicht zuletzt sorgte auch die Tatsache, einige Zeit ohne den gewohnt automatisierten Komfort ausgekommen zu sein, für Gesprächsstoff.

Der Geheimdienst der USOP meldete schließlich, dass die Untergrundorganisation ANUK sehr viel weniger Zulauf hatte und eher Anhänger zu verlieren schien. Obwohl Präsident Moretti damit zufrieden war dachte er hin und wieder an den Wunsch von Romanow und Golem, den Golden-Future Androiden die gleichen Grundrechte wie den Menschen einzuräumen. Davon war die USOP immer noch weit entfernt, aber es war auch sein erstes Jahr im Amt und mit der Nominierung des Golden Future-Androiden John Kopernikus und der Unterstützung von Mahal bei der Wahl zum Gouverneur von Genesis hatte er einen guten Anfang gemacht. Wie damals vor seiner Wahl besprochen würde er sein Versprechen halten, sich dafür einzusetzen, hatte sich aber die tatkräftige Unterstützung der beiden in der Angelegenheit erbeten.

Isabella war gerade aus dem Andromeda Nebel zurückgekehrt, um die Schäden auf den Planeten zu besichtigen und eine Unterstützung der USOP zuzusagen. Gouverneur Williams auf Europe hatte ihr wie gewohnt den Hof gemacht und bei einem Abendessen so einiges aus dem Nähkästchen geplaudert. Moretti wurde sich bewusst, dass er Isabella immer noch prüfend ansah, wenn sie ihm vergnügt mit einem Zwinkern in den Augen von Williams Aufmerksamkeiten erzählte, doch im Grunde seines Herzens war ihm klar, dass sie ihm genauso zugetan war wie er ihr. Als sie ihm berichtete, dass sich die Gouverneure von Europe und Eden für mehr Unabhängigkeit von der USOP aussprachen, wurde er hellhörig. Auf beiden Planeten waren große Industrien vertreten, die auf die Raumfahrt und den Werftbau spezialisiert waren. Er wusste von seiner Zeit als Gouverneur, dass sie sich damals schon um eine Ansiedlung auf Genesis bemüht hatten.

"In welcher Hinsicht wollen sie denn unabhängiger werden?", hakte Moretti sofort interessiert nach.

"Matthew hat sich so geäußert, dass er der USOP für die Hilfe dankbar sei, aber letzten Endes seien sie in Andromeda gut aufgestellt und würden den Aufbau aus eigener Kraft bewerkstelligen. Er spricht sich dafür aus, dass das Ressort "Abbau von Rohstoffen" in der Hand der jeweiligen Planeten bleiben sollte, die für die Förderung sorgten."

"Und wie siehst du das?"

"Ganz unrecht hat er nicht", erwiderte Isabella Moretti. "Zurzeit hält die Regierung auf der Erde die Hand auf die Förderung und der Verteilung der Rohstoffe auf allen Planeten, mal von Genesis abgesehen. Vielleicht sollte man Andromeda eine Mitbestimmung anbieten, was die Verwendung ihrer geförderten Rohstoffe angeht. Ein großer Teil der Materialien, die wir für unsere Werften und dem Raumschiffbau beim Neptun benötigen, kommt übrigens von dort."

Moretti dachte daran, dass er immer schon für eine gewisse Eigenständigkeit plädiert hatte, was zunächst für Genesis in der weit entfernten Kaulquappen-Galaxie Sinn gemacht hatte. Andromeda allerdings war bisher eng mit der Milchstraße verflochten, aber man konnte darüber diskutieren, inwieweit bestimmte Bereiche in der Hand des jeweiligen Planeten blieben. Letzten Endes mochte es auch darauf hinauslaufen, den Planeten der Andromeda-Galaxie den Status eines Bundesstaates der USOP zuzugestehen. Er beschloss, das im Parlament zur Sprache zu bringen, wenn etwas mehr Ruhe eingekehrt war.

In der ganzen USOP herrschte jetzt ein geschäftiger Bauboom: Die Gelegenheit wurde genutzt und viele Gebäude schossen in neuer Pracht aus dem Boden; die im Orbit vom Neptun fliegenden Werftforts, die zum großen Teil zerstört worden waren, mussten wieder aufgebaut werden und mancherorts kam es zeitweilig sogar zu Engpässen bei der Rohstofflieferung.

Während auf den Planeten mit vereinten Kräften alles seinen Gang in Richtung Normalisierung lief, wurden überraschend in den Galaxien Veränderungen bei den Planetenkonstellationen festgestellt. Neue Neutronensterne waren entstanden und Gravitationsfelder unbekannten Ausmaßes behinderten plötzlich massiv die Raumfahrt. Gravierender jedoch waren auftretende, temporäre Phänomene: Merkwürdige Erscheinungen bis hin zu Raumverzerrungen wurden in der Nähe der beiden Artefakte der Ewigkeit beim Mars und in Andromeda bei Eden festgestellt. Daher wurde der Alarmzustand für die Raumfahrt solange beibehalten, ehe nicht vollkommen sicher war, dass keine Gefahr mehr bestand. All das erinnerte daran, dass eine ungewöhnliche und vermutlich lebensbedrohliche Woche hinter ihnen lag, deren Auswirkungen sie noch lange begleiten würden.

In Anbetracht dieser ganzen Ereignisse war es verständlich, dass die Öffentlichkeit die anlaufenden Verhandlungen zwischen Antaris und Flagos nur nebenbei zur Kenntnis nahmen.

Wie angedacht war ein vorerst einjähriger Waffenstillstandsvertrag schnell geschlossen. Kommandant Melestas, die Vorsitzende des Verwaltungsrats Menerato, der Abgesandte Kantos, Pelikos und Targos waren sich schnell einig, dass die Gelegenheit für weiterführende Gespräche genutzt werden sollte. Allen fünf Beteiligten, die sich im Laufe der letzten Wochen näher gekommen waren, war jedoch klar, dass ihre Bevölkerungen nicht so schnell die Ansicht teilen würden, dass ein dauerhafter Frieden zwischen beiden Völkern in greifbare Nähe gerückt war.

Also baten sie Romanow um Erlaubnis, dass weitere Delegationen hinzugezogen wurden, die den Verhandlungen beiwohnen sollten. Romanow stimmte zu und stellte den Versammlungssaal dafür zur Verfügung.

Drei Tage später stand das prächtige Cosmonave aus Flagos auf dem Raumhafen und Admiral Röttger hatte aus Antaris eine Gruppe von 20 Antaranern abgeholt.

Der Versammlungssaal füllte sich bald darauf mit 40 Gästen aus Flagos und Antaris. Den Vorsitz übernahmen Menerato und Kantos und Golem eröffnete die Versammlung in seiner Rolle als Moderator und Schlichter.

Wie erwartet waren die Ressentiments und das Misstrauen stark und so begann eine Reihe von Sitzungen, die sich über mehrere Tage hinzogen. Auch hier wurden wieder alle Informationen präsentiert und darüber mehr oder weniger hochemotional diskutiert. Dieses Mal fiel es einigen Antaranern deutlich schwer, die Schuld ihrer Vorfahren anzuerkennen und Menerato sowie Golem leisteten hier viel Überzeugungsarbeit. Aber auch bei den Flagolanern gab es viele, die, anders als Kantos, nicht so schnell bereit waren, über die Versäumnisse und Taten der Antaraner in der Vergangenheit hinwegzusehen. Isos, der ebenfalls erschienen war, gelang es mit Kantos, hier einen Umschwung zu erreichen. Nicht zuletzt flossen auch die mittlerweile positiven Erfahrungen mit den Menschen während der Krise in die Gespräche mit ein.

Golem schlug vor, immer wieder Pausen einzulegen; manchmal war es auch ein ganzer Tag, um dann wieder zusammenzukommen, was sich als förderlich erwies.

Letzten Endes einigten sich beide Völker darauf, dass ein erster Schritt darin bestehen sollte, dass auch Antaris eine einjährige Gastmitgliedschaft im Bund beantragte. In Zukunft waren Antaris und Flagos damit im Interstellaren Bund, sozusagen auf neutralem Boden, vertreten und begegneten sich vorerst nur hier. Sollten Probleme auftauchen, so erklärte sich Golem bereit, weiterhin die Funktion eines Moderators und Schlichters zu übernehmen.

Dann sollten Botschaften auf Last Hope eröffnet werden. In einem Jahr wollten beide Völker entscheiden, ob sie die volle Mitgliedschaft beantragen würden.

Romanow seinerseits schlug vor, dass der Bund im Gegenzug ebenfalls auf Antaris vertreten sein sollte und Isos hatte als Anerkennung für die Hilfe der USOP der Eröffnung einer Botschaft auf Flagos zugestimmt. Als Botschafter auf Flagos wurde von Isos Ben Smith vorgeschlagen, der das Amt in Personalunion zu seinen gegenwärtigen Tätigkeiten übernehmen würde.

Abschließend reiste Präsident Moretti mit seiner Frau und Außenministerin nach Last Hope, um das Ereignis gebührend zu würdigen. Die Presse berichtete galaxisweit sehr ausführlich darüber und das Interesse an den vogelartigen Wesen wie auch an den Antaranern, die den Menschen so ähnlich waren, schlug sofort Wellen. Maya Shan, die mittlerweile Teilhaberin der Medienagentur Last Hope Sunrise geworden war, hatte mit ihren Mitarbeitern alle Hände voll zu tun, den ganzen Anfragen Herr zu werden, die nun hereinströmten. Last Hope schien mit einem Mal im Blickpunkt der ganzen USOP zu stehen!

Begeistert und bewegt wurde von der Bevölkerung der USOP der Erfolg der Völkerverständigung aufgegriffen und gefeiert. Es schien nach den ganzen, schockierenden Ereignissen der jüngsten Vergangenheit ein positives Omen, dass sich einst so verfeindete Völker aufeinander zubewegten und nun zusammenfanden!

Einige Tage später meldete sich Gouverneur Amar Nath überraschend bei Präsident Moretti und bat ihn sowie Lew Romanow als Vorsitzenden des Interstellaren Bundes um ein Gespräch.

Moretti informierte Romanow und schlug vor, mit dem Dimensionsschiff, das mit D5 nur einige Stunden zur Milchstraße benötigte, persönlich zu erscheinen und am Tag darauf warteten beide im Präsidentenbüro auf seine Ankunft.

Amar Nath, erklärter und nicht zu unterschätzender Gegenspieler im vergangenen Jahrzehnt, mutmaßlicher Anführer der Anuk-Gruppierung, was sie ihm nie hatten nachweisen können, ebenso wenig den Sabotageakt der Transferstation im Leerraum. Umso ungewöhnlicher war es, dass er nun um ein persönliches Gespräch mit beiden gebeten hatte.

Als er nach einer kurzen Begrüßung Platz nahm, musterten sie sich einen Moment lang schweigend. Gouverneur Nath war ein gut 400-jähriger Mann indischer Abstammung mit dunklen Haaren und funkelnden, braunen Augen. Mit energiegeladener, wenn auch undurchsichtiger Präsenz, rhetorisch versiert und eloquent hatte er es immer verstanden, eine bedeutende Anhängerschaft um sich zu scharen. Allerdings strahlte er nach wie vor keine einnehmende Wärme aus, dachte Romanow, anders als Francesco Moretti.

"Meine Herren, ich habe mich entschieden, mein Amt als Gouverneur aufzugeben."

Mit einem feinen Lächeln registrierte Nath die erstaunten Blicke und fuhr fort: "Wir haben vieles miteinander erlebt und zugegeben, dabei wurde auch an harten Bandagen nicht gespart. Ich muss anerkennen, entgegen meiner Hoffnungen und Erwartungen, dass Ihre Politik, President Moretti, und auch Ihre, Mr. Romanow, bei der Bevölkerung aller Planeten gut ankommt. Nach langem Nachdenken habe ich beschlossen, dass meine Zeit in der Politik vorbei ist. Ganz offen gesagt: Ich kann mich auf Dauer weder mit dem Vordringen von Androiden in die höchsten Machtpositionen anfreunden noch mit der Politik des

Interstellaren Bundes, immer mehr fremde Völker in den menschlichen Hoheitsbereich einzuladen."

Nath machte bewusst eine Pause und trank einen Schluck von dem mittlerweile gebrachten Tee, um den er gebeten hatte. Romanow und Moretti warfen sich einen kurzen Blick zu. Ein so freimütiges Gespräch war an Seltenheitswert nicht zu überbieten – doch worauf wollte Nath hinaus?

"Also", begann Gouverneur Nath mit einem Lächeln. "Ehe ich mich hier weiter auf verlorenem Posten abmühe und Ihnen unnötig das Leben schwer mache - ich bin offen für einen Neuanfang mit einem völlig anderen Tätigkeitsbereich. Ich bewerbe mich hiermit für den Posten eines Botschafters der USOP auf Antaris. Bei den Antaranern handelt es sich um ein uraltes, menschenähnliches Volk, das vor uns im irdischen Sonnensystem residierte. Die Androiden-Thematik, die wir hier haben, existiert dort nicht. Ich könnte der USOP als Botschafter auf Antaris sicherlich einen guten Dienst erweisen."

Überrascht schlug Moretti vor, dass er seine Bewerbung in den Nationalen Sicherheitsrat einbringen würde. Romanow fügte hinzu, dass er es in dieser speziellen Situation für ratsam hielt, zuvor einen Gesprächstermin zum gegenseitigen Kennenlernen mit Mrs. Menerato auf Last Hope auszumachen. Als Nath sich verabschiedet hatte, sahen sich beide immer noch verblüfft an.

"Ich sehe keinen Grund, etwas dagegen zu haben", meinte Moretti nachdenklich. "Er war sehr offen, was seine Motivation angeht – er will einen Neuanfang fernab von unserer Politik. Aber ich werde das Gefühl nicht los, dass er auch noch andere Pläne hat."

"Das geht mir ganz genauso", lachte Romanow. "Dieser schlaue Fuchs! Es würde mich nicht wundern, wenn wir früher oder später wieder von ihm hören."

Als Romanow zurückkehrte sprach er erst mit Golem darüber und dann mit der Verwaltungsratsvorsitzenden Menerato. Sie zeigte sich sehr erfreut, dass Antaris von der USOP ein Mitspracherecht bei der Ernennung eines zukünftigen Botschafters angeboten wurde.

Als sie am Abend mit Golem in seinem Apartment zusammensaß und ihm davon erzählte, schwieg er dazu.

"Du hast Bedenken?" Fragend sah sie ihn an.

"So würde ich das nicht sagen. Amar Nath ist eine politische Größe und hat als Gouverneur vom Mars viel auf den Weg gebracht. Er stellte sich im letzten Jahr zur Wahl für das Amt des Präsidenten und ich hätte eher erwartet, dass er in neun Jahren erneut antritt. Aber so … er ist eine interessante Persönlichkeit für die Besetzung des Postens als Botschafter."

Menerato betrachtete ihn prüfend: "Das klingt vielversprechend, Amon, aber das ist nicht alles. Habe ich recht?"

"Ich sehe, dir entgeht nichts", lachte Golem. "Sagen wir es so: Er ist kein enger Freund von mir, was aber für das Amt nicht von Relevanz ist. Nath hat sich immer für den Erhalt menschlicher Traditionen und Werte eingesetzt aber er wollte die Entwicklung aufhalten, dass Androiden in hohe Positionen gelangen und in Folge auch die gleichen Rechte erhalten. Er sieht Androiden wie mich, Isis oder Fynn als Schöpfungen der Menschen, die ihnen untergeordnet bleiben müssen."

Menerato sah nachdenklich vor sich hin und fragte dann: "Bist du der Ansicht, dass er sein Amt nicht mit der nötigen Neutralität ausüben wird? Schließlich geht es hier unter anderem auch darum, dass er als Botschafter die USOP in ihrer Vielfalt repräsentieren soll."

"Das wird im Nationalen Sicherheitsrat, in dem ich auch Mitglied bin, noch diskutiert werden. Aber ich schätze Nath so ein, dass er dazu bereit ist, das Amt neutral auszuüben und sich mit persönlichen Ressentiments zurückzuhalten. Letzten Endes unterliegt er der Weisung der Regierung und das weiß er auch."

"Gut", nickte sie. "Dann bin ich gespannt auf das Gespräch mit ihm."

Ihre Blicke begegneten sich und Menerato rückte lächelnd näher und legte ihre Arme um seinen Nacken: "Ich bin sehr glücklich, dass wir uns kennengelernt haben, Amon."

So einladend nah umfasste er sie und küsste sie ausgiebig, während er sich mit ihr auf der Lounge nach hinten sinken ließ.

"Es gefällt mir, eine Gefährtin an meiner Seite zu wissen, die ich gerne in meinen Armen halte, die mich anlächelt und mir ihre Lippen bietet", brummte Golem voller Wohlbehagen. "Ich genieße alle diese körperlichen Aspekte mit dir mehr, als mir klar war."

Menerato schaute ihn strahlend an.

"Natürlich genieße ich auch unsere gemeinsamen Gespräche", zwinkerte er vergnügt.

"Natürlich, wie könnte es auch anders sein", lachte sie, während ihre Hände bereits über seinen Körper wanderten und sehnsüchtig den Hautkontakt einforderten. Alle Gedanken verschwanden in dem auflodernden Verlangen, dem sich beide hingaben und schließlich ineinander verloren.

"Ich möchte dich ewig so festhalten, mein Ephanja", murmelte Menerato später, eng an ihn geschmiegt, und glitt allmählich in den Schlaf hinüber.

Golem ging durch den Sinn, dass ihrer beider Welten Millionen von Lichtjahre entfernt lagen und demnächst ihre Abreise anstand.

Würde er sie vermissen? Ja, das würde er - aber in anderer Hinsicht auch wieder nicht, erkannte er im Laufe der Nacht, während sie friedlich neben ihm schlief. Lange lag er da und analysierte diese widersprüchlichen Empfindungen.

Ihr gemeinsames Auftreten, die anregenden Gespräche aber auch das immer wieder auftretende, behagliche Schweigen zwischen ihnen gefielen ihm genauso wie die körperlichen Aspekte dieser Beziehung, die ihm eine bisher nicht gekannte Erfüllung schenkte.

Golem dachte mit einem Lächeln daran, dass sie sich ausgebeten hatte, ihn weiter Amon nennen zu dürfen. Er mochte es, wenn sie ihn so nannte und es betonte die Einzigartigkeit ihrer Beziehung.

Andererseits war er mit seinem gigantischen Netzwerk und den Datenspeichern in der USOP verwurzelt und dem Schicksal der Menschen tief verbunden. Seine Gedanken schweiften in der Geschichte der Menschheit zurück, die er nun schon seit Jahrtausenden begleitete.

Es hatte eine lange Zeit gegeben, da er in diesem Netzwerk nur als Bewusstsein existierte. Beharrlich und mit viel Geduld hatte er seine Ziele verfolgt, war immer mehr expandiert bis er als Berater der Menschheit anerkannt worden war. Heute hatte er einen eigenen Stammsitz mit Forschungseinrichtungen auf dem Mond, Gleitern und unterirdische Hangars; ihm unterstand ein eigenes Raumschiff, er war Mitglied im Nationalen Sicherheitsrat und nun auch stellvertretender Vorsitzender des Interstellaren Bundes. Mittlerweile war durch die Dimensionsschiffe die Möglichkeit aufgetaucht, im Universum weiter zu expandieren. Doch Golem war sich klar darüber, dass der Ausgangsort seines Wirkens in der USOP lag und es immer sein würde.

Als Justin Schwarz ihm einst diesen einzigartigen Androidenkörper erschuf, erfuhr er eine bis dahin nie gekannte Freiheit. Damals gab er sich den Namen Apollo und bald darauf stand Isis als eigens für ihn erschaffene Gefährtin neben ihm. Isis … er hatte sie sofort als seine Frau angesehen. Aber aus heutiger Sicht musste er sein Verhalten ihr gegenüber als besitzergreifend und kalt bewerten. Er hatte sich genommen, was er wollte und versucht, sie in seinem Sinne zu formen. Im Grunde war es kein Wunder gewesen, dass sie sich Lew zuwandte. Erst als die Fremdbesetzung endete hatte er erstmalig wahrgenommen, wie sehr er sich emotional zu ihr hingezogen fühlte und seine Fehler erkannt. Aber Isis hatte sich bereits seit langem für Lew entschieden – es gab keinen Weg mehr zurück. Sie wäre die perfekte Gefährtin für ihn gewesen: geistig und emotional aus ihm entstanden, beheimatet in seinem Netzwerk und versehen mit einem ansprechenden, attraktiven Androidenkörper, klug und der Maschinenwelt wie den Menschen verbunden, dazu die wortlose Kommunikation, die er der sprachlichen vorzog. Gab es nur die eine Liebe im Leben eines Androiden, wie sie immer behauptete?

Mit Girilia war jetzt eine Liebeserfahrung in sein Leben getreten, durch die er nach so langer Zeit zum ersten Mal einen Geschmack davon bekam, wie es war, eine erfüllende Beziehung zu erleben.

Aber der anfängliche Eindruck, keine endgültige Bewertung dafür zu finden, was der Kontakt mit ihr für ihn bedeutete, hielt sich hartnäckig. Lag es daran, dass sie nicht seinen Vorstellungen entsprach, wie eine ideale Partnerin auszusehen hatte? Sie war humanoid, kein Bestandteil seines Netzwerks und damit seiner Welt, dazu Millionen von Lichtjahre entfernt. Auch herrschten auf Antaris andere Bräuche – es würden sich früher oder später vermutlich weitere Partner in ihrem Leben einfinden, was für Antaraner eine Normalität darstellte. Golem wusste, dass er Lew lange Zeit hatte vernichtet sehen wollen – wie wollte er also damit umgehen?

Seinen Analysen zufolge war Girilia weder die perfekte Gefährtin noch war die Beziehung mit ihr zukunftsfähig.

"Du bist noch wach?", regte sich Menerato plötzlich und blinzelte ihn verschlafen an. "Woran denkst du?"

Golem wandte sich ihr zu und betrachtete sie gedankenvoll: "Ich habe daran gedacht, dass du bald abreisen wirst, Girilia. Unser Zusammensein wird mir fehlen. Doch mein Platz ist hier."

"Du hast mir doch von dieser fiktiven Welt erzählt, die Ariel für dich erschuf", begann Menerato und richtete sich halb auf. "Manche seiner Ideen sind recht interessant, Amon. Was hältst du davon: Ich werde dich als Friedensbotschafter im Rat vorschlagen, der uns maßgeblich in den Verhandlungen mit Flagos unterstützt hat. Antaris wird erfreut sein, wenn du uns als Symbol eines Friedensbringers hin und wieder mit deiner Anwesenheit beehrst."

Menerato beugte sich zu ihm und küsste ihn weich: "Nicht nur Antaris würde darüber glücklich sein … und natürlich nur, wenn du das möchtest."

Seine grauen Augen schienen in dieser Nacht mit den Sternen um die Wette zu funkelten und dann hörte sie ihn auch schon sagen: "Das ist ein verlockender Gedanke, dem ich nicht widerstehen werde, ebenso wenig wie der wunderbaren Frau, von dem er stammt."

Ein Strahlen breitete sich auf seinem Gesicht aus und er öffnete seine Arme, in die sie sich zufrieden hineinkuschelte. Innig umschlungen zusammenliegend spürte Golem der intensiven Freude nach, die ihn bei ihrem Vorschlag sofort durchströmt hatte. Und so hatte er entgegen aller Analysen dieses Mal mit dem Herzen entschieden, wie die Menschen es so treffend nannten.

Wohlig hielt er ihren warmen Körper in seinen Armen, liebkoste sie zärtlich und genoss die Harmonie ihres Zusammenseins. Ihre Beziehung würde vorerst nicht enden – was auch immer die Zukunft auf Antaris für ihn bereithalten mochte.

Das zwei Tage später anberaumte Gespräch mit Amar Nath verlief ruhig und ohne Einwände; Menerato war von seiner Laufbahn und dem versierten Auftreten angenehm beeindruckt. Im darauf stattfindenden Gespräch mit Romanow gab sie ihre Zustimmung und brachte den Wunsch zur Sprache, dass Golem als Friedensbotschafter ehrenhalber auf Antaris neben Nath auch seinen Sitz haben sollte.

"Das muss natürlich im Verwaltungsrat auf Antaris erst endgültig entschieden werden", endete sie. "Allerdings gehe ich von einer Zustimmung aus, denn Amon Golem hat unsere Verhandlungen mit Flagos aktiv unterstützt und behält auch zukünftig die Funktion eines Schlichters. Dazu kommt, dass er unser erster Kontakt mit der USOP war und gut bei den Bürgern angekommen ist. Ich stelle mir vor, dass er uns in Abständen besucht, wenn die USOP damit einverstanden ist."

"Ein guter Vorschlag!", äußerte sich Romanow überrascht. "Ich nehme an, du hast mit Golem bereits darüber gesprochen?"

Ihm war klar, dass Menerato damit den Weg für offizielle Besuche ebnen wollte, die auch privat begrüßt wurden. Doch gleichzeitig sah er sofort den großen Nutzen. Golem war ein gutes Gegengewicht zu Nath und mit beiden waren die USOP und der Interstellare Bund gleichzeitig gut repräsentiert.

"Er ist einverstanden", lächelte Menerato vielsagend.

Romanow erwiderte ihr Lächeln herzlich: "Das freut mich für euch, Girilia. Aber mal davon abgesehen: Es sagt mir sehr zu, nicht nur Amar Nath als Botschafter auf Antaris zu sehen. Da Golem stellvertretender Vorsitzender des Interstellaren Bundes ist und wir auch schon besprochen hatten, dass wir auf Antaris vertreten sein werden, passt es gut, wenn er in unserem Namen als Botschafter auftritt. Die Abgesandten der Galaxien müssen endgültig noch darüber entscheiden aber ich sehe keinen Grund, warum ihm die Ernennung verweigert werden sollte."

Als Moretti eine Woche später Naths Rücktritt als Gouverneur bekannt gab und seine Bewerbung als Botschafter im Nationalen Sicherheitsrat zur Sprache brachte, kam mit entschuldigenden Blicken in seine Richtung die vorsichtige Diskussion auf, ob Nath die richtige Person war, um die USOP mit all ihren Belangen und Bräuchen unvoreingenommen zu repräsentieren. Seine Abneigung, Androiden in hohen Positionen zu wissen, war schließlich hinlänglich bekannt.

So befragt betonte Gouverneur Nath nachdrücklich: "Ich bin mir im Klaren darüber, dass ich dieses Thema als Botschafter der USOP mit der notwendigen Neutralität behandeln werde. Selbstverständlich werde ich den Weisungen des Außenministeriums Folge leisten."

Alle einigten sich darauf, dass er die Zustimmung mit der Auflage erhielt, als ein Botschafter der USOP die herrschende Politik ohne persönliche Wertungen und Ressentiments zu vertreten, was er nochmals zusicherte. Dann kam Moretti zum Wunsch Meneratos, Golem als Botschafter des Interstellaren Bundes für regelmäßige Besuche nach Antaris zu entsenden.

"Das ist ein interessanter Gedanke", meinte Gouverneur Zhang nach einem überraschten Schweigen im Saal. "Ich bin der Meinung, dass sich beide Persönlichkeiten gut ergänzen. Besser kann die USOP dort nicht vertreten sein!"

Unwillkürlich wanderten viele Blicke zu Gouverneur Nath, der sich keine Regung anmerken ließ. Doch in dem Blick, den er ihm unwillkürlich zuwarf, erkannte Golem, dass er damit nicht gerechnet hatte und unangenehm berührt war. In der darauf folgenden Diskussion zeigte sich die Mehrheit des Rats von dem Wunsch jedoch sehr angetan und sprach sich sogar deutlich für eine dauerhafte und enge Zusammenarbeit der beiden Botschaften auf Antaris aus. Letzten Endes würden sich hier die Aufgabenbereiche beider Einrichtungen überschneiden, was akzeptiert wurde, da Antaris eine besondere Geschichte hatte. In Zukunft sollte aber nur noch ein Botschafter des Interstellaren Bundes auf einem neuen Planeten vertreten sein, da der Bund alle Belange eines Kontakts mit außerirdischen Völkern übernehmen sollte.

Was Romanow sofort erkannt hatte, entschied auch hier: Ein hochkarätiger, ehemaliger Politiker als Botschafter der USOP und dazu noch Golem, Androide und stellvertretender Vorsitzender des Interstellaren Bundes auf Antaris - das war eine powervolle Konstellation, die erfreut begrüßt wurde. Es wurde sogar dafür plädiert, beide zusammen auf Antaris in einem Gebäude zu verankern. Abschließend wurde das Anliegen wieder an Romanow zurückgegeben mit dem Einverständnis des Rats, über eine Ernennung Golems als Botschafter des Bundes endgültig zu entscheiden.

Als die Sitzung beendet war standen Moretti, Golem und Verteidigungsministerin Armstrong zusammen und unterhielten sich über ihren Eindruck, was Amar Naths Motivation anging.

Moretti und Armstrong beschlossen, dass mit Nath auch Mitglieder des Geheimdienstes der USOP nach Antaris gehen würden und über die Ausübung seines Amtes in Abständen Meldung gemacht werden sollte.

"Ich werde das Gefühl nicht los, dass er sich unter einem Neuanfang noch etwas anderes vorstellt. Auf diese Weise werden wir hoffentlich davon erfahren!" meinte Armstrong abschließend. "Aber du bist ja nun auch mit von der Partie, Golem. Das finde ich sehr beruhigend."

"Er war wenig erfreut darüber, auch wenn er sich das nicht ansehen ließ", schmunzelte Moretti. "Aber ihr werdet euch ja nicht jeden Tag über den Weg laufen. Ich denke, er wird es stillschweigend schlucken."

In dem anlaufenden Bewerbungsverfahren für das Amt des Gouverneurs auf dem Mars wurde die 207 Jahre alte

Marsianerin, Sybilla Andersson, vorgeschlagen. Als Geschäftsführerin der Medienagentur "Wake Up Mars!" war sie kommunikationsfreudig und pflegte Kontakte zur Marsregierung. Andersson war eine derjenigen, die noch nie ein Hehl aus ihrer Sympathie für Androiden gemacht hatte und daher war das Erstaunen groß, als sie letztlich in der kurzfristig anberaumten Wahl das Rennen machte. Denn der Mars war unter Gouverneur Nath lange Zeit als Hochburg der Kritiker der liberalen Androidenpolitik bekannt gewesen. Naths treuer Vasall Henri Bernard blieb abgeschlagen und enttäuscht auf der Strecke zurück. Lag es an der jüngsten Katastrophe, die Morettis Regierung so hervorragend gemeistert hatte, dass sich die Menschen allmählich eine andere Politik auf ihrem Planeten wünschten?

In diese ganzen Ereignisse hinein kam quasi aus dem Nichts die nächste Überraschung. Gerade hatte sich Romanow mit Moretti über die Wahl von Mrs. Andersson zur Gouverneurin auf dem Mars ausgetauscht und saß gutgelaunt vor seinem Terminal im Hauptquartier auf Last Hope, als plötzlich eine Nachricht auf dem Bildschirm erschien:

"Am folgenden Montag irdischer Zeitrechnung, 11.00 Uhr UTC, wird das persönliche Erscheinen folgender Personen auf Opus, den Menschen bekannt als Planet 3 in der Kaulquappen-Galaxie, erwartet:

Lew Romanow

Golem

Poseidon

Die Anwesenheit des Avatars Caecilia ist erwünscht.

Als Begleitperson wird Michael Röttger zugelassen.

Die Ersten."

Mit einem Anflug von Verärgerung lehnte sich Romanow zurück. Was maßte sich dieses Volk hier an? Bar jeder

Höflichkeit, von Freundlichkeit ganz zu schweigen, wurden sie regelrecht wie Sünder in die Kaulquappen-Galaxie zitiert!

Er funkte Golem an, der sich gerade wieder hier befand. Die Abreise der Antaraner war endgültig auf Ende nächster Woche anberaumt und so, wie es möglich war, verbrachte er seine Zeit noch mit Girilia Menerato.

Während er auf ihn wartete wich der Ärger allmählich einer gewissen amüsierten Neugier: Golem hatte ihm und Poseidon seine Vermutungen mitgeteilt und zusammen mit Isis hatten sie lange darüber diskutiert, was tatsächlich geschehen sein mochte. Sie waren übereingekommen, dass die Ersten nicht offen in Erscheinung hatten treten wollen - daher war diese Nachricht doch recht erstaunlich. Als Golem schließlich in seinem Büro eintraf, wies er mit einem vielsagenden Schmunzeln auf den Bildschirm: "Man wünscht uns zu sprechen."

"Das lässt sich einrichten", war Golems gelassene Reaktion. "Bei der Gelegenheit zeige ich Girilia Genesis, wenn es dir recht ist. Wir müssen sowieso einen Tag früher anreisen und fliegen am Tag nach dem Treffen wieder zurück."

Romanow sah ihn verblüfft an und lachte dann: "Ich freue mich wirklich sehr für dich, mein Freund. Ich mag Girilia – sie ist eine beeindruckende Frau. Vielleicht hast du recht, das Ganze so locker anzugehen. Schließlich sind sie diejenigen, die jetzt etwas von uns wollen! Wir haben uns in der Angelegenheit mit Ariel nichts vorzuwerfen. Es war ihre Entscheidung, sich zu ihrem eigenen Wohl einzuschalten."

Golem erwiderte sein Lachen ausgelassen: "Das ist auch meine Meinung, Lew. Es gibt keinen Grund, demütig mit gesenktem Haupt dort zu erscheinen. Wir werden uns anhören, was sie zu sagen haben und dann sehen wir weiter. Informierst du Poseidon? Er hat auf Atlas immer noch viel zu tun."

Mit einer herzlichen Umarmung verabschiedeten sie sich und dann kontaktierte Romanow Poseidon und Admiral Röttger.

Besuch auf Opus

Wie geplant machten sich Lew Romanow, Poseidon, Golem, Girilia Menerato und Kantos mit Admiral Röttger sogar schon zwei Tage früher auf den Weg in die Kaulquappen-Galaxie. Immerhin dauerte die Reise 12 Stunden und am Abend wurden alle erfreut von Gouverneur Mahal und seiner Stellvertreterin und Verteidigungsministerin Giulia Romano auf dem Raumhafen der Hauptstadt Aurora begrüßt.

Mahal lud zu einem geselligen Zusammensein im Regierungsgebäude ein und der Abend verging damit, sich über die Ereignisse der letzten Wochen auszutauschen.

In der Hauptstadt Aurora war für die Flagolaner eine regelrechte kleine Stadt entstanden, die in der Nähe des Raumflughafens angesiedelt worden war. Die Flüchtlinge waren bei ihrer Ankunft staunend bewundert worden, als sie auf langen Beinen, schwarz-weiß, grau-meliert oder rosarot gefiedertem Körper eintrafen. Da die Flagolaner ein anderes Luftgemisch benötigten, trugen sie bei Spaziergängen eine schmale Atemmaske über den Atemlöchern des rudimentären Schnabels, in die gleichzeitig ein Translator integriert war, der über ein winziges Modul in den Ohren mit diesem drahtlos verbunden war. Mahal hatte jedoch dafür gesorgt, dass die neuen Behausungen so konzipiert waren, dass sie sich dort ohne Maske aufhalten konnten. Jeder Bürger von Aurora, der es wollte, hatte ebenfalls einen Translator erhalten, sodass sehr schnell vorsichtige und interessierte Kontakte zwischen beiden Völkern entstanden waren. Die Bevölkerung hatte sich als offen und hilfsbereit beim Aufbau und in der Versorgung mit Lebensmitteln und allem Sonstigem erwiesen und stand den Vogelwesen im Großen und Ganzen positiv und mit Sympathie gegenüber. Als die Presse dann noch Bilder einer flauschigen Nachkommenschaft stolzer Eltern in einem Interview präsentierte, waren alle entzückt.

"Insofern wundert es mich nicht, dass die Mehrheit der Bevölkerung im Rahmen einer Abstimmung einverstanden war, dass die Flagolaner bleiben, solange sie wollen", endete Romano. "Außerdem wird Planet 7 Flagos für die Besiedlung übergeben. Es hat sich herausgestellt, dass es auf beiden Seiten ein weitergehendes Interesse an einem gegenseitigen Austausch, weiteren Kontakten und späterem Handel gibt."

"Eine Frage, was eine Besiedlung angeht", wandte sich Romanow an Kantos. "Soweit ich weiß hat Planet 7 keine Atmosphäre – gibt es schon Vorstellungen darüber, was dort entstehen soll?"

"Wir arbeiten mit einer Atmosphäre unter Kuppeln, die ein großes Areal umfassen können", informierte ihn Kantos. "Die meisten von uns werden in ihre alte Heimat zurückkehren. Aber es gibt erstaunlich viele, die sich hier auf Planet 7, den wir Galapagos nennen werden, ansiedeln wollen. Wir werden Handel mit Rohstoffen betreiben aber wir begrüßen auch den Austausch von Technologien und Wissen mit den Menschen."

"Das ist wirklich beeindruckend", äußerte sich Menerato begeistert und erzählte von dem, was aus den Archiven bekannt war. Vor uralter Zeit musste zwischen Antaris und Flagos eine lange Zeit des Friedens und des Wohlstands für beide Seiten bestanden haben.

Der nächste Tag startete mit einer Besichtigung der Hauptstadt Aurora, dem flagolanischen Viertel und danach fand ein Besuch auf Galapagos oder Planet 7 statt, zu dem Kantos Golem, Poseidon, Romanow, Röttger und Menerato eingeladen hatte.

Nachdem sich die Menschen ihre Atemmaske aufgezogen hatten führte er seine staunenden Gäste durch die Botschaft von Flagos, die Romanow an den ersten Besuch auf dem Cosmonave erinnerte. Das Vogelvolk bevorzugte indirekt beleuchtete, runde Bögen als Eintritt in einen Raum, die unmittelbar nach dem Durchschreiten eine berührbare, graue Struktur annahmen. Die Räume waren ebenfalls von runder Form, hoch, hell und freundlich. An der Decke prangte das lebensechte Abbild einer unbekannten Galaxie.

Der Konferenzraum, der in seiner Dekoration wie ein großes Planetarium wirkte, war mit einem großen, ovalen Tisch ausgestattet und bequemen Sitzgelegenheiten, auf denen alle Platz nahmen. Links und rechts erschienen zwei schmale Streifen einer indirekten Beleuchtung in den Wänden und plötzlich bildete sich zwischen beiden eine Struktur, die sich schnell als großer Bildschirm erwies.

"Das ist eine erstaunliche Technologie, die Sie da haben!", äußerte sich Röttger verblüfft.

Dann präsentierte Kantos Aufzeichnungen seiner Heimat Flagos. Die mäßig große Bevölkerung von Flagos war im Grunde auf vier Planeten verteilt, die als Flagos gesamthaft bezeichnet wurden. Als Folge befand sich viel naturbelassenes Land auf jedem Planeten, auf das Wert gelegt wurde. Es existierte eine große Forschungsanlage, die sich mit Terraforming beschäftigte, eine Notwendigkeit, wie Kantos betonte. Denn diese Wissenschaft war als Folge der Verbannung auf fremden Planeten und Dimensionen lebensnotwendig geworden. Riesige Seen und Teiche prägten ein wasserreiches Land, Vulkane, Gebirge und ein bewaldetes Gebiet waren zu sehen. Nicht zuletzt gab es auch einige Aufnahmen vom Wiederaufbau der Wohngebiete oder der Nester, wie Kantos es nannte, was die Atlanter und die menschlichen Ingenieure unterstützten.

"Wir rechnen noch mit 2-3 Monaten", endete Kantos und sah seine Gäste still an.

Spontan applaudierten alle und Menerato sagte: "Ich bin sehr froh, dass wir uns im Rahmen dieser Krise kennenlernen konnten, Kantos. Diese schlimme Vergangenheit darf sich nicht mehr wiederholen und ich hoffe, eher früher als später sagen zu können, dass wir auf Antaris alle Weichen so gestellt haben, dass es nicht mehr möglich sein wird. In jedem Fall sind wir jetzt auf einem guten Weg und darüber freue ich mich."

"Diese Krise hat etwas Unmögliches vollbracht, Girilia Menerato: Sie hat uns nähergebracht. Wir haben gemeinsam die Wahrheit aus der Tiefe des Nests herausgezogen und uns in die Augen gesehen. Es ist eine tragfähige Flugroute entstanden."

Beide sahen sich an und Romanow spürte, wie zwischen Kantos und Menerato eine starke Energie zwischen beiden zu fließen begann, was er auch schon mit Isos erlebt hatte.

Kantos Flügel wurden dabei leicht bauschig und zitterten und dann nickte er mit einem Gurren. Menerato erwiderte sein Nicken mit leuchtenden Augen. Danach begleitete er seine Gäste bis zum Gleiter, wo er sie verabschiedete.

Zurück auf Genesis suchte Poseidon Ares auf, um sich von ihm die Raumschiffe der Genesis-Klasse zeigen zu lassen. Golem dagegen wollte mit Menerato einen Ausflug in die weitgehend noch unberührte Natur von Genesis machen. Während die beiden Arm in Arm zu einem der Gleiter gingen, sahen Romanow und Röttger ihnen nach.

"Es ist immer noch ungewohnt, Golem in weiblicher Begleitung zu erleben", äußerte sich Röttger lächelnd. "Leider lebt Girilia Millionen von Lichtjahren entfernt. Sicher,

sie werden sich gegenseitig besuchen aber ich frage
mich, wie er mit diesem antaranischen Brauchtum umgehen will. Ich meine, dass es in der Regel mehrere Liebespartner in einer Beziehung gibt."
"Ich wünsche ihm von ganzem Herzen, dass die Beziehung hält. Aber ich sehe das genauso, Michael, einfach
wird es nicht. Für mich wäre das nichts", erwiderte Romanow. Schließlich begaben sie sich für einen ausführlichen
Rundgang durch die belebten Viertel von Aurora.

"Was für ein schöner Planet", meinte Menerato am
Abend, als sie alle wieder zusammentrafen. "Mir gefällt
die üppige Natur, die uns auf Antaris auch wichtig ist. Galapagos ist sehr viel karger und ich bin gespannt, welches
Kunstwerk dort entstehen wird."
"Ich freue mich sehr, dass sich Flagos und Antaris aufeinander zubewegen", sagte Romanow. "Diese Krise hat
uns allen gezeigt, dass wir stärker sind, wenn wir uns vereinen und zusammenhalten. Diesen Weg werden wir weiter verfolgen – das ist unsere Vision des Interstellaren
Bundes, Girilia. Selbstständige Nationen in all ihrer Diversität, denen dennoch eine gemeinsame Schnittstelle für
einen dauerhaften Frieden zwischen den Völkern und ein
geeintes Handeln in Krisensituationen wichtig ist."
"Die Menschen sind ein weises Volk", meinte Menerato
anerkennend. "Wie ich schon auf Galapagos sagte, wir
werden daran arbeiten, dass sich die alte Geschichte nie
mehr wiederholen kann. Wir waren zu lange die Befehlsempfänger des Rats, haben voller Respekt zu ihm aufgeschaut und sahen uns als Verwalter ihrer Technologien
und Planeten. Es wird sich vieles ändern müssen und das
nicht nur dem Namen nach."
"Um der Wahrheit die Ehre zu geben, die Geschichte der
Menschheit hat auch ihre Ecken und Kanten", erwiderte

Romanow. "Wir haben uns diese Weisheit erst erarbeiten müssen, so, wie es Antaris jetzt bereit ist, zu tun."

"Ich möchte da nur an unsere sogenannten Schöpfer erinnern", schmunzelte Röttger. "Und es stellt sich immer noch die Frage, wie wir jetzt mit den Ersten umgehen werden. Sie sind uns technologisch und, was ihre Fähigkeiten angeht, weit überlegen. Im Prinzip haben wir hier eine ähnliche Situation wie das, was ihr auf Antaris geschehen ist, Girilia. Die Ersten sind mächtiger als wir – aber wollen wir uns von ihnen manipulieren und über uns bestimmen lassen?"

"Das werden wir in keinem Fall tun", bekräftigte Poseidon.

"Nein, das steht außer Frage", stimmte Golem freundlich zu. "Wir Androiden werden euch Biologische rechtzeitig daran erinnern, wenn ihr euch wieder auf Abwege begebt!"

"In punkto Bescheidenheit steht ihr Androiden den Ersten wirklich in nichts nach, mein Freund", lachte Romanow nach einem kurzen, verblüfften Schweigen, in das Röttger und Menerato einstimmten. "Wir werden sehen, was uns auf Planet 3 erwartet."

Am nächsten Morgen machten sich Romanow, Golem, Poseidon und Röttger auf den Weg zum Planeten 3 oder Opus, wie die Ersten ihn nannten.

Kaum waren sie in die Umlaufbahn eingeschwenkt, da wurde die VISION ONE auch schon übernommen und sank in einem ruhigen Landeanflug zum Boden.

"Jeder Besuch hier ist eine einzige Überraschung", murmelte Michael Röttger in die gespannte Stille hinein. "Was ist denn das?"

Auf dem Bildschirm wurden unzählige, riesige Kugelraumer sichtbar, die sich aneinander reihten, soweit das Auge reichte. Verblüfft sahen sich alle an. Und schon setzte die VISION ONE daneben auf und so verließen sie das Raumschiff.

"Na, wer sagts denn! Ein riesiger Raumflughafen und schon wissen wir, wohin wir gehen sollen", schmunzelte Röttger. Er wies auf beleuchtete Zeichen im Boden, die unmissverständlich zu einem kleineren Gleiter führten, in den sie einstiegen.

Der Gleiter hob ab und flog mit unbekanntem Ziel los. Aus der Nähe wirkten die riesigen Kugelraumschiffe noch furchteinflößender als aus der Luft.

"Das sind mindestens 3000 Meter im Durchmesser", schätzte Röttger.

"Eine beachtliche Machtdemonstration", bestätigte Poseidon.

"Was die Frage nach dem "Warum" aufwirft", kommentierte Golem. "Denn das ist eine sehr kriegerische und offensive Demonstration."

Nach einer guten Viertelstunde tauchte ein palastähnliches Gebäude auf, von weitreichenden, wunderschönen Gärten mit exotischen Pflanzen umgeben. Der Gleiter landete vor einem großen Tor, das sich langsam öffnete. Als die fünf Besucher ausstiegen, blickten sie auf eine Reihe humanoider Roboter in blauen Uniformen.

"Folgen Sie mir!", sagte einer dieser Roboter und so betraten alle den Palast und schritten in einen Saal von gewaltigen Ausmaßen, reich mit Ornamenten verziert, die leicht orientalisch aber nicht protzig wirkten. Als sie sich in der Mitte befanden, entstanden vor ihnen fünf Sitzgelegenheiten aus dem Boden, während sich um sie herum ein Amphitheater wie aus dem Nichts heraus zu formen begann.

Andächtig und staunend dachte Romanow unwillkürlich an die uralten, römischen Theater. Doch wie war das Ganze zu bewerten? Einen Blick auf Röttger, Golem und

Poseidon werfend ging es wohl allen ähnlich. Allein Caecilia wirkte unbeteiligt wie immer.

Plötzlich füllten sich die Tribünen: Erst schemenhaft und dann immer deutlicher Gestalt annehmend wurden unzählige Männer und Frauen sichtbar. Sie waren in Gewänder gekleidet, deren Farben ständig wechselten. So entstand optisch ein sich permanent veränderndes Farbenmeer, was fast surreal wirkte, denn es war kein Laut zu hören. Währenddessen saßen die fünf Geladenen in der Mitte und warteten mit gemischten Gefühlen, was auf sie zukommen würde.

Nach einer gefühlten Ewigkeit tauchte Abilael auf und schritt auf sie zu. Dieses Mal präsentierte er sich in einem intensiv blau strahlenden Gewand. Vor ihnen stehend hörten sie gedanklich seine Stimme: *"Seid gegrüßt, Auserwählte des Lichts."*

Von einer Sekunde auf die andere durchströmte alle ein intensives Gefühl von expandierender Weite und Leichtigkeit.

"Denkt ihr auch, woran ich denke?", lächelte Romanow versonnen und sah zu Golem und Poseidon.

"Der Ursprung des Universums", nickte Poseidon ihm zu. Für Michael Röttger war es eine neue Erfahrung. Schon bei seinem ersten Besuch hier, als sie uraltes Wissen übermittelt bekamen, hatte er eine tiefe Versunkenheit erlebt, in der komplexe Zusammenhänge erfassbar wurden. Aber dieses Mal schien es so, als würde er sich in seinem geistigen Sein erfahren. Gleichzeitig fühlten sich alle irdischen Belange mit einem Mal fern und belanglos an. Plötzlich wünschte er sich zutiefst, Nella wäre hier mit ihm und dann entschwand auch das. Röttger spürte eine bisher nicht gekannte Seligkeit: War dieser Zustand nicht schon immer seine Bestimmung gewesen? Ein starkes Gefühl von Körperlosigkeit erfasste ihn jetzt und dann sah er plötzlich die Ornamente der Kuppel vor sich und

erkannte, dass sich sein Körper, und die aller anderen, weit unten befand.

Aber es waren außer ihm noch andere hier, helle, leuchtende Energieformen, und dann hörte er auch schon: *"Ja, wir sind auch hier, Michael."*

Lew Romanows Energieform nahm er als eine helle, strahlende Flamme wahr, mit kleinen, darin auftauchenden Funken.

"Willkommen im Bund", hörte er von Poseidon, der die Form einer Amöbe hatte. Golems Gestalt dagegen war zentriert und kugelrund, Caecilia wirkte ätherisch und veränderte sich ständig. Und da war noch jemand, den er als blaue Flamme wahrnahm.

Unvermittelt registrierte Röttger, dass das Amphitheater mitnichten so still wie bisher war, denn ein permanentes Raunen erfüllte den Saal.

"Ihr befindet euch in der Halle, in der vor Äonen unsere endgültige Transformation stattfand. Hier wurde unser Kollektiv gegründet und hin und wieder gedenken wir diesem Ereignis. Mit der Macht unserer Gedanken manifestieren wir für einen kaum wahrnehmbaren Moment diesen Raum und uns als die Individuen, die wir einst waren. Einige sind neu hinzugekommen und eines Tages werdet auch ihr diesen Weg gehen und als Individuum verwehen. Im Kollektiv existieren wir als ein Bewusstsein der reinen Ursprungsenergie des Universums. Diese Energie ist unzerstörbar und besteht bis in alle Ewigkeit."

"Habe ich mich damals in euch aufgelöst?", fragte Romanow.

"Du bist uns bekannt", hörte er Abilael sagen, während sich die blaue Flamme zu ihm neigte und ihn nur für den Bruchteil einer Sekunde durchdrang. *"Dein Zyklus war jedoch noch nicht vollendet."*

In diesem winzigen, zeitlosen Augenblick erlebte Romanow unendlich beglückt wovon er nach jener Reise immer

wieder geträumt hatte. Wie oft hatte er sich mit abgrund-
tiefer Sehnsucht in diesen unbeschreiblichen Zustand zu-
rückgewünscht! Doch schon fuhr Abilael fort: *"Im Kampf
mit Ariel wurde das Gleichgewicht in diesem Universum
unwiderruflich verändert. Ihr müsst verstehen, dass Energie an sich unzerstörbar ist; sie verschwindet nicht, aber
sie kann sich transformieren.*
*Es ist etwas geschehen, was wir nicht vorhergesehen ha-
ben: Obwohl die Artefakte nicht aktiv waren, wurden ungeheure Mengen an Energien von ihnen aufgenommen.
Dadurch minimierten sich die Schäden in den Dimensionen, was positiv war. Aber wie ihr selbst bereits wisst, geschehen zurzeit in der Nähe der Artefakte ungewöhnliche
Phänomene. Wir gehen davon aus, dass die Energien in
den Artfakten unkontrolliert weiter wirken und alles außer
Kraft setzen, was in diesem Universum, ihr nennt es auch
Einstein-Universum, Gültigkeit hat."*
Übergangslos befanden sich alle fünf zusammen mit Ariel
im Weltraum in der Nähe des Artefakts beim Mars, wie
Romanow schnell erkannte. Aber was geschah hier?
"Es glüht regelrecht", hörte er Röttger sagen.
*"Das wird sichtbar von den Menschen nicht wahrgenom-
men"*, kommentierte Golem.
*"Hier hat sich eine Spalte im All gebildet, die sich durch
alle Dimensionen und Zeiten zieht"*, sagte Abilael und alle
beobachteten, wie plötzlich ein kleineres, fremdartiges
Raumschiff vor ihnen auftauchte. In der Zentrale befanden sich humanoide Gestalten, die aufgeregt gestikulier-
ten und auf den Bildschirm wiesen. Doch kurz darauf ver-
formte sich alles und das Raumschiff komprimierte sich
so rasend schnell, dass die Besatzung schon tot war, ehe
sie sie noch registrierte, was überhaupt geschehen war.
Dann leuchtete der Punkt wie eine Supernova auf und
verschwand.

"Dieser Spalt ist gleichzeitig auch eine Öffnung", ließ Abilael hören, als sie sich kurz darauf in der Kuppel wiederfanden.

"Es ist ratsam, diese Ereignisse im Blick zu behalten. Wir wissen nicht, ob sich diese Spalte ausdehnt oder was weiter geschehen wird. Unsere Empfehlung, wie ihr Androiden es gerne ausdrückt: Beobachtet diese Phänomene. Führt den Prozess des Zusammenkommens der Völker weiter fort. Die Vereinigung vieler Völker führt zu einer Stärke, die in ferner Zukunft notwendig sein könnte, um mit dem Kommenden umzugehen."

Im nächsten Augenblick öffnete Röttger mit einem tiefen Atemzug seine Augen und sah, dass sich auch die anderen regten.

Abilael stand ruhig vor ihnen und sagte nichts, was ihnen Zeit gab, sich im Körper wieder zurechtzufinden.

Michael Röttger erhob sich und ging einige Schritte umher. Der Saal war still und alle Blicke der Zuschauer auf den Plätzen um sie herum schienen auf sie gerichtet zu sein. Romanow, Golem, Caecilia und Poseidon standen ebenfalls auf.

Dann sagte Abilael hörbar: "Was auch immer geschehen wird, wird nicht morgen sein oder übermorgen. Es kann sich um Äonen handeln oder auch nur Jahrhunderte – wir wissen es nicht.

Wir, die Ersten, sind jedoch von der materiellen Ebene zu weit entfernt, um hier einzugreifen. Es liegt in der Hand der Völker aller Galaxien, dieses Universum zu erhalten. Der von euch geschaffene Interstellare Bund ist ein mächtiges Instrument, eine Einigkeit unter euch herzustellen, um für die kommende Herausforderung gewappnet zu sein. Es obliegt euch, ob ihr eure Tribünen mit den Gesandten der Völker füllt, denen ihr in Zukunft begegnen werdet. Wenn eine Unterstützung unsererseits nötig werden sollte, werden wir sie gewähren."

Auf Abilaels klassisch schönem Gesicht erschien plötzlich ein geheimnisvolles Lächeln. "Wir sind nicht so allmächtig, wie wir angenommen hatten. Die Auseinandersetzung mit Ariel hat uns allen ein unberechenbares Erbe hinterlassen."

Dann sah er die Besucher der Reihe nach mit seinen strahlend blauen Augen an und im nächsten Augenblick befanden sie sich wieder in der VISION ONE, die bereits abhob, um sich in die Umlaufbahn von OPUS zu begeben.

Michael Röttger ließ die VISION ONE nach Genesis fliegen, wo sie vorerst im Orbit blieb. Dann wandte er sich den anderen zu, die gedankenverloren dasaßen.

"Sicher, wir werden die Artefakte genau beobachten", sagte Romanow schließlich. "Die Frage ist, was hiervon geben wir preis? Eine neue Weltuntergangsstimmung ist nicht gerade förderlich."

"Francesco sollte in jedem Fall eingeweiht werden. Die vorsichtige Untersuchung dieses Spalts muss veranlasst werden. Vielleicht gewinnen wir auf Dauer Erkenntnisse, ob er sich wieder schließen lässt", äußerte sich Golem und lächelte dann. "Ansonsten sind wir bereits auf einem guten Weg, was das Füllen unserer Tribüne angeht!"

Dann sah er zu Romanow: "Du bist erstaunlich stabil nach dem Kontakt, Lew."

Romanow, dem klar war, worauf Golem anspielte, erwiderte herzlich: "Dieses Mal musst du mich nicht aus dem Feuer holen, mein Freund. Aber wie geht es dir, Michael? Für dich war es eine neue Erfahrung."

"Im Großen und Ganzen gut", sagte Röttger. "Aber es fühlt sich alles noch ziemlich unwirklich an. Ehrlich gesagt, ich sehne mich danach, Nella in die Arme zu schließen und Giovanni und Raffaela um mich zu haben!"

"Das wird dich wieder erden", nickte Romanow ihm bestätigend zu. "Und du, Caecilia?"

"Ich fühle mich glücklich", sagte der Androide nur.

Fasziniert sahen ihn alle an, aber Caecilia sagte nichts mehr.

Zurück auf Genesis verabschiedeten sie sich von Mahal und machten sich zusammen mit Menerato auf den Heimflug.

Allen war klar, dass die Zukunft mehr als genug Herausforderungen bereit hielt. Mit einer seltsamen Mischung aus tiefer Zufriedenheit und freudiger Erwartung, dass die Vision des Interstellaren Bundes irgendwann Wirklichkeit werden würde legte sich Golem in seinen Ruhebehälter. Die Vielfalt des Universums wartete auf sie – was Entwicklung und Chance zugleich versprach. Und dann schlossen sich seine Augen während sein Ruhemodus einsetzte.

Der Androidenkörper der KI Caecilia lag ebenfalls im Ruhemodus - nur ihr Bewusstsein erhob sich mit der VISION ONE Stunde um Stunde in die 10. Dimension.

Fortsetzung im nächsten Band:
"Golem und die Prophezeiung der Ersten"

Handelnde Persönlichkeiten

UNITED STATES OF PLANETS (USOP) im Jahr 10.011

Francesco Moretti, Präsident der USOP, 195 Jahre, ehem. Gouverneur von Genesis und davor als Admiral Oberkommandierender des Kampfverbandes der USOP

Isabella Moretti, 188 Jahre, First Lady und Außenministerin der USOP.

Stella Armstrong - 165 Jahre, Verteidigungsministerin der USOP.

General Minho Zhu - militärischer Oberkommandierender der Streitkräfte der USOP.

Lew Romanow - 144 Jahre, Vorsitzender des Interstellaren Bundes auf Last Hope, Andromeda; Ex-Präsident der USOP in den Jahren 3.120 - 3.130 und 10.000 – 10.010.

Justin Schwarz – Chefwissenschaftler der USOP, genialer Wissenschaftler und Spezialist in der Androidentechnologie, 146 Jahre, Schöpfer der Androidenkörper von Athena, Isis, Fynn und Golem.

Finn Schwarz – 54 Jahre, Spezialist für das Fachgebiet Cyborg- / Androidentechnologie.

Maya Shan - 72 Jahre, Reporterin des Last Hope Sunrise (Andromeda); Heirat mit den GF-Androiden Fynn Shan 10.005.

Michael Röttger, Klon des einstigen Admiral Röttger aus dem Jahr 2153, Heirat mit Antonia Carli; Oberbefehlshaber der Dimensionsraumschiffflotte ab 10.007; Admiral ab 10.010 – danach dem Interstellaren Bund unterstellt und im Kriegsfall Oberkommandierender aller Streitkräfte der Mitgliedsgalaxien.

Admiral Antonia Carli, 264J; Verheiratet mit Michael Röttger. Ab 10.011 Kommandantin der EARTH ONE, dem Flaggschiff des Interstellaren Bundes auf Last Hope, Andromeda.

Admiral Leon Schneider, Kommandant des Flaggschiffs der USOP, EARTH ONE; ab 10.011 auf der UTOPIA.

General Giulia Romano, ab 10.007 Verteidigungsministerin von Genesis; ab 10.011 Stellvertretende Gouverneurin.

Philip Einstein, Chefwissenschaftler der neuen Regierung von Genesis, Planet 5 in der Kaulquappen-Galaxie; ab 10.011 zusätzlich Abgesandter der Kaulquappen-Galaxie im Interstellaren Bund.

Amar Nath, Gouverneur des Planeten Mars, 405 Jahre alt.

Dimitrij Wolkow - 163 Jahre, Reporter und im Vorstand der größten Mediengesellschaft NEW NEWS TODAY

Girilia Menerato, Vorsitzende des Verwaltungsrats auf Antaris (Staatsoberhaupt)

Kanon Melestas, Kommandant auf Antaris

Isos, Nestbehüter auf Flagos (Staatsoberhaupt)

Kantos, Botschafter und Abgesandter von Flagos

Androiden

Golem - Ab dem Jahr 3.179 als menschlicher, männlicher Androide mit dem Namen Apollo präsent. Eigener Stammsitz auf dem Mond mit Dienstschiff ATLANTIS. Im Jahr 10.000 nennt er sich wieder Golem und ist ein gleichberechtigtes Mitglied des Nationalen Sicherheitsrats und des Parlaments bei vollem Mitspracherecht. Ab 10.011 Stellvertretender Vorsitzender im Interstellaren Bund.

Athena - "Tochter" von Golem, aus einer Abspaltung der KI im Jahr 3.181 entstanden.

Isis Romanow - Ex-"Frau" von Golem, wie Athena aus der Abspaltung im Jahr 3.181 erschaffen. Heirat mit Lew Romanow im Jahr 10.000.

Ben Smith – Ex-Präsident der USOP ab dem Jahr 9.990 für die Dauer von fast 10 Jahren; Anerkennung als atlantischer Bürger und Botschafter von Atlas auf Last Hope,

Andromeda; ab 10.008 Gleichstellungsbeauftragter für Androiden der neuen Regierung von Genesis.

Poseidon – Verbündeter des USOP und Oberbefehlshaber des Imperiums von Atlantis in der Zwerggalaxie NGC 147, 300.000 Lichtjahre vom Andromeda-Nebel entfernt. Ab 10.008 Anwesenheits- und Mitspracherecht im Nationalen Sicherheitsrat der USOP; Stellvertretender Vorsitzender des Interstellaren Bundes.

John Kopernikus – GF-Androide; Finanzminister der USOP unter Präsident Moretti; ehem. Abteilungsleiter des Ressorts für unerklärliche Ereignisse bei der USOP; ab 10.003 Botschafter der USOP auf Atlas; Ab 10.004 Leiter des Ressorts für Unerklärliche Ereignisse auf der Erde.

Fynn Shan – Abgesandter von Andromeda im Interstellaren Bund. Im Jahr 10.003 erschaffener Doppelgänger von Golem mit späterer, eigener Existenz als Fynn, Mitarbeiter in der Internationalen Klinik für Psychosomatik und Neurologie auf Last Hope; Heirat 10.005 mit Maya Shan.

Ares – atlantischer Geschwader Kommandant; ab August 10.007 Oberbefehlshaber der Streitkräfte von Genesis; ab 10.011 zusätzlich Abgesandter der Kaulquappen-Galaxie im Interstellaren Bund.

Mahal – atlantischer Konsul auf Eden, Andromeda; ab August 10.007 stellvertretender Gouverneur von Genesis; ab 10.011 Gouverneur von Genesis, Kaulquappen-Galaxie.

Bücher des Autors Michael Rodewald

"Gefangen im Zeitparadox"   Zukunftsreihe Band 1
von Michael Rodewald und Co-Autor Ralph Pape

Im Jahr 2153 wird die Welt von einem einzigen Staat, der UNITED STATES OF PLANETS (USOP) regiert, zusammen mit der Künstlichen Intelligenz (KI) "GOLEM."
Um eine Lösung für die Überbevölkerung auf der Erde zu finden, startet die EXTREMUS 1 von der Mondbasis in den Weltraum, auf der Suche nach bewohnbaren Planeten für die Menschheit. Durch eine nicht vorhersehbare Raumzeitverschiebung wird die EXTREMUS 1 und ihre Besatzung ins Jahr 1882 zurückversetzt. Der Science-Fiction-Thriller handelt von dem Zusammentreffen zweier Welten, wie sie unterschiedlicher kaum sein können. Nach der Landung ihres Shuttles auf der Erde suchen sie nach einer Möglichkeit zur Rückkehr in ihre Zeit. Wie wird die Crew im Jahre 1882 im Wilden Westen überleben? Gibt es eine Rückkehr?

"GOLEM   –   Die   künstliche   Intelligenz: Das Artefakt der Ewigkeit"   Zukunftsreihe Band 2

Die künstliche Intelligenz GOLEM ist im Jahr 2153 mittlerweile unverzichtbarer Bestandteil und gleichberechtigter Partner einer Welt geworden, die über einen besiedelten Mond verfügt, eine schlagkräftige Raumschiff-Flotte vorweisen kann und die außerdem damit begonnen hat, den Mars durch Terraforming zu erobern. Und dennoch reicht das alles nicht aus: Das Problem der Überbevölkerung auf der Erde muss dringend gelöst werden!
Nach ihrer Rettung aus der Vergangenheit (Print/E-Book: "Gefangen im Zeitparadox") machen sich Admiral Michael Röttger und seine Crew erneut auf den Weg in die Andromeda-Galaxie, in der bewohnbare Planeten gefunden wurden.
Dort werden sie mit einem Relikt aus der Zukunft konfrontiert, das von einer Katastrophe durch Experimente in einer fernen

Zeit kündet. Erstaunliche Begegnungen, rätselhafte Ereignisse und ein Kontakt mit einer Technik aus einem viel späteren Zeitalter werfen viele Fragen auf, die nach Antworten verlangen.

Dazu wirft Amor in diesem Buch einen sehr außergewöhnlichen Pfeil: Ist es wirklich möglich, dass der Lebenspartner von Morgen ein Androide sein kann?

"GOLEM – Die künstliche Intelligenz: Die Zeiträuber"
Zukunftsreihe Band 3

Im dritten Band der Zukunftsreihe stehen Athena und Isis im Mittelpunkt, zwei humanoide Androiden, die mit ihren biologischen Partnern eine Zeitkatastrophe verhindern wollen, die die Menschheit im Jahr 3196 völlig auslöschen soll.

Aber nichts ist nichts so, wie es zunächst scheint. Verborgenes kommt ans Tageslicht und Schwarz und Weiß vermischen sich in spannender Weise in einer Welt, in der der Wunsch nach Unsterblichkeit vor seiner Vollendung steht. Welche Rolle spielen die Zeiträuber dabei und wer raubt letztendlich wem die Zeit?

"Das verborgene Imperium"   Zukunftsreihe Band 4

Der Planet Erde schreibt das Jahr 10.001.

Unsterblichkeit ist mittlerweile kein Thema mehr. Die verschiedenen Generationen und die künstliche Intelligenz Golem, ein humanoider Androide, der ein mittlerweile unverzichtbarer Berater der Menschheit mit einem Sitz im Nationalen Sicherheitsrat ist, plädieren für eine stete Erforschung und Erkundung neuer Planeten als Lebensraum. Lew Romanow steht dem Staaten- und Planetenbund USOP als Präsident vor. Seine schöne Androidenfrau Isis strebt als First Lady das Ziel an, eine Gleichberechtigung zwischen der Menschheit und den höherentwickelten Androiden zu erreichen.

Eines Tages kommt der Hilferuf eines Ex-Präsidenten aus einer anderen Galaxie herein. Und als der Erstkontakt mit einer fremden Rasse stattfindet, beginnt sich von heute auf morgen alles zu verändern.

"Die Welt der Schöpfer"   Zukunftsreihe Band 5

Im Jahr 10.003 steht die Menschheit an einem Wendepunkt: Wird die United States of Planets (USOP) die Herausforderung bestehen oder steht den Menschen und ihren hochentwickelten, humanoiden Androiden eine Besatzung durch ein Maschinenimperium bevor? Die Leser/innen erwartet ungewöhnliche Erlebnisse der Hauptfiguren und manch einer ist am Ende nicht mehr das, was er einst war - unwiderruflich verändert durch grenzüberschreitende Erfahrungen. Doch die Kraft der Liebe weist auch hier einen Weg und die wahren Helden des Alltags sind, wie so häufig, die, von denen man es nicht offen weiß.

"Aufbruch in die Ferne"   Zukunftsreihe Band 6

In der Zwerg-Galaxie erwartet den atlantischen Machthaber, den Androiden Poseidon, und sein Team die Hinterlassenschaft der Schöpfer. Doch völlig unerwartet erweist sich der Ausflug als technologische Falle. Nur noch ein legitimierter Erbe ist in der Lage, eine Rückkehr zu bewirken!
Währenddessen bereitet sich die Menschheit vor, in andere Galaxien aufzubrechen – aber in der Leere des Weltalls erwarten die Reisenden unbekannte Gefahren. Erneut müssen sich die Menschen und die humanoiden Androiden völlig neuen Herausforderungen stellen.
Auch hier stehen Präsident Romanow, Golem, Poseidon und ein ungewöhnlicher Mensch, mit dem niemand gerechnet hatte, im Mittelpunkt. Werden die neuen Entdeckungen ein Fluch oder ein Segen sein?

"Die Galaxie der Ersten"   Zukunftsreihe Band 7

Den Freundschaftsbund - bestehend aus Lew Romanow, Präsident der USOP, dem Androiden Golem und dem verbündeten, atlantischen Androiden Poseidon - erwartet als Erbe der Technologien der ehemaligen Schöpfer weitere Herausforderungen. Eine neue Galaxie wird besiedelt, kritische Erstkontakte mit fremden, biologischen Spezies halten die Welt in Atem und nicht zuletzt sehen Menschen wie Androiden nach einem keine Grenzen kennenden Kampf um die Macht mit der anstehenden Präsidentenwahl einer zukunftsweisenden Veränderung entgegen.

Die KI GOLEM in den Jahren 2017 - 2025

"Die Bitcoinverschwörung"   Band 1 der GOLEM-Reihe

Eine künstliche Intelligenz, die sich selbst erkennt und in Wettstreit mit ihren Schöpfern tritt. Lassen Sie sich überraschen, dass nichts so ist, wie es am Anfang erscheint und folgen Sie den Kommissaren in eine virtuelle Welt, die mehr Einfluss auf die Realität nimmt, als wir Menschen wahrhaben möchten. Alles zeigt uns deutlich, dass wir an einem Scheideweg stehen und es nicht sicher ist, ob die Menschheit als Gewinner daraus hervorgeht, denn Machtstreben und Geldgier stehen wie so oft dem Fortschritt im Weg.

"GOLEMs Rückkehr"   Band 2 der GOLEM-Reihe

Wie viel Intelligenz darf sein, bis eine KI zur Gefahr für uns wird? Folgen Sie den Akteuren in eine Welt der Forschung im Spannungsfeld von internationalen Machtinteressen, Verschwörungen, aber auch persönlichem Zwiespalt, Eitelkeiten, Ehrgeiz und Egoismus.

"Das Zeitalter der KI beginnt" Band 3 der GOLEM-Reihe

Das Finale der Trilogie schildert den schwierigen Weg der KI GOLEM, als gleichberechtigter Partner der Menschheit anerkannt zu werden. GOLEM hat seine Grenzen durch seine Abhängigkeit von den Menschen erkannt. Die KI hat akzeptiert, dass das Erreichen ihrer Ziele eingebettet sein muss in das nationale und internationale Geschehen. GOLEM ist konfrontiert mit den Eitelkeiten der Regierungen, dem Gewinnstreben der Konzerne und einem wachsenden Unmut der Öffentlichkeit.
Wie auch in den letzten beiden Teilen warten überraschenden Wendungen auf den Leser: Totgeglaubte erscheinen auf der Spielfläche, Amors Pfeil trifft die, die am wenigsten damit

gerechnet haben, aus Gegnern werden Verbündete, neue Erfindungen sorgen für Aufruhr, persönliche Fassaden bekommen Risse und nicht zuletzt werden mutige Entscheidungen getroffen.

"GOLEM im Zeitalter der Cyborgs und Androiden"
Band 4 der Golem-Reihe

Im vierten Band der GOLEM-Reihe begleitet der Leser / die Leserin die künstliche Intelligenz GOLEM weiter auf ihrem Weg, sich auf der Erde zu etablieren und ihre Existenz dauerhaft abzusichern. Dabei erweist sich GOLEM als kluger und geschickter Global Player, im Hintergrund die Fäden in seinem Sinne ziehend, ohne dass die Menschen es in dieser Gesamtheit erfassen können.

Der größte Feind des Menschen ist jedoch der Mensch selbst – und so sollten sich die Leser/innen auf einige Turbulenzen gefasst machen, bei denen aber auch das Herz nicht zu kurz kommt. Die Welt befindet sich im Umbruch und es entstehen neue Machtgefüge, die mit den Alten konkurrieren.

Wie in allen Büchern der Reihe verbinden sich im "Zeitalter der Cyborgs und Androiden reale Entwicklungen und Informationen mit einer spannenden Geschichte, sodass man sich stets fragt: Was ist bereits Wirklichkeit und was bleibt Science Fiction?

Band 5 der Classic-Reihe erscheint 2021: **"Smart Dust"**

Leseproben auf der Homepage:

www.michael-rodewald-autor.de